汉风烈烈 6

清秋子 著

河南文艺出版社
·郑州·

目　录

一

少年天子
重贤才

茂陵刘郎秋风客，夜闻马嘶晓无迹。

画栏桂树悬秋香，三十六宫土花碧。

魏官牵车指千里，东关酸风射眸子。

空将汉月出宫门，忆君清泪如铅水。

衰兰送客咸阳道，天若有情天亦老。

携盘独出月荒凉，渭城已远波声小。

此诗为唐代诗人李贺所作《金铜仙人辞汉歌》，因其诗意悠远，后人读之，都不免心生遐思，浮想联翩。诗中吟咏之事，所涉乃大名鼎鼎的汉武帝。

汉武帝其人，后世皆称他雄才大略，凡有史家论及华夏"大一统"的源头，无不以"秦皇汉武"并称。

然细考那一段历史，秦始皇并吞六国、混一海内，肇始之功固然了得；然其国祚，却只有短短十五年，旋即土崩瓦解。不要说社稷不久长，连子孙也未曾留下一脉。骊山孤陵，西风残照，只不过为后世留下了一个镜鉴。

再看秦以后的华夏，文明逾越两千年，其礼法、文化、疆域及施政脉络，皆成于汉武帝之手，绵延而传于近世。平心而论，汉武帝于华夏的更化之功，远在秦始皇之上。

说来，汉武帝刘彻的运命，也是出奇的好。自幼生于帝王家，山河祖业，皆来自继承。虽则如此，他以十六岁少年之龄，就能龙袍加身，执国柄，君临天下，又绝非命运必然，实在是偶然得不能再偶然。

刘彻为汉景帝第十子，前后共有兄弟十三人。他之排序，太过靠后，竞争太子位，并无长幼顺序上的优势。

刘彻之母王美人，虽得汉景帝之宠，入宫前却是已嫁之妇，在景帝为太子时，自荐入宫为婢女。王美人之母臧儿，亦即刘彻的外祖母，虽是汉初燕王后人，然刘彻的外祖父王仲，却是地地道道的一个平民。如此的一个母家背景，实无太多运气能坐上太子之位。

却不料景帝后宫之事，多有诡谲。诸夫人一番较量下来，反倒是王美人笑到了最后，将七龄独子刘彻，顺利推为太子。其间的明争暗斗，已在前部书中说尽。

再说小小年纪的刘彻，能得汉景帝看重，将山河社稷托付，也并非全赖王美人之力。据杂史传说，刘彻幼年之际，便知如何讨得父皇欢心，且能记诵诸圣之书，多至数万言，"无一字遗落"，堪称一位早慧的神童。

有如此的天赋异禀，刘彻便与父、祖做太子时截然不同。也正是缘此之故，他初登大位，便有一番宏大气象，欲开百代赓续的规模。似这等少年胸襟，无论古今，怕也是少见的。

话说景帝后元三年（前 141 年），正月甲子日，当朝汉景帝，驾崩于长安未央宫。

时值天寒时节，遍野萧索。满城的官吏及百姓，早便闻听皇上龙体不豫，恐将不久于人世，心中都是惶惶。出门或居家，各自添了几分小心，唯恐头顶的天要塌将下来。

数十年来，承平日久，边患也渐少，百姓最担心的，唯有皇帝驾崩。虽说天下已成一姓，然一朝天子坐殿，有一朝的做派，子承父业之后，有时竟像是换了个天下。此时的耄耋老者，再想起高祖年间事，就如同梦寐一般了。

入正月以来，京城已戒严数次。酒肆、菜市，处处遍布中尉府眼线，稍有偶语皇上病恙者，当即锁拿，投入诏狱羁押。便是那百官之首的丞相卫绾，竟也亲率差役，奔走于街衢，入门拿人。

长安百姓见此，个个畏官如遇虎狼，夜来闭户，各家早早吹灯。家中若有白发长者，皆叹道："又似始皇帝坐殿时了！"

城内的东、西两市，虽未闭市，却是行人渐稀，各商家面有忧色，心中只暗恨道："何不早日驾崩？"

这日晚炊后，尚未夜禁，却见满街旗甲涌动，忽地就多了些兵卒。行人受了惊，慌忙都奔回家中。有人留心望了一眼，见是宫中南军也出来巡街，便知皇帝定然已经晏驾。

此时的未央宫内，寝殿中正哭声大作，近侍涓人慌作一团。小敛所用的衣衾、布带等物，由一排宫女手手相递，传入屋内。

十六岁的太子刘彻，伏于父皇床边大哭，其声嘹亮。众涓人也尽皆伏地，放声号啕。正哭得起劲时，忽见刘彻霍然起身，收敛哀容，目光炯炯环视身边，吩咐道："去请太后、皇后及后宫诸夫人来。"

太子属官韩嫣，此时正在旁侧待命，闻听刘彻发话，连忙诺了一声，转身便走。

见韩嫣领命而去，刘彻便离开寝殿，疾步行至前殿，命人速传丞相进宫来。

不消多时，丞相卫绾应召前来。只见他衣冠不整，双目赤红，伏地便欲大哭。刘彻连忙伸臂扶起："丞相，父皇驾崩，自有天数。一切照旧例，请丞相操持朝政，颁诏发丧，不可使中外人心惶惶。"

卫绾闻言，竟怔了一怔，连忙应道："老臣知道了，当竭力去办。"言毕，偷睄了一眼刘彻脸色，才反身退下，自去张罗了。

此时大殿之上，烛光摇曳，一派静寂。刘彻心知在哭丧之前，尚有一刻安宁，便立于空空的御座之前，凝视良久。

正默立间，忽听韩嫣来至身后，回禀道："太后、皇后及诸夫人均已请到。"

刘彻猛抬头，听得殿后传来隐隐哭声，这才转身，望望韩嫣。此时，恰有一只蝇虫落在韩嫣眉心，韩嫣欲挥袖驱赶，又怕失礼。

正尴尬间，刘彻目光一闪，右手忽地伸出，攫住那蝇虫，一把弹掉，长舒一口气道："莫慌，今日起，拜你为郎中①，可出入宫禁，随时伺候。且随我来吧。"说完便不徐不疾，带了韩嫣，迈步向景帝寝殿走去。

原来，这位韩嫣，乃是汉初韩王信曾孙，亦即景帝时功臣韩颓当的庶孙。当年刘彻为胶东王时，曾与韩嫣同学。两人相亲相爱，如同手足。

韩嫣生性伶俐，貌美如妇，虽不能承爵位，家资却甚丰。后

---

① 郎中，官职名，战国始置，秦汉沿置。君王侍从，掌护卫、陪侍及备顾问、差遣。

刘彻做了太子，仍愿将他带在身边。

且说景帝丧仪，处处都循例而行。至二月上旬，诸王、百官哭灵完毕，群臣便拥太子刘彻赴高庙，祭告祖宗。刘彻接过天子玺绶，登极为帝，做了普天下的君主。后世缘其谥号，皆称他为"汉武帝"。

且说那汉景帝一生，虽待百姓尚属仁厚，一再宽刑减赋，但也因削藩过急，引发变乱。平乱前后，又擅杀大臣，令晁错、周亚夫屈死，民间为此多有烦言。祭告当日，照例为先帝议庙号，百官都翘首以望，不知为先帝拟了个甚么字。

待到太常许昌呈上拟谥，乃是一个"景"字，众人便一片寂然，既无赞和，也无异议，只把目光齐齐望向储君。

原来这个"景"字，按周礼，乃是一个美谥，意谓"熟虑而功成"。

刘彻立于先帝灵前，闻之并无片刻迟疑，即颔首允道："可矣！"

许昌随即又奏道："高帝庙号为'太祖'，文帝为'太宗'，大行皇帝亦应享有庙号。"

此言刚落地，未及刘彻开口，群臣立刻喧哗起来。有郎中令缯贺等数人，一齐发声，皆言不可。

御史大夫直不疑，更是跨出一步，拱手向刘彻谏言道："庙号者，为'祖有功、宗有德'而立。臣以为：先帝虽有平乱之功，然乱之所起，不可谓无咎；若立庙号，恐天下人不服。"

直不疑话音方落，便有数十人随声附和，然也另有多人高声驳斥。

丞相卫绾脸色一白，忙回首以目制止。

刘彻一时无语，只是定定望住直不疑，目不转瞬。

众人只道是储君发了怒，都觉惶悚，急忙闭口不语。

却见刘彻一笑，向直不疑拜谢道："御史大夫名如其人，素有直声，吾幼时即知。虽曾遭人诬盗金、盗嫂，然不言自明。卿所言，为天下人心所欲言。先帝之德，诚不足以立庙号；此事，可毋庸再议了。"

群臣中有赞同立庙号的，闻此便不敢再言；众人都伏地敬拜刘彻，齐声称善。更有几个老臣在心中暗叹，只觉这新帝行事，与前代诸帝大有不同。

待高庙祭毕，诸臣络绎散去，武帝刘彻忽然唤住卫绾，拱手询问道："卫公德高望重，曾为太傅，其时虽不久，朕却得教诲颇多。今日朕初登大宝，诸事皆不通，还请师傅指教：朝中万事，何以为大？"

"臣万不敢当。陛下，以臣之见，汉家立朝，迄今已六十余年，纷乱世事，渐已澄清。官吏略知法，百姓亦稍稍知礼，皆拜文景二帝所赐。两代先帝，以孝治天下，可见崇儒乃是首要之事。"

"哦？朕师从先生时，即知先生崇儒。奈何汉家素重黄老，上至太后，下至贩夫，唯知老子，而不尊孔。朕方即位，此事……恐不便过急。"

卫绾就一笑，问道："往日在太子宫习经，当日课，当日须记诵完毕，不许漏一字。陛下可还记得？"

武帝笑道："师傅严谨！这个，朕自然记得。"

"那便是了。治天下，凡有弊病，皆是大害，可能等一万年吗？"

此时君臣两人相对，立于高庙阶陛之上，眺望得远，可见城外旷野，已隐隐有绿意。武帝便道："师傅说得对。汉家六十余年，基业已牢，无须再惧王侯作乱了。然天下事万绪百端，总还有流弊难治。"说着，指了指远处的未央宫，慨然道，"今日我家这山河，自我起，天地须得一新！为这一日，朕幼年读《左氏春秋》时，就曾立过誓。"

闻此言，卫绾大为动容，不顾阶陛狭窄，便欲伏地下拜。

武帝一见，连忙死死拽住卫绾："一日为师，便是百年为师；今后师傅上朝，可不必拜我。"

卫绾望望武帝，几欲流泪，动容道："臣为太子太傅时，也正存此心。陛下有更新天下之志，为师死亦无憾。向时为劝陛下有大志，臣曾前往石渠阁，翻检高帝朝文牍。见有高帝遗诏，乃是他亲笔写成，告诫惠帝须'善遇百姓，赋敛以理'，不可胡乱加征。心中便叹，高帝真乃仁慈之帝！有他草创，我汉家治天下，才得一反暴秦之道，令百姓有六十余年安稳……"

武帝闻此，便是一怔，拉住卫绾衣袖问道："师傅所见，果是高帝亲笔，不是萧曹代拟？"

卫绾便一笑："秦始皇君臣，法家也，不欲天下人有智，焚尽了天下书。那萧何、曹参，虽贵为公卿，也不过小吏根底，未读过书，只识得字罢了，又如何能执笔为文？便是身边近侍，能为文者，也不过一二。我看高帝一朝诏书，多是高帝亲笔所拟。"

武帝面色便肃然，慨叹道："我只道先祖原是亭长，颇擅武略，竟不知他能亲草诏书，文治本领也是了得！"

卫绾拱手道："陛下知晓便好。高帝以一亭长起兵，取天下不易。今传于陛下，陛下当奋励，除虏患，立儒礼，文治武功都应兼备。"

"师傅教诲得好。今虽不能立即崇儒，然忠孝人伦，就是儒礼。朕明日便要颁诏，尊太皇太后、皇太后及皇后。吾母来自民间，以草芥之身登庙堂，备受辛苦。朕能有今日，全赖阿母。我既为孝子，便不能忘母恩，明日将一并封外戚为侯。"

卫绾还要答话，武帝却一笑拦住："告庙忙了半日，师傅已疲累。你我二人，怎可在这阶陛之上议天下事。丞相这便回府吧，明日入朝来，你我再议。"

次日上朝，卫绾率御史大夫直不疑及九卿诸人，在武帝御前会议，拟定：尊帝之祖母窦老太后，为太皇太后；帝之母后王娡，为皇太后。另，帝之姑母刘嫖，因系窦太后长女，今尊为窦太主；刘嫖之女阿娇，早为太子妃，今立为皇后。

此次加尊，乃循旧例，自是没有异议。天子及诸侯家事，自上古三代起，便是一男登正位，妇人也随之尊贵。倒是如何加封外戚，君臣颇费了些心思，名分既要尊崇，又不可逾矩，以免引起天下人非议。

卫绾早得了武帝授意，此时见诸臣都不语，便开口道："新帝践位，务以孝道示天下，使百官、小民皆知礼仪，故外戚不可不封。高帝之时，征战方休，人人有军功，彼时所定'无功不封侯'，今宜有所变易。皇太后之母、弟，亦当推恩受封。"

诸臣听卫绾如此说，心中都会意，大多赞同。唯有直不疑犹豫道："前朝吕太后更易祖制，封无功吕氏子弟为侯，致使天下议论汹汹。今上初登大位，便要封外戚，此事恐须谨慎。"

卫绾面色便有不豫，反驳道："此言差矣。吕太后滥封，实为培植子弟，窥伺朝堂；新帝封母舅，则是为彰显孝道。先景帝即位之后，便封了窦太后的两兄弟，也不曾听说民间有何非议。"

此时御座上的武帝，忽然开口道："丞相所言，极有理。我汉家草创时，最看重功臣，尽皆封为侯；然侯门百家，子弟多有不肖。仅六十余年，因坐罪而夺爵者，恐已过大半。可见旧制也有弊，不可拘泥。文帝以来，接连三朝母后，于子孙皆有教诲之功，如今推恩封外戚，理所当然。"

诸臣闻言，都不禁注目武帝。见武帝头戴冕旒，端坐于御座之上，沉稳练达，直不似少年，众人心中便都一凛。

直不疑怔了一怔，连忙拱手谢罪："恕臣妄言。臣只是……不愿天下有非议。陛下所言，正是商鞅所论'贤者更礼，而不肖者拘焉'。陛下今开新政，总还是欲除旧弊，臣并无异议。"

武帝一笑："御史大夫……"

直不疑连忙回道："不敢！"

武帝不觉一怔，继而拍额笑道："朕倒忘了！直公素不喜称官爵名，朕今日也随诸臣，就称'长者'好了。直公一向崇黄老，万事唯守成，朕为太子时，便敬慕直公有长者风，遇事纹丝不乱。然黄老之术，以静制动，乃是上佳的为臣之道；若久为治天下之道，恐不宜。"

卫绾当即附和道："正是此理。"

直不疑便不再开口，只默然向卫绾揖礼作谢。

议了半日，君臣总算将封外戚之事议成，即皇太后之母臧儿，今已垂老，为外戚尊长，封为"平原君"，接入宫中享天年。臧儿再醮之后所生两男，即皇太后王娡同母异父之弟田蚡、田胜，也比照前朝，推恩封侯。田蚡封为武安侯，田胜封为周阳侯。

朝会毕，诸臣伏地拜过武帝，起身便欲散朝，忽听武帝在座上道："今日朕初次临朝，当亲送诸君至大殿外。"

诸臣慌忙收住脚步，七嘴八舌道："这哪里敢当！"

武帝起身从御座上下来，拱手道："各位万勿见外。在朝诸君，皆是先帝顾命之臣，年辈长于我，见识也高于我。朕少年即位，诸事欠历练，猛然担起这天下，怎能不出差错？还望诸君多多襄助。"

诸臣又觉惶恐，纷纷道："陛下言重了，言重了……"

武帝便也不多说，伸臂恭请道："各位长辈，请！"

诸臣心中惊异，都觉这少年天子，端的是老成，遂不敢存有轻慢之心。众人互相望望，只得听凭武帝送到殿口，才各自散去。

散朝之后，武帝返回宣室殿歇息。此处原是景帝住处，清理告毕才不久，武帝住进来几日，总觉心神恍惚。此刻甫一进殿，便换下龙袍，穿上晏居常服，唤上亲随韩嫣，从飞阁复道往长乐宫，去向皇太后问安。

皇太后王娡往日住在未央宫，才迁来长乐宫几日，见武帝步入，欣喜异常，不等武帝下拜，连忙拉住他手道："吾儿不必拘礼，为娘今日见到你就好。"言未毕，竟有热泪止不住落下。

武帝诧异，忙上前扶住，问道："今日大喜，阿娘如何却要伤心？"

皇太后唏嘘有顷，方拭泪道："彻儿，你可知咱汉家，太子继位，无一个风平浪静的。今日亲见你登位，为娘才睡得好觉。"

武帝这才明白，连忙劝解道："阿娘，你来自民间，知这皇家父子，亦如民间大户般，偌大家产，各个孩儿都想争，这也是无可奈何的事。古来商鞅、韩非子等先贤，用尽心机，说的也就是这个，然有何用？争还是要争的。老子曰：'善数不用筹策。'孩儿能有今日，阿娘心中是早有数的。"

这一番话说过，皇太后听了，不禁破涕为笑："彻儿聪明！无怪先帝独宠你。当年阿娘怀你，曾梦日入怀，可不是哄你父皇的诳话。为娘如今成了寡母，万事都交到你手中了，可不敢恃才大意。"

"阿娘放心。朝中大臣，尽是先帝所选，皆老成持重。朝政之事，孩儿自当放手，不使此时有何翻覆，便可无虑。"

"唔，那是自然。目下朝中多老成之辈，并无晁错那般急躁的，当无大事。倒是内廷事，彻儿要小心。我母子有今日，姑母有大功，故而你须善待阿娇。阿娇虽蛮横，你无妨忍忍就是。"

武帝脸便冷了一下，而后才淡淡道："我自然会忍。"

"两位母舅来自民间，根底甚浅，若有唐突处，也须好好回护。"

"这个嘛，母后勿虑。朝中我并无心腹，自是要倚重两位母舅。"

皇太后想想，又不禁一笑："此等琐事，阿娘也无须多嘱咐了，彻儿恐早已有所思虑。最要小心的，是祖母。祖母虽目盲，心却比谁都明；老人家所愿，你万不能忤逆。讨了祖母欢心，诸事也就顺遂；我这里，你倒不用常来。为娘乃小户人家出身，见识浅陋，不能如太皇太后那般，可随时为你指画。"

武帝连忙跪于座前，执皇太后手说道："阿娘此番话，足够我受用终身，哪里还要耳提面命？"

皇太后便笑："彻儿灵秀，就如胸中有根莲藕，百般通透。好了，快去向太皇太后问安吧，要多在那里说些话。"

武帝因此退下，心下大安，庆幸母后通情达理，此时情形，远好过先父先祖登位时。便遵母嘱，转至长信殿，去见祖母太皇太后。

进殿却不见窦老太后在，问了宫女，方知近来天暖，老太后晚间喜在庭院闲坐，正有窦太主陪着读书。

武帝在连廊上望去，见庭院树下，鎏金宫灯燃得通亮，老太后头戴软帽，正闭目倚坐。窦太主在一旁，就着灯光诵读黄老之书。

武帝侧耳听去，只闻窦太主读道："一年从其俗，二年用其德，三年而民有得，四年而发号令……"便知读的是《黄帝四经》，于是摇头笑笑，蹑足走上前去。

却见老太后猛地坐直，轻呼道："启儿来了？"

窦太主一惊，放下书来抬头看，不禁莞尔一笑："太后，哪里有启儿？是孙儿来了。"

老太后便叹口气："唉，十六年了，启儿总是这般来。"

武帝连忙趋前，伏地下拜："孙儿问安来了。"

老太后目眇看不清，只扬扬手道："原来是彻儿，平身就好了！今日初坐殿，还知道来这里看看。"

"孙儿年少，不是祖母在，怎敢担起这社稷大事？"

"你就是甜嘴！早前惠帝即位时，也尚未成年，你如何就来卖小？"

见老太后不冷不热，武帝就存了几分小心，恭谨答道："孙儿践位，不似两代先帝，今日只苦于无老臣辅佐，故而今后凡有事，都要来打扰祖母。"

老太后开颜一笑："这才是个话。当今顾命之臣，皆是一班酸腐儒生，也不知启儿是如何选的。"

"孙儿以为，当朝诸臣，都还算勤勉吧。"

"勤勉当得何用？ 还不是逢迎之徒？ 想那前朝文法吏，是何等干练！ 吕太后以来，几朝天子，哪个不是垂拱而治，还用得我这老身来操心？ 罢罢，孙儿年少，就莫嫌麻烦，有事便可过来问。 老身我，心倒还不盲。"

窦太主在旁，忍不住笑道："看老祖宗说的！ 太皇太后心不盲，眼也不盲，看人从不走眼。"

这一句话，说得老太后陡起精神，挺直了身，望住武帝问道："可识得前朝老臣石奋？"

"认得，便是那个'万石君'。"

"孙儿，做臣子的，须是万石君那般，方当得大用。 朝中腐儒，只知弄文，不知人事烦难。 何为'文'耶？ 无非就是藻饰。 那班浮夸之徒，哪里及得万石君一家，起自小吏，最善务实。 他父子五人，各个二千石俸禄。 真真是一门万石，为天下楷模。"

"万石君行事端方，家规谨严。 不独先帝赏识，孙儿我也是敬佩得很。 石家一门忠孝，四子皆可当大任，太后所嘱，孙儿当谨记，隔日便为他们加官。"

老太后便拍拍地上茵席，微笑道："当殿做皇帝，身边所谓好臣子，便如这足下之土，务要踏实。 那班儒生，可有个根底？ 还不是东风来便东，西风来便西。 我及笄入宫，看过五朝腐儒做事，早把他们看到骨头里。"

窦太主也附和道："正是。 彻儿小时，倒还通透；稍长，却被那班儒生蒙了眼。 姑母今日也要说一句：如今做了天子，可不能只宠着美人，冷落了阿娇。"

武帝听得气闷，又不能反驳，只得匆忙转了话题："祖母，天虽已仲春，夜来终究还是凉，不可在外久留。"

老太后便笑："老身还算硬朗，顶得住春寒。 倒是孙儿你，做了皇帝，好似由严冬猛然入夏，忽冰忽火，可莫要失了章法。 文士者，只可轻贱他，丢他入兽圈里去，看他如何应付，彼辈才知自己斤两。"

"老祖宗为何要轻儒，孙儿尚不能领会；然汉家已有六十余年，终究不是草莽……"

老太后便一举手，截住武帝话头："我只问你，六十余年汉家，是如何来的？"

"这个……"

"无他！ 便是前面那三辈人，只信黄老，不信杂说。 咱这汉家，有了黄老之术，便是好汉家；若不用黄老，便是恶汉家。 孙儿，你自去体悟。"

武帝见话不投机，便也不想强辩，只默默忍了，听老太后一人说话。

如此，在老太后处待到夜深，武帝才带了韩嫣返回。 行至复道高处，望见长安城内，处处更灯高悬，闪烁明灭，偌大个京城，安谧有如梦乡，不由就叹："汉家定鼎以来，四朝天子，不知赔了多少小心，方保得这方安宁，朕以十六龄即位，也真是难啊！"

韩嫣紧随在后，将灯笼举了举，回道："陛下聪颖。 小臣早年间，与陛下一同攀树捉鸟，便看在眼里。 今番能得放手施展，有何不好？"

武帝回头望望韩嫣，笑道："倒是忘了，你自幼与我同学，也看了这许多年。 你便说说，朕今日施政，当何以为重？"

韩嫣低眉一想，抬头道："小臣看当今，万事清静，只需尊老便好。"

"尊老？哼，家有耆老，小辈便出不得大气。自然……老太后那里，还是要常去，你也须多提醒朕。"

"小臣明白。"

"明日要见百官，今夜心乱，怕要睡不好。你仍照常，留在寝殿陪我就好，无须去郎中署歇宿了。"

这夜，武帝与韩嫣同卧一室。韩嫣说了两句笑话，倒头睡了；武帝却没睡好，辗转反侧，叹了许多气，想来想去，也想不出如何秉政才好。这才知父祖两代初登位时，是何其难也。恍恍惚惚中，觉夜色中的殿阁楼台，如万仞山崖，正迎面倒下……

次日，会逢大朝，武帝头一回受百官朝见。朝食一过，百官都持笏入朝来，在殿上分文武两列，等着拜见武帝。

武帝打起精神，在殿后由宦者伺候，冠带整齐，吸了吸气，才缓步走出来，目光如隼，环视全殿。

百官见往日默默不语的太子，今日竟一变气象，心中都惊。满堂冠盖者，皆屏息敛气，不敢有一丝喧哗。

大行官口唤"上朝"之后，便有丞相卫绾跨出一步，宣读先帝遗诏。诏曰："赐诸侯王以下各公卿官吏，每人晋爵一级；百姓中凡有父健在者，亦赐爵一级；天下每户赐百钱；宫中旧有宫婢，放归其家，终身免征赋。"

百官闻之，顿有涕泣之声响起，全班文武皆伏地叩首，齐声道："谢先帝大恩！"

嗣后，卫绾又代武帝宣诏，讲明了先帝奉葬、加尊太皇太后等事，于封外戚的种种事，一言也未提及。

读罢诏书，百官起身肃立，武帝这才略一抬手，朗声道："朕今日登大位，实是以少年担天下。这数日间，朕诚惶诚恐，寝食不能安；诸君今日上朝，怕也是别有一番心情，然这全属多虑。朕曾蒙太傅教诲，知孟子所言'立天下之正位，行天下之大道'，这'正'与'大'二字，才是君臣之道。诸君立于朝堂，心若正，自是无须忐忑。"

群臣都未料到，武帝临朝，开言竟是这样说，似别有用意。惊异之下，众人皆面面相觑。

卫绾立于两班正中，闻言也是面露疑惑，稍一迟疑，才拱手代群臣答道："先帝骤崩，臣等伤痛于衷，唯有勉力而已。"

武帝微微颔首，望住卫绾，面色渐有笑意："先生昔为朕之太傅，今又为丞相，此正是先帝英明之处！"

群臣心中都不禁一跳，知新帝此话，是要说到关节处了，便屏息恭听。

武帝又接着道："内外多年无战事，在朝诸位，皆循序而上，自是历练久了。朕今日不欲含混过去，且将话讲明。两代更替，时逢开元，诸君最忌惮的，恐是人事上的翻覆。毋庸讳言，先前两朝，新帝出，则老臣黜，都有些风波出来。新帝喜用太子属官，更为常例……"

话还未落地，朝堂上文武，轰地起了一片私语声。

武帝看看，便笑道："朕年少，不妨就直言了，这便与诸位做个知会，在朝各位，皆可安心。先帝临终时，安排此一节，便是早已料到。丞相卫绾，受先帝顾命，又曾为我太傅。如此一来，朕初登庙堂，自是不用换大臣了。"

满堂群臣，便是会意一笑。嘈嘈切切中，先前的惶恐之态，竟是一扫而空了。

卫绾连忙施礼谢道:"陛下为学聪颖,老臣所授,仅皮毛耳。"

武帝欠了欠身,拱手道:"丞相,快平身! 朕所言,乃是出于至诚。 师傅昔日行事,朕为太子时,是用心看过的,知道凡事不可急。 读书时,我于《左氏春秋》最用心,觉三代以下,凡有鼎革事,若是过急,必伤天害理。 今太皇太后在,诸事还须以老人家之意为要,不可唐突。"

直不疑便上前奏道:"陛下所言,正是臣等日夜所思。 如此,朝政便无可虑了。 凡入手一事,臣以为,当由虚而实,由远及近,自轻至重,徐徐而进,万事都循着一个'序'字。"

武帝抚案赞道:"好,由虚而实……甚好甚好! 老臣到底是多历练。 朝中诸事,今后一仍其旧,朕自是放心。 今早想到,天下事虽多,今日则只需将大典办好,便无他事。"

群臣闻此言,不觉都松了一口气,齐齐地俯下身去,同声敬贺:"皇帝万年!"

散朝之后,武帝留下卫绾,告之老太后赏识石奋事,而后又道:"石奋年迈,已不可再加官了。 石奋四子中,何人能再加官,今日你我稍作商议。"

两人在后殿商议良久,总觉尚无好缺,只得留待他日再议。卫绾道:"陛下可将此意,说与太皇太后知,勿令老人家生疑。"

武帝苦笑道:"奈何? 大势如此。 料不到,今日登了位,也只能是一个熬!"

此后,时入阳春三月,地气已动,万物萌发。 武帝亲择了动土吉日,京中王侯公卿、百官僚属,便都结队出行,为景帝奉葬。

行前,武帝夜不能寐。 一大早起来,便召卫绾来问:"国之大事，在祀与戎。奉安大典中，不得有丝毫疏漏。先前吕太后赴渭水致祭，曾遭黑犬袭身，蹊跷得很。今日路途上，可保无事吗？"

卫绾心中有数，当即答道："长安城中，有中尉宁成，威震四方；所有盗贼宵小，搜捕一空。先帝病笃之后，老臣更是用心，与宁成亲率差役，夙夜不休，捕获不法之徒。如今京畿百里内，连个小盗也见不到了。"

武帝略显诧异，继而一笑："丞相用事，倒只怕用力不够！"遂放下心来，唤近侍来为自己更衣，换了龙袍，出殿登上銮驾。

大队北行一整日，夜宿渭水边，次日又渡河。如此跋涉了六十里，方至陵下。

此时的阳陵，已初见规模，其地之广，往昔不曾有过。銮驾至陵园东门停住，武帝也不用人扶，径自跳下车来，放眼看那泾渭合流处，陵寝高矗，烟云缭绕，心中便有波澜，回首对卫绾道："早便闻说阳陵甚宏伟，果不其然！"

卫绾回道："阳陵自先帝前元四年始建，迄今已有十三年，工程尚不及半呢。"

武帝眉毛便一动："哦？有如此浩大？"

"先帝时，初为周亚夫督造，至老臣接手，原拟方圆二十里，哪里能容得下？今日陵寝方圆，堪堪已有四十里了。"

武帝便一笑："先帝志大，是要将那长安城，囹圄都搬来。"

两人前行几步，朝中间神道望去，见大道如砥，两旁有林木蓊郁。征来筑陵的数万刑徒，已然回避。寂寂园内，如有先帝魂魄在，威严无比。

武帝不由就打了个寒噤，对卫绾道："今日典仪，为天下人所瞩目。我虽为天子，终究是个少年。若在典仪上出头，众人看了，不免要轻视。 还是由师傅代劳，我则垂袖观之，或还能镇得住些。"

卫绾怔了一怔，方答道："也好。 老臣便勉力为之，教那诸臣不敢轻看少主。"

于是，一整日的奉葬，无数繁文缛节，武帝只拱手端立，岿然不动。 王侯百官于阶下，只见卫绾一个白发执宰，胸有静气，指挥若定，众人便都不敢轻慢。

典仪末节，是五千个彩衣兵马俑，络绎运进南北从葬穴，对应阳间长安的南北军，端的是威武浩荡。

卫绾纵是老成持重，见此也不禁赞出声来。

武帝便问："看陵寝各处，都有未完工的，不知要修到几时？"

卫绾屈指数道："地下对应九卿之穴，半数尚未完工。 若待到建成，恐还需十五年之久。"

武帝听了，不禁出神，只喃喃道："世人所见甚是短浅，只知秦始皇有雄才，却不知汉家远在其上……"

如此喧闹一日，奉安大典总算告毕，武帝才松了口气。 隔日，便瞒了卫绾，唤上韩嫣，带五十名骑郎呼啸出宫，欲往近畿去游玩。

未料才出端门，就见卫绾峨冠博带，正立于道中，拦住车驾。

武帝不知是何人走漏了消息，只得下车来，向卫绾一拜："今日休沐，小吏尚得安闲，丞相却为何要来朝？"

卫绾也不答复，只上前揽住鸾辂，反问道："老臣未闻通报，不知陛下要往何处去？"

武帝略一踌躇，知道瞒不过，只得如实答道："二月以来，忙乱无已，实是劳累得很。 今日得空闲，欲往南山一游。"

卫绾便谏道："文景两代先帝，登位之初，无不怵惕，苦思如何行新政。臣也知陛下疲累，若赴上林苑，自是未尝不可；然南山此去百里，三五日内不得返归，陛下新登殿，切不可先就丧志。"

闻卫绾如此说，武帝脸色略略一变，旋又露出笑意来，猛地问道："丞相掌天下钱粮事，朕要问你：去岁大旱，京师太仓储谷可足？"

卫绾闻此问，连忙敛容，恭谨答道："去岁虽歉收，然先帝以农为本，连年劝农桑，禁止百姓采黄金珠玉，故而未伤根本。臣居丞相以来，巡行所见，京师太仓之粟，陈陈相因，充溢于外，至腐败不可食。"

武帝听罢，仰头大笑道："师傅，料你也知太仓已满。太仓如此，民间又如何能空？仓廪既实，天子端坐就好，不宜轻易扰民。我这里，且去逍遥几日，你便与九卿商议，看如何添些新政。"

"这个……臣尚未细想，实不愿操之过急。"

武帝便上了车，回首嘱道："就按直不疑所言，由虚而实，先拣那一二虚表之事，渐行新政，以不搅动人心为上。"

卫绾望望武帝，满心无奈，只得让开御道，任由车骑扬尘而去了。

在途中疾驰两日，武帝见四乡晏然，农夫正忙春耕，便更放心，笑对韩嫣道："丞相担忧，是怕途中或有不测，就未免多虑了。自先帝用郅都以来，京畿捕盗，网罗甚密，焉能有刺客潜行？"

韩嫣道："陛下说的是！百姓既安居，又为何要恨陛下？"

武帝闻言，不觉若有所思："哦？你倒提醒我了。先帝时，七国作乱，那些从乱官吏，被官军诛杀甚多。彼辈子孙，虽未受株连，必也怀恨在心，倒要留意安抚才好。"

"罪臣子弟，陛下不必怜悯。"

"你有所不知。平乱之时，朕尚幼年，闻说此事，也是满心震恐。想那从乱官吏子弟，也就如我一般大，却失了父祖，是何等恓惶？便是那七国之民，多有丧乱，即便蒙赦无罪，至今恐也不能心安。"

"陛下仁心，这一节，小臣想不到。"

"子弟怀仇，代代便是仇人。倒要提防他百代了，自家也不宁，何不早些开解呢？"

韩嫣便笑："也是。大户自有福，又何必多结冤家？"

武帝横瞥了一眼道："小户大户，凡食五谷者，道理都一样。"

两人在车上一路说笑，不久便抵近南山下。眼见山路渐难行，只得将车驾停在馆驿，换乘马匹，进了山中。

那南山一带，奇峰异石，景致直不似在人间。云雾缥缈中，天地像是骤然阔大了许多。

韩嫣在前头牵马，行得艰难，汗流满额，不由就问道："南山不过就是山，陛下要看些甚么？"

武帝望见苍碧满山，野花恣肆，全没有市廛里的闷气，登时就神往，伸手指了指最高峰："你可见那太乙山？那便是老子炼丹处。幼年时我读《老子》，便想来看，今日终得如愿。"

韩嫣也跟着望去，赞叹道："真仙山也！小臣早年陪陛下读书，听得卫太傅讲，老子出了函谷关，便没了踪影，不知他下落如何？"

"老子西去，是化胡去了。要劝那大夏^①、身毒^②等国，也懂得些教化。"

"哦？圣人做事，到底是匪夷所思。"

武帝眺望太乙山片刻，微微一笑："朕今日来此，私心也想学老子，只是不敢说与丞相知。"

韩嫣咂舌道："陛下敢想，小臣却万不敢想。"

"前朝始皇帝，东临琅琊望海，勒石而归，那才不枉活一世。来日，我定要在太乙山上建宫殿，西望瑶池，以遂大丈夫之志。"

"到那时，陛下可开恩，准小臣在太乙山上养老。"

"昏话！你我正年少，当谋大事，谈甚么老不老！"

如此，一行人在山中盘桓，白日逛山，夜宿汤峪^③，竟流连五日而不舍。末了，还是韩嫣提醒："主上已出来多日，再不返归，丞相要担心了，百官恐也有疑惧。"

"哦！这便回去吗？"武帝难舍眼前春景，扬起马鞭，狠狠甩了几个响，长叹一声，"何谓神仙？不受制于人，才是神仙。我白白做了这天子，也还是个俗人。"

话虽如此，他心中也知，天子事当不得儿戏，只得掉转马头，怏怏不乐踏上返程。

回到宣室殿，正是一抹春阳照进来，满殿春光。见案上已有

---

① 大夏,古国名,即巴克特里亚王国。

② 身毒,古国名,在今印度河一带,亦泛指印度河以东的南亚次大陆地区。

③ 汤峪,位于陕西省眉县东南,秦岭主峰太白山麓。

奏章堆积，武帝便猛地一惊，收了心，草草洗了脸，急忙坐下来看。

当日最要紧的一道奏章，是太常许昌所奏，引先帝前例，恳请武帝颁"推恩令"，封皇太后同母异父之弟田蚡为武安侯、田胜为周阳侯。

封这两位母舅为侯，延迟了许多日，原也是武帝之意，意在勿使天下有非议。

第二道要紧的奏章，亦为太常所呈，是为提请改元。武帝大笔一挥，便也准了奏。

改元诏下，便是冬十月，新帝元年（前140年）伊始。到此时，武帝即位已有数月，朝中并无大事。转过年来，春回三秦，万物复苏，武帝又忙着亲耕籍田，以为农先；屡发谕旨，劝孝弟，崇有德；遣使者往各地，问勤劳，恤孤独，只在这些扬善的虚处用力。

朝中卫绾等人，只是小心理政，无处不循旧例。武帝看上下风气，甚是沉闷，只觉比父皇那时还要不如，心里便不快。然转念又想到：时虽不利，亦不可坐困，可先纳人才，徐图缓进。将天下异能之士，多多征召，会聚在朝，待到时来运转，便可开新政。

如此一想，才稍感宽解，随即拟诏一道，命丞相、御史大夫、列侯、太守及诸侯国相，广招"贤良方正"，凡有博闻广记、敢于直谏之士，统统可搜罗上来。

再说那朝中公卿，心怀惴惴看了数月，见武帝并未罢老臣、用新人，各自就暗喜，不由对新帝有了几分敬重。故而求贤诏书一下，众人便不敢怠慢，都用心去搜罗。不数月，便有各地俊杰百余人，被送进京来。

武帝看过名单，见有广川董仲舒、菑川公孙弘、会稽庄助等人，其名早有耳闻，心中便喜。当即命谒者去传诏，召诸生入前殿，当面策问。

这日，百余名应策士子，随谒者入宫，鱼贯上殿，拜过武帝。诸生见御座上的天子，少年而老成，举止威严，各人便都精神一振，无不想一试身手。

武帝环视众人，温言慰谕道："诸君能来这里，当是万里挑一；今日看诸君风采，果然不凡。只可惜几朝先帝，只用文法吏，不用书生，故而诸君不得施展，也只怪朕没有早生几年。"

诸生听了，都会心而笑，拘谨之态一扫而空。

武帝这才敛容道："朕初次问政，正是用人之际，诸君可以庆幸了——尔等满腹学问，不致再放空。今日策问，朕只问：以往治天下，弊在何处？今后治天下，有何良策？诸君对策，长短可不拘，只需老实写来，全不要藻饰。"

诸生闻新帝言谈，爽直恳切，甚觉新鲜，便都面露欣然之色。

武帝遂一挥手，命涓人搬出案几、笔砚、简牍等，在偏殿摆好，请诸生就座。

那偏殿正中，摆着一尊铜刻漏。有谒者对诸生道："今日策问，计时以十刻①为限。到时鸣锣，诸君便可将卷册交上。"言毕，即拔去刻漏木塞，任流水潺潺而下。

诸生急忙提起笔，埋头写起来。偏殿上，瞬间一片寂静，叶

————————

① 刻，古之计时单位。一昼夜为一百刻，后又为一百二十刻等。十刻，为今两小时余。

落可闻。

武帝望见应策诸生，年纪少长不等，皆是一派斯文气，与寻常官吏大不同，心中便按捺不住。 想日后汉家基业，当是由此等人物撑持，方称大雅；立朝以来的粗野之气，当收一收了。

待计时过半，武帝更是兴起，从御座上走下，步入偏殿。 见诸生或凝思，或疾书，个个都神情专注，心中便暗想："此等人才，先帝父祖却为何偏偏不用？"

走到董仲舒案几前，武帝见他貌虽不扬，神情却端正谨严，一手小篆，颇带隶风，写得十分飘逸，心中便生敬佩。

正待要看他策论写的甚么，却见董仲舒抬起头来，搁下毛笔，不再写了。

武帝忍不住问："如何不写了？"

董仲舒起身答道："回陛下，臣已写毕。"

武帝瞟了一眼刻漏，不由吃惊："时未过半，董公就完卷了？"

"正是。"

"真是好才学！"

"不敢！ 谢陛下夸奖。"董仲舒揖礼谢过，也不多话，便拾起策论，向谒者交了卷。

武帝注目董仲舒退下，见外面晴日正好，庭树黄叶，灿然如金，心头便极是敞亮。

当夜，独坐于宣室殿东书房，将那百余卷策论拿来，逐一披览。 看了过半，却略感失望，觉大多是拾遗补阙，并无可资政治之见。 待看到董仲舒之论，眼前便一亮，展卷读来，只觉是字字珠玑。

原来这位董仲舒，早已是天下闻名的儒者。 董氏在广川（今河北省景县广川镇）为当地富户，家有万卷藏书。仲舒少年时在故里，便研习《春秋》，远近闻名。至而立之年，更是开坛授徒，广招门生，名声远播北地。齐鲁燕赵一带，无人不知"董夫子"。

董氏授徒，也有一奇，即是于讲坛前挂一帷帐，弟子只闻其声，不见其面。竟有听讲多年，却不识董夫子是何等模样的。其门下，有得意弟子吕步舒等人，学业精进，又转相授受，门徒渐至满天下。

至景帝时，仲舒之名，已传遍天下。景帝慕其名，授予他博士，准他专授《公羊春秋》①。董仲舒此前苦习三年，家有后园，却不曾迈入一步去赏玩。此等逸事，传为美谈，且由此化作一句"三年不窥园"的说法，传于后世。

董氏弟子，以师门为贵，多有出任诸侯国相及各地长吏的。街谈巷议，提起董仲舒，无有不服，竟有人以"董子"相称，将他拟比古之圣贤了。

董仲舒生于文帝元年（前 179 年），至武帝策问时，年已不惑，于世事已甚为通达。此次上殿对策，他心知帝王万事不惧，唯惧天意，便从"天人感应"入手，洋洋千言，专论"天助明君"之理，欲借此脱颖而出。

文章起首论曰：国家将有失道之败，而天乃先出灾害以警告之；不知自省，又出怪异以警惧之；尚不知变，而伤败乃至。以此见天心之仁，爱人君而欲止其乱也。

---

① 《公羊春秋》，又名《春秋公羊传》，儒家经典之一。所记起讫时间与《春秋》相同，相传作者为战国时齐人公羊高。初为口述流传，至景帝时，传至玄孙公羊寿，遂与胡毋生一道，将此书录于竹帛。

这一句，说得武帝心暖，知天意是偏心君王的；若有失误，也是三次灾异警告。若一再不听，才有覆亡之灾。

武帝再看，接下来又论曰：凡帝王治下，若非大无道之世者，天意皆有眷顾，欲扶持而保全之，事在强勉而已。强勉学习，则闻见博而知愈明；强勉行道，则德日起而大有功。

读到此，武帝已觉仲舒之论如高屋建瓴，直是挠到了痒处，便用力拍案大赞："汉非暴秦，岂是大无道之世？其事如何，全在君王勉力与否。董公此论，真是好极！我便是要勉力行大道，做那'大有功'之君！"

当夜正逢韩嫣值宿，闻书房内砰砰有声，以为有异，慌忙奔入问道："陛下，何事有异响，莫不成有鬼怪现身？"

武帝一惊，望望韩嫣，遂放下简册大笑："哪里有鬼怪？朕是活见圣人了！"看到韩嫣疑惑不解，才又道，"方才读董仲舒对策，字字合我意，故而击案。"

韩嫣咂舌道："深更半夜，亏得是小臣值宿；不然，要吓到宫女们了。"

"往昔，你可曾闻董仲舒之名？"

"宫女们多来自邯郸以北，口口相传，岂有不知董夫子的？"

"着啊！如此大才，只恨未能做我师。你且退下，我还要再读。"

韩嫣连忙劝道："陛下，已是子时了；上等的文章，也不妨留待明日。"

武帝看一眼刻漏，便道："也好，今夜便到此。"说罢，命韩嫣清理案头，吹熄烛火，自己起身来到连廊上，凭栏仰望夜空。

此时夜气浩茫，三星当头，天地间的恢宏之象，压得人就如蝼蚁般。 武帝手抚栏杆，只觉血脉偾张，想那河山久远阔大，如何就落到了自己肩上？

人生在世，不过百年，如此仰望三星，能有几回？ 可怜万千人众，只能低首下心活一世；如今自己做了帝王，领驭万方，又岂能忍心一日日蹉跎过去？

登位之前，只想着要弃"无为"，更张朝政；登位之后，方才觉出天下事千头万绪，全没个下手处。 今夜读董仲舒对策，一句"大有功"之语，如重锤落下，直震得百骸鸣响、震颤万里。 为人君者，就是要从这"大有功"做起。

少年时读书，观历代得失，只恨庸君佞臣，败坏了偌大的基业。 那庸君庸在何处，佞臣佞有几多，还是不甚了然。 多亏了此次召贤良，揽得一个异才董仲舒，方可稍解心中之惑……

正想到此，忽闻身后有脚步声起，原是韩嫣理好了书房，提灯走来。

武帝便一摆手："莫急，你且候着。"

那韩嫣早知主上脾性，闻言只在旁侧静候，不敢出声。

武帝回望一眼，见韩嫣手中所提宫灯，火光摇曳，心中便叹："掌天下者，若只知威福，便似那万古长夜，浑浑噩噩而已。 幸得天生一个董夫子，如举烛照我。"

想到此，便脱口问韩嫣道："你可知'举烛'之典？"

"小臣知道。 昔在胶东王宫，听师傅讲过，即是韩非子所言：'举烛者，尚明也；尚明也者，举贤而任之。'"

"好——！"武帝便一拍栏杆，"我今即位，人看我是少主，多有掣肘，左不得，右亦不得，我总还可以选贤才！"

韩嫣连忙提醒道："陛下，夜已深了。 即便是天子，也不可昼夜想事。"

武帝倏地一挥袖："否！公侯之事，夙夜在公，何况为人君者？你去，将那书房灯烛重新点起。"

韩嫣惊愕道："陛下是要……"

"董仲舒今日对策，句句是金，然似言犹未尽。我今夜，要专给他写一道策问，明日交与他对答。"

"如何连过夜都等不得了？唉！这董夫子，也是个痴人。"

"哈，那我就是个痴皇帝！你有福，只活一世，只养一家；我却要活千万世，养亿万民呢。"

韩嫣一时瞠目，怔了一怔："陛下熬得夜，小臣却熬不得，如此陪陛下，怕是要折寿。吾幼弟韩说，今已长成，不如令他也来随侍，好教小臣有个喘息。"

"哦？多年不见，韩说竟然已成少年。"

"正是。韩说仪容秀美，直是在小臣之上。"

"甚好甚好！明日便宣他进宫，也做个郎官。"

韩嫣大喜，当即伏拜道："谢陛下！有我兄弟二人随侍，陛下就是三日三夜不睡，也撑得起。"

"只不怕我折了寿！好了，今夜你无须再陪，去朕寝殿歇宿，明晨有事，再唤你。"

这夜，武帝于灯下，胸中似有洪荒之问要涌出，拿来简牍，走笔如飞，把一道策问写好了，大意为：

欲问那五百年之间，守成之君，当朝之士，欲遵先王之法以经世者甚多，然犹不能及，日渐衰灭，传至后世而亡。是其所操持之道有误，以致失其法统乎？是天降贵命而不察，必至运衰而后政息乎？

呜呼，是何道理！ 莫非所为屑屑，夙兴夜寐，只求效法上古三代，必定于事无补乎？

朕只欲教化而令行，刑轻而奸改，百姓和乐，政事昭明。 试问：君王当如何修治，可致膏露降、百谷登？ 可使德润四海，泽被草木，三光全，寒暑平？ 可使我受天之佑、享鬼神之灵，德政施于方外、延及众生？ 君王当有何行，而可以彰先帝之宏业，上追尧舜，下配三王①？

这一篇策问，写得大气磅礴，所问非常人所思，直抵为政要害，便是后世千年亦不失效，直不似一位少年所能为。

写毕，武帝掷笔于案，霍然起身，卷起帘栊，眼望满天星斗，长出了一口气："董夫子，我虽年少，恐你也不敢小看吧。"

稍后忽地想起，又拾起笔，补了一句："朕欲闻大道之要、至论之极，凡匹夫庸常之论，勿用半句。"

搁笔后，武帝拿起简牍来，吹了吹墨，方才轻轻放下。 此时，忽闻长安街衢上，遥遥传来更鼓之声，果然时已过夜半了，这才哑然失笑："也是。 人生三万昼夜，何苦就过不了今宵？"

次日，武帝召来郎中令缯贺，命他亲赴馆驿，将第一道策问交与董仲舒。

缯贺乃数朝老臣，少年即从军，曾救过高祖一命，此时已是八十老翁。 董仲舒见缯贺登门传诏，不禁肃然起敬，忙施大礼拜谢。

接了策问，匆匆看过，顿时难抑胸中翻腾，知昨日对策，尽抒

---

① 三王，指夏、商、周三代的首位君主。

平生所学，果然力压群儒。只看君上这二百余字，岂是一般的官样敕文，直是发自肺腑，意在和鸣。如此荣宠，天下有几人可得？当下送走缯贺，便要去闭门对答。

馆驿中其余诸生，见百名俊杰中，唯董仲舒蒙天子知遇，都欣羡不已，一齐拥来仲舒门外，要为他置酒贺喜。

董仲舒只得频频作揖，连称："对策要紧，贺酒且留待他日。愚不才，不过先发而后至，诸兄来日蒙皇恩，当远在弟之上。"

如此，才劝退众人，将房门关紧，提笔草拟对策。

至日落掌灯，复又秉烛通宵，历一日一夜有余。仲舒独自伏案，食水不进，将一篇二千言对策写罢。而后润色再三，才急赴北阙，交谒者递入。

武帝那边，早已无心朝政，只候在东书房等候下文。见谒者呈入，急忙展开来看。

董仲舒这一道对策，滔滔雄辩，锋芒毕露，直言兴亡之事，毫无避忌。文曰："历代开国之君，尚知积善累德；及至后世，淫逸衰微，不能治理众生。废德教而用刑罚，刑罚不公，则生邪气；邪气积于下，怨恨生于上，上下不和，则阴阳错谬而妖孽生，此即灾异所缘起也。"

武帝不禁连连拊掌，唏嘘道："病在此，病在此！董夫子眼光，天下无人可及。"遂连声唤道，"来人！读董夫子文，当焚香沐浴。沐浴是不成了，去搬香炉来。"

韩嫣闻声，即捧来一尊博山炉，点燃了熏香。烟气腾起，满室顿觉奇香。

武帝嗅嗅，微笑道："如此，方能解董公之妙！"

韩嫣看武帝稍有闲暇，连忙禀报："国舅田蚡求见。"

"哦？ 田蚡来，只怕是又要说个不停，只教他改日吧。 这几日，朕概不见内外诸臣。"吩咐毕，又急着埋头去看。

董文至后半，言辞愈加激烈，痛诋秦始皇焚书弃礼，以求粗简之治，实是要尽灭先圣之道。 写至文末，更是字字如刀，直刺暴秦之恶，大意为：

自古以来，未尝有以乱济乱、大败天下之民如秦者。 其遗毒余烈，至今未灭，使习俗薄恶，人民愚顽，犯法败德，熟烂如此之甚者也。

圣王继乱世，当扫除其迹，复修教化，方可起死回生。 孔子曰：'朽木不可雕也，粪土之墙不可圬也。'今汉继秦之后，如朽木粪墙矣，虽欲善治之，亦无可奈何。 法出而奸生，令下而诈起，恰如以汤止沸、抱薪救火，愈发无益也。

譬如琴瑟不调，必更张之；为政而不行，必更化之。 当更张而不更张，虽有良工不能善调；当更化而不更化，虽有大贤不能善治。

武帝读罢全文，倚坐木几上，张大口且微微恍惚，良久方呼道："痛——快！"

此时日已暮，寒气渐侵，室内虽有炭火钵，仍是凛冽如冰。 武帝却全然不觉，只觉浑身百骸皆热，有流火贯通，一时无法安坐。 遂起身，绕室徘徊，一连声地叹道："世事壅塞，又当如何更化、如何更化啊……"

那韩嫣看了几日，也知主上心有所思，几忘冷暖，忙捧了白狐裘上前，为武帝披上，劝谏道："董夫子对策，固然难得，陛下也须爱惜身体才好。 坐上这龙位，尚有百年之数可用呢，岂在忙碌这几日？"

武帝当即叱道："咄！你又知道甚么？孔子曰：'十有五而志于学。'此时朕若不学，又如何在殿上坐得百年？"

韩嫣叹息两声，忽而想起，便又进言道："昔在胶东王宫，陛下温课，有不明之处，常夜出，向师傅当面求教。董夫子此文既好，陛下何不夜往馆驿，与夫子当面切磋，也好过在这里着急。"

"哦？"武帝双目睁大，望望韩嫣，略显惊喜，片刻却又摇头道："不可。董夫子这几日所思，缜密异常。若去打搅，必扰了夫子的思绪，反倒累及他不能畅言。"

韩嫣便俯下身去，拨旺了炭火，回首扮个鬼脸道："陛下绕室，小臣都觉晕了。这'鬼打墙'的走法，便能解得天下事吗？"

武帝将脸一板，佯怒道："再胡言，朕要杖责了！且去，端一碗羊羹来，我要连夜再写第二道策问。"

如此一夜过去，清晨雾起，街衢尚在冷清时，武帝的第二道策问，便又置于董仲舒案头了。

驿吏也知董仲舒正蒙恩宠，不敢怠慢，亲奉了羹饭上来，笑脸道："晨起，驿卒一开门，有郎中令署中一曹掾，便抢步进来，说有天子策问，刻不容缓，要面呈先生。我知先生睡得迟，不忍打搅，便谎称有诏旨，不得搅扰先生入睡，收下简牍，将那曹掾哄走了。先生今日，怕是又要忙了，待先生写毕，小官愿代为送至北阙。"

董仲舒也无心寒暄，只一笑，拱手谢过。待那驿吏退下，连忙展开策问来看。

武帝这第二道策问，一百余字，个中所问，乃是有何计可以解困局。其策问大意曰：朕夙兴夜寐，唯求承大统、彰宏业，数月来劝农恤孤，费尽神思，却未获大功。观今日天下，阴阳错谬，氛气充塞，众生难安，黎民不济，廉耻紊乱，贤与不肖混淆，未得其真才。今选贤良，待诏百余人，多对曰：世事未济，欲采上古之法，而于今难行，奈何？夫子可有所知异术、所闻殊方？尽可写来，切磋探究，以称朕意。

董仲舒读毕，眼泪险些都要涌出。想那少年天子，能如此屈尊就教，竟似学子一般。所思所问，非为一家一姓之尊，乃是万代为政之要——天下安否，黎民痛否，有司有何弊，廉耻何以衰，竟都在他胸中，实是不可思议。

读毕再读，如是三番，只觉今日所受知遇，便是孔孟当年也不敢想。上下千年，可曾出过一位这般雄才大略的少年？春秋五霸，何人又能胜于如此新践天子？

遐思既久，案头羹饭堪堪要凉，驿吏进来催，董仲舒这才将策问放下，一面慢慢用了朝食，一面便将对策的起首想好。

待驿吏来撤下碗箸，董仲舒起身推窗，见晨雾已散，庭院老槐叶落纷飞，不由就牵起了万千心事。

想幼时在故里，读《春秋》，始有大志，此后苦读三十五载，而名满天下；今又蒙新帝赏识，堪比知音，可谓生逢其时。若生在秦时，则难免有坑儒之厄；若生于楚汉间，或将遇鼎镬之灾；若起于文、景两代，则旋起旋落之际，又如何能善终？

今新帝英气勃发，志在千秋，当倾尽平生之所学，写成对策，以为资政。不独利在当世，且有望名垂万世。只不过，有贾谊、晁错折损在前，自己亦不可大意。

想到此，不禁自诫道："书生议政，可上万言策，而不可贪恋中枢啊！"

而后，复坐案前，将笔尖在砚中蘸来蘸去。忽就深吸一口气，展开卷，挥笔疾书。如此半日间，将第二道对策写毕，交与驿吏，送至司马门去了。

武帝接到对策，不由一惊："如此之快！真不负夫子之名。"便展开来急看。只见那策问写道：

今之郡守、县令，民之师也；其职，为承上意而宣教化。师若不贤，则上德不宣、恩泽不流。今之官吏，既无人训诫于下，便不遵君上之法，暴虐百姓，与奸为市；贫穷孤弱之冤苦，有司失察，甚不合陛下之意；以至众生不安，黎民未济，皆因长官不明也。

各地长官，多出于郎中、中郎，或二千石吏子弟，又以钱买爵，故而未必贤也。古之所谓有功者，以称职与否为准，而非仕途日久也。故小才虽任久，仍为小官；贤才虽任期不久，却不妨为朝中辅臣。缘此，有司诸官吏，无不竭力尽心，务善其业，而以计功。今则不然，为吏日久以取贵，任期既长以加官，以致廉耻紊乱，贤与不肖混淆，而未得其真才。

武帝看罢，只不住地颔首叹服："果真如此！选官之弊，正是我腹心之患。"遂又将此策看了两遍，拣了一支朱笔，在紧要处，逐一做了圈点。

时值正午，韩嫣拿了汗巾进来，递与武帝，笑道："陛下额头又出汗了。董夫子文章，强过散石汤，一读就冒汗。"

武帝擦干额上热汗，只望着窗外，良久未语。

韩嫣小心问道："时已正午，陛下可要小憩？"

武帝这才回过神来，笑道："服了散石汤，如何能睡得着？"

"那小臣退下了。"

"且慢！今日后晌，还须劳累你一趟。"

见韩嫣面露迷惑，武帝便一笑："朕这就写第三道策问。稍后，着你出宫去，送交董夫子。"

"诺！小臣候着。"

"至馆驿，亲交董夫子手中，并立等夫子将对策写毕，携回宫来。"

"待夫子写完，怕要深夜了。"

"错金符交与你，哪个还敢拦阻？夜半写毕，夜半回；明早写完，便明早回！回来，就在朕寝殿歇息，还怕困倦？"

"诺……小臣遵命！这董夫子对策，好生厉害。便是发军书檄文，也不过如此吧？"

武帝笑笑，不再言语，于案前坐下，提笔蘸墨，稍加思忖，便一挥而就。

这第三道策问，只追问董仲舒："夫子既能明察阴阳造化之理、熟习先圣之道，如何言犹未尽，莫非于当世之务有顾忌？先生条分缕析，却阐说未终，其困局何解、弊端怎除，只字未提，莫非是嫌朕昏昧不明？读先生策文，大道之极已明，惑乱之端亦知；然如何究治，如何复礼？请再对来，朕将亲览，请务必明言之。"

当日薄暮，董仲舒接过武帝第三道策问，略扫一眼，额头便有汗出。

韩嫣见了，强掩笑意，连忙拱手道："有诏命，令我立等。夫子亦不必急，小官可等得一夜。主上与你，可谓君臣心相通，看了彼此文章，都是要出汗呢。"

董仲舒连忙客气道："哪里敢劳足下立等？"遂去唤了驿吏来，接了韩嫣去别室休憩，自己则独坐沉思，半晌才打好腹稿。

日将暮时，董仲舒方提起笔，饱蘸墨汁，从容写来。 其间，几易其稿，反复斟酌，至完稿誊清，侧耳听更鼓，已近夜半。 这才将简册卷好，打上封泥，去叩响别室门扇，唤韩嫣起来。

韩嫣于酣梦中惊醒，一骨碌爬起，睡眼惺忪道："夫子写好了？ 不知已是几时？"

董仲舒答道："亥时将过。 既已半夜，不妨明早返回。"

"小官岂敢？ 主上不见我回去，今夜恐是通宵都睡不得。"

"哦？ 这般时候，如何进得宫门去？"

"有诏，令司马门值守人等，通夜不得眠；见我回，立即开门。"

董仲舒脱口惊道："主上果然在等！"遂向韩嫣谢道，"不才驽钝，写得慢了，累你也辛苦了半夜。"

韩嫣便笑道："主上看重先生，先生怎可谢我？ 天子师，便可做得丞相，想董夫子不久即可挂相印，我这里倒要先贺了。"

董仲舒闻言，忽然脸色一沉，拉住韩嫣衣袖，疾言道："荀子有言：'国之命在礼。' 此等戏言，无礼之甚，万不可对主上提起！"

韩嫣一惊，脸色顿时惨白，连忙伏地，向董仲舒谢罪道："恕小臣无知，不知前辈规矩。 今后纵有胆，也不敢与先生闲话。"言毕起身，以袍袖携了简册，便匆匆奔出门外了。

二

臣儒新履
遭禍災

且说董仲舒骤蒙圣恩，日有垂问，朝野也都有风声传出，丞相卫绾便不能安坐。

这日，初冬寒意侵骨，卫绾多年未习鞍马，颇觉体虚，耐不住风寒，只得在家中温酒御寒。此际，眼见万木萧疏，心头不免也一派枯寂，想到连日来，唯自己一人领班朝会，主上并未露一面。欲往求见，谒者也只是挡驾，说是天子偶有小恙，不拟问朝政。

卫绾心知有异，遣了心腹一人，去向宦者令打探，方知主上正日日笔墨往来，与董仲舒问对切磋，心下便更觉不安。恰在此时，有阍人进来通报，称御史大夫直不疑求见。

卫绾连忙起身，趋步至中庭，将直不疑迎入，笑问道："如此寒天，直公竟也来访，便不怕染了风寒？"

直不疑拱手答礼，正色道："如今之势，心中之病，恐要甚于体感风寒。"

卫绾瞟一眼直不疑，心中会意，连忙低声道："你我密室里去谈。"遂吩咐家仆，另温了一壶好酒，送入密室。

两人相对坐下，卫绾便先开口道："直公此来，所为者何，不说老夫也能猜到。我且问你，新帝即位，堪堪已有一年，你我旧臣，好在安然无虞；然此等情势，可能长久乎？"

直不疑便一拜："丞相大智，下臣此来，正是为此事。"

"公不妨尽言。"

"下臣见丞相近日行事，多有急躁，以为大可不必。"

"哦？何以见得？"

"主上不重黄老，颇有雄心，下臣是看在眼里的。然即位一年，终究未动老臣，显是不欲摒弃黄老。故我等顾命之臣，不宜投其所好，只管自重就好。"

卫绾一笑："直公到底是长者，沉得住气。而以老夫看来，今日情势，恐要生变，主上置你我于不顾，只日日与那董仲舒切磋，我等若无举措，岂非要将权柄拱手让人？"

"董仲舒意欲何为，下臣还看不透；或是欲劝主上尊儒，也未可知。然下臣素信老庄，不信其他。庄子曰：'人皆知有用之用，而莫知无用之用也。'你我老臣，立于新帝陛前已一年有余，便是所谓'无用之用'。无论今日董夫子怎样，我等只是不动为好。丞相自郎官做起，到今日高位，一向守道无为，熬到此时，万不能心慌。"

"唉！直公知我。我也原是不欲多事，然看今日情势，董仲舒者，无乃又是一个贾谊？我辈若无主张，前朝周勃、申屠嘉之厄，岂不又将重现？"

直不疑看看案上，一壶醴酒已然温好，便执起壶来，斟满两杯，举杯对卫绾道："丞相为三朝元老，所历人事，远多于下臣。若想有所举措，还是以务虚为好，不宜轻言律法废立。"

卫绾便举起杯，与直不疑对饮了一回，颔首道："这个我自知。那董仲舒既然尊儒，我便顺势而为，谅也不至触怒主上。"

直不疑笑道："也罢，丞相是知轻重的。天寒体弱，以温酒御之，便不用烈火炙烤了。"

卫绾便大笑："长者谋身，到底是胜人一筹。"

两人又将朝中事议了一番，见天色已暗，直不疑便起身告辞。

卫绾笑笑："直公廉直，来敝舍坐了半日，竟不肯赏脸用了饭再走吗？"

直不疑摆摆手道："丞相与我玩笑了！丞相廉直之声，远在我之上，我哪里敢破例？"言毕，便出门登车而去了。

送走直不疑，卫绾独坐廊上，望见天色黑尽，方才回屋去进餐。食毕，便进了书房，研好墨，提笔写了一道奏疏。

书曰："今各地所荐贤良，或治法家申韩之术，或好苏秦张仪之言，所学皆无关世治，其言险僻，徒乱人心。臣请一概罢归，免得生事，仅留公孙弘、庄助等数人，教授儒学，以彰礼教。上有所倡，诸生方知大义，可免新垣平之流再起。"

翌日，卫绾上朝，将奏疏递入。武帝此时，正耽于董仲舒高论，在东书房接到卫绾奏疏，便压下未阅，只顾细读董仲舒第三道对策。

原来，前一夜，武帝坐等韩嫣返回，竟是终宵未眠。至平旦时分，见韩嫣一脸惺忪之态，踉跄进来，呈上董氏手笔，便欣喜道："董夫子写了一夜，你也甚辛苦，奈何我就是等不得了。"

韩嫣苦笑道："主上见美文，如见美色，小臣是知道的。"

武帝佯怒道："休得胡言，且退下，朕要安心来读。"

晨光照进窗棂，武帝展卷甚感惬意，但见董仲舒写得洋洋洒洒，大意为：

窃以为，天有所予，当为至公；所受大者，不得取小。既已受大，又取小，天不能给足，而况人乎？此即是小民之所以嚣嚣不平，乃苦于不足也。身宠而居高位，家富而食厚禄，又倚仗富贵之资，与民争利于下，民安能不苦！

今观豪门之家，众其奴婢，多其牛羊，广其田宅，博其产业，畜其积财，日夜营谋无已，以迫促民；民则日削月减，渐以大穷。富者奢侈满溢，贫者穷急愁苦；穷急愁苦而无人救，则民不乐生；民不乐生，便不避死，又安能避罪？此即为刑罚愈繁，而奸邪愈众者也。

故而受禄之家，应食禄而已，不与民争利，然后利可均布，而民可家足。此为上天之理，亦为太古之道，天子当效此以为制，大夫当循此以为行。岂可居贵人之位，而与庶人争利哉？天子、大夫者，下民之所效，远方之所望；尔好义，则民求仁而风俗善；尔好利，则民好邪而风俗败。

《春秋》大一统者，天地之纲常、古今之通义也。今百家之论，众说纷纭，上无以持"一统"，下亦不知所守，天下又焉有章法可循？

董仲舒这一道对策，洋洋洒洒，直斥时弊，挥洒古今，端的是书生意气，直上云霄。

武帝一篇阅罢，豪兴大起，猛地起身推窗看，见正是白日当头，满庭艳阳，心中便一派澄明，忍不住想："我以少年执国柄，正是天降大任；所为之事，当震烁古今。今有董生为我指明，只应崇正辟邪，尊儒术，罢百家邪说，行'大一统'，传于千秋后世，此生便也算不枉活。"

于是卷起简册，唤了韩嫣来，吩咐道："去传命太史官，誊好副本，存入石渠阁，为我汉家万世所宗。"

韩嫣将简册小心捧起，笑了一声："董夫子，好生厉害，抵得上三四个丞相了。"

武帝立时一声断喝："妄言！"

韩嫣浑身一激，咂了咂舌，急忙往太常署去了。

董氏这三篇对策，自此名传千古。因是从"天人感应"说起，故后世名之为《天人三策》，又名《举贤良对策》。

董仲舒潜心向学多年，一鸣惊人，于挥笔之间，便扭转了乾坤。其宏论，先论兴太学，再论求贤才，三论教化"大一统"，力主独尊儒术，罢黜百家，为君臣万民定下了一统纲纪。

有此一尊，则千万人之德行，皆有所从。那万里河山，也才能聚拢一处，绵延承继，不致长久分崩。①

武帝于当日，独立窗前良久，看日影在落叶上移过，只觉人生苦短，不可倚仗年少而荒废。当下甩了甩袖，回身坐到案前，拿起堆积的奏章来看。

先拣起的，便是丞相卫绾的奏疏。武帝看过，心中暗笑："师傅谨严一生，晚年反倒沉不住气。也好，吾意也正是如此。"

当下便准奏，着令丞相府草诏，颁行天下，所有应召贤良，除了通儒学的二三人外，皆罢归不用。并晓谕诸生，德行当合于礼教，不得以邪说乱世。

批阅毕，武帝不由想到，卫绾这老臣，以弄车杂耍之技入仕，无一谬言，无一悖行，老老实实做到了三公，正合了董仲舒所言，"为吏日久以取贵"。当下承平时日，如此为官，倒也不至有纰漏；然欲开新政，或突逢事变，这等庸官又有何用？

―――――――――

① 两千余年间，董氏此举，屡遭人非议；然彼时彼地，却是获汉武帝盛赞，以之为万世之计。

想到此，不禁就叹息："人人诫我：不得用贾谊、晁错。然世无异能之臣，如何做得了异能之事？"倚着几案发呆半晌，就觉头痛，浑身乏力，满腔豪兴顿时减去了大半。

当夜，武帝赴长乐宫，向两位太后请安。来至太皇太后处，见她仰倒在榻上，头覆汗巾，身体似有不豫，便急忙上前跪拜："祖母，莫非有小恙？儿臣来迟了。"

窦老太后闻声，两脚动了动，却也不睁眼，只轻哼了一声。

时值窦太主也在侧，正为老太后按摩两肩，瞟了一眼武帝，也未张口。

武帝心中奇怪，便问窦太主道："姑母，祖母患的是何病？"

窦太主冷冷道："我也不知，你问祖母就好。"

武帝更是惶惑，直望住老太后不语。

老太后此时忽睁开眼，冷笑道："孙儿懂事了，也知祖母会患病？哀家无有他病，唯有心病！"

武帝便知事有蹊跷，忙伏地请罪道："孙儿问政不久，百事不谐；若有纰漏，还请祖母问罪。"

老太后语气幽幽道："是何人教你罢归诸贤良，仅留公孙弘等二三人？"

武帝心下大悟，迟疑片刻，才回道："乃丞相卫绾所奏，为告诫臣民，敦行礼教。儿臣深以为然。"

老太后霍然坐起，面有怒色道："哀家却不以为然！"

"这个……还请祖母训示。"

"汉家自高祖起，便尊黄老，数代天子不敢更张，天下遂告太平。我也知你自幼聪明，然终究还是小儿，不知利害。哀家早年即入宫，世事翻覆，已看过几回了，今日便将丑话说与你听：用人不当，必将祸遗天下！看你今日策问，明日召对，半月来不理朝政，只想着董仲舒……"

"祖母，那董仲舒，一儒生耳，好作大言而已。"

"哼！昔日那晁错，也喜作大言。天下书生，埋头读书便好；若言政，便是难舍功利。祖母老了，愈发厌见儒生，更不欲再见兵荒马乱。"

"祖母言重了。董夫子，究竟是个夫子，不懂转圜，今日谏发兵，明日谏营造，儿臣也正不耐烦得紧。来日或可任太子师，岂能令他掌朝政？"

"那也不成！他来教书，储君还能守本分吗？"

"儿臣知道了。当用董仲舒为诸侯国相，必不令他留长安。"

老太后容色这才稍缓，复又躺倒，朝窦太主指点道："嫖儿，再捏我肩头这里……"

武帝便觉尴尬，吞吞吐吐道："祖母，罢归令已下，总不好这就收回。"

老太后摆摆手道："下就下了，今后此类事，总要令我先知。那卫绾也是，一个车戏出身的莽夫，本不习六艺，如何也要尊儒？怕不是有心阿谀？"

"孙儿也疑心是。"

"师傅阿谀学生，亘古以来，倒是未有。汉家立朝，不过才六十多年，士风却愈发的不行了。"

"卫绾为人，还算恭谨，为官许多年，并无疏漏。"

老太后闻言，忽然想起来，面色就一沉："孙儿不说，我倒还忘了。嫖儿，你去我内室，将那些告状信尽都搬来。我盲了，看不真切，便教我这孙儿来看。"

窦太主便起身去了殿后，不一会儿，捧出许多简牍来，置于武帝面前。

老太后指指简牍道："你来看，长安官民，各色人等，都恨透了当朝丞相。"

武帝大出意外，面露惶惑道："缘何事告状？"

老太后便猛一拍卧榻："不提还罢，若要提起，立朝以来从未有过！"

武帝更是惶恐，呆望住老太后，口不能言。

窦太主便在旁插言道："先帝病笃时，长安人心惶惶，街谈巷议，时有不免。卫丞相竟亲率差役，四处捕人。偶有语涉先帝病者，即关入诏狱，拷问凌虐……"

"有这等事？"

老太后冷言道："孙儿还不信吗？那几日，长安人人震恐，道路以目。老叟们皆言：又似回到了秦始皇时。彼时，你正侍奉你父皇，哪里知这长安城，已成囚笼。"

"哦？此等恶例，万不可开。"

"若仅一二人说起，祖母倒也不信。自你即位以来，告状信接二连三，都递到了我这里。原来那时，长安各衙都四处滥捕，无辜者满坑满谷，笞刑之下，非死即伤。你父皇驾崩后，虽都放出来了，但人家哪里能服？"

武帝闻言，顿起怒意："若各衙滥捕，当容人申冤。"

"你每日问政，可知有哪个昭雪的？"

"如此，丞相当问罪。此事容我详察。"

老太后便讥笑道："孙儿聪明绝顶，焉有不知道的事？"

武帝顿觉羞愧，忙伏地叩首道："不敢。"

窦太主此时忍不住插嘴道:"彻儿聪明,自是无疑;然书读得多了,人情上也不能薄。你平日待阿娇,便是欠周到。"

老太后一笑,赞同道:"正是此理。你姑母嘱咐,莫只当风吹过。你得以做天子,是姑母用了力;你做成了天子,便不能辜负阿娇。"

"孙儿谨记。阿娇性强,我平素并不敢慢待。"

老太后就笑:"阿娇若生有一子,性子便不强了,你总要多用些心。"

窦太主也附和道:"就是! 女儿家,你须得好好哄着,莫要只顾与近侍戏耍。"

武帝暗叹一口气,俯下身去,叩了几个响头:"孙儿早有承诺,金屋藏娇,今日必不背诺就是。"

自长乐宫返归,武帝独坐东书房灯下,想想皇后阿娇事,也只有连连叹气。

原来,武帝尚未成太子之时,便与阿娇定了亲,两人彼时尚在幼年,倒也相悦。待刘彻年稍长,娶了阿娇为太子妃,反倒生分起来。

那阿娇生于贵胄人家,其父陈午富甲一方,其母刘嫖原为长公主,今为窦太主,家世无人可及。自幼熏陶,脾气就不免骄横。

刘彻能坐上太子位,又由储君为新帝,全赖姑母刘嫖之力,陈阿娇自恃娘家拥戴有功,言语之间,更是傲慢。偏那武帝也是性强之人,虽感激姑母,却耐不得阿娇的蛮横,即位之后,反倒甚少召幸。

两人淡漠若此,阿娇自然是日久无子,虽有至尊名分,却不如民家夫妻那般相偕。武帝每念及此,便心生不快。

如此在东书房呆坐，挨至半夜，忽见韩嫣探头进来，催促去就寝。

武帝便一甩衣袖，叹气道："料不到，帝王家事，竟也不如小户美满。罢罢！不想那许多了。"

韩嫣提了宫灯，送武帝去寝殿，见武帝不乐，忙劝解道："陛下，莫为皇后事烦心。小臣知道，民间女子，也有可人意的，不妨纳几个美人进来。"

"你个鬼精，知道甚么？"

"先帝为太子时，后宫便多有美人。"

"朕非先帝，朕有大事要做。甚么美人，今后休得再提起！"

韩嫣讪讪道："小臣虽是……貌美，然也愿看美人脸嘛，今后不提就是。"

武帝闻言，不禁大笑，觉胸中郁闷消去了不少，便吩咐道："稍后，你去传令宫女，召皇后来侍寝。"

韩嫣便觉奇怪："陛下既不耐皇后脾性，如何又要召幸？"

武帝苦笑道："幼年一诺，如今是万难解脱呀！"

这夜，陈皇后应召侍寝，武帝心中有事，好歹哄得陈皇后开颜，便倚枕长思，良久方寝。

次日朝会毕，待群臣退下，武帝独留住直不疑，问道："先帝病笃时，长安搜捕妄言者甚多，你可知此事？"

"臣大略知晓。"

"中尉府可有滥捕之事？"

直不疑脸色一变，言语便支吾起来："中尉宁成，为人苛急，或多捕了些，只是……"

武帝立时沉下脸来："直公，先帝用你为顾命，是敬你忠直，有何事不可直说？"

直不疑沉默片刻，方才开口道："彼时，非独中尉府，京中各衙都曾四处捕人。且所拿获者，皆为市井，不过偶有漫语，实无大不敬之罪。诏狱中，一时冤狱充塞。"

"那么，此事丞相可知？"

"丞相主领其事，当知详情。"

"你如何不加阻谏？"

"事急，臣阻谏不及，事后也曾劝过卫公。卫公谓我曰：非常之时，当有权宜之计。故羁押两月余，所捕之人，便尽放出。"

武帝面露怒色，责备道："公与丞相在朝，为执宰，焉能如此行事！律法者，至公之道也；岂可临事从权，强诬人以罪？"

直不疑慌忙伏地叩首："臣有罪，愿受责罚。"

武帝挥挥袖道："罢了，此事休再提起，朕也不过问问而已。"

直不疑满面愧色，唯唯退下，心中便知不妙，或将难逃严谴。

如此过了半月，却不见有何动静。直不疑正庆幸间，却不料这日上朝，未等卫绾开口，便有谒者当殿宣道："圣上有诏，诸臣听命。"

众文武心中便一凛，料定是有意外。大殿之上，顿时一派肃然。

只听谒者宣诏道："向时先帝病卧，京中各衙，四处滥捕；狱中冤情，数不胜数。丞相卫绾未能明察，致民怨滔滔，至今未息，实有负先帝之托。念卫绾多年无过失，今又多病不能执事，诏令免归故里，不另问罪。丞相一职，由魏其侯窦婴接掌……"

读到此，满堂文武脸色骤变，都不由面面相觑。

却听那谒者又读道："御史大夫直不疑，知情不举，失之察；

亦诏令免归，其空缺待选。中尉宁成滥捕，革职不用，下狱论罪。另有太尉一职，已罢废多年，今复之，由武安侯田蚡接任，统领兵事。钦此。"

众臣听罢，一阵骚动。卫绾、直不疑难掩惊恐之色，连忙出列，伏地谢恩。

一日之间，执宰尽罢，实出众人意料，个个都不免惊惧：原来这新帝虽年少，却绝非仁厚之辈，即位一年间，不露声色，今朝却突然发难，迅雷不及掩耳。

那新任三公之中，窦婴为窦老太后之侄，田蚡为王太后之弟。论身份，皆是国舅。如此安排，乃是挟外戚以压朝臣。此等老辣手段，实不能以少年视之。

罢朝之后，卫绾与直不疑走在一处。只见卫绾脸色惨白，似惊魂未定。

直不疑因受过武帝责备，心中早有预料，倒还镇静，连忙劝慰道："卫公请宽怀。今日你我二人，以顾命之臣而罢归，虽颜面扫地，所幸未受凌辱，总还强过周勃父子。明日卸了职，回乡养老便是，夫复何言？"

卫绾仰天望望，叹了一声："在下自文帝时起，得蒙皇恩，只觉战战兢兢，无一日不耗心费力。今日恩尽，就算是解脱了吧。"言毕，朝直不疑匆忙一拜，便以袖掩面，上车去了。

数日之后，两人出京还乡，此后再无声息；因爵位未夺，晚年尚属体面。卫绾为建陵侯，爵位传于子，后其子因过失而被夺爵。直不疑为塞侯，爵位传至孙，其孙亦因过失被夺爵，皆为后话了。

武帝出人意料，突然换相，原是已酝酿了多时。前几日，读了董仲舒对策，便有心建万世之功，却见眼前执宰之臣，只知循例办事，无一计可以除弊，如何能当得大任？正巧窦太后提及冤狱事，武帝思虑数日，便打定主意换相，并向老太后讨主意。

老太后闻听武帝欲换相，反倒笑了："那卫绾恭谨寡言，当朝为相，孙儿岂不是自在？"

武帝连忙道："祖母这是说反话。想那卫绾，位居显要，无一计可兴利除弊，甚或连拾遗补阙亦不能。他为官之道，只知守本分；遇事又喜逢迎，所措多乖张。如此丞相，教孙儿如何能治好天下？"

"车戏者出身，怕也是技止此耳。"

"另有御史大夫直不疑，孙儿也想换掉。"

"哦？直不疑有何过失？"

"无非也是为官慎言，但求无过。此人于私德上用心太过，只想讨个好名声。看似敦厚，实是无能。"

"如此看，一并免去也好。只不知丞相一职，何人可以胜任？"

听得窦太后问到要害处，武帝连忙前移，试探道："孙儿原以为，田蚡可当大任。"

老太后略一蹙眉，连连摆手道："不可不可！田蚡其人，起自闾里，未经多少历练，哪里就可做丞相？"

"母后常与我言：田蚡舅曾自习经史，所涉甚多。他入朝奏对时，亦多能言事。"

"他一个郎官，能言甚么事？不过有个国舅身份，受推恩而封侯。我在东宫，他倒是常来问安。我看他，不过为人伶俐，生得一张巧嘴，到底能助你多少，实不可知。"

武帝当即答道："太后所言，孙儿也早已有此意。田蚡舅资历尚浅，不任丞相也罢。若此，丞相一职，唯有起用魏其侯窦婴，方得朝野信服。"

老太后抚额想想，领首道："如今看天下，也无他人可用了，唯有窦婴资望还够。你这表舅，虽有平乱大功，然性狭气躁，你父皇便不肯用他为相。今日你给他面子，用为丞相，谅他也不敢再冒失。"

"既如此，田蚡舅多才，也还是不宜闲置。先前周亚夫为相之后，太尉一职便撤废。孙儿欲复置太尉官，由田蚡舅接掌，领天下兵事，祖母以为何如？"

老太后怔了一怔，便笑道："也罢。你身边无能臣，朝中大局，就由你两个舅父来撑吧。"

经窦太后允准，武帝这才放手任免，将朝中人事断然更新。在朝诸臣，见识了武帝手段，不禁心生敬畏，相互间都提醒，今后须小心行事，万勿轻易冒犯。

却说武帝如此用人，不觉间，却是由田蚡操弄。田蚡新用事，哪里有甚主张，于是广招宾客，善待之。凡有名士闲居在家者，无不结交，欲以此辈之力，倾轧朝中诸文武。

闻得卫绾失势，田蚡便心有所动，欲谋丞相之位。偏巧田蚡跟前，有一亲信宾客，名唤籍福，为人练达正直，劝阻田蚡道："魏其侯窦婴，久为贵人，朝野无有不服。今将军初起，名声大不如魏其侯，即使君上令将军为相，也必处下风。不如推魏其侯为相，将军必为太尉。太尉与丞相，尊贵相当，将军却得了让贤之名。"

田蚡听了这番话，大为赞赏，当下就去见王太后，极言窦婴可为相。

王太后见田蚡能让贤，更是信任不疑，几次说与武帝，武帝这才属意窦婴，与窦太后不谋而合。

自拔擢了两位外戚，武帝备觉气壮，不欲再忍因循。料想那窦婴、田蚡两人，得蒙恩宠，必不至掣肘，尊儒之举便可放胆为之了。

次日，窦婴、田蚡接掌印绶，入朝谢恩。武帝对二人温言道："二位舅父，今后你们便是朕之干城，一切不必顾忌。"

田蚡连连叩首，几欲泣下："臣不知有何德能，得蒙陛下大恩。昨夜辗转，几不能眠；当竭力效命，以死报之。"

武帝就笑："哪里就能说到死！田蚡舅才能超众，旁人不知，朕却是了然的。朝政事，你与魏其侯多商议就是。"

窦婴连忙谦辞道："丞相职分，乃朝政要枢；臣实无此才具，陛下是错爱了。"

武帝望住窦婴，微笑道："如此说，朕是选错了人？你平乱有功，名震天下，只需耐住性子，诸事便可顺遂。今有田蚡在你左右，当无疏漏，朕是放心的。"

田蚡精神便一振："陛下宠信我等，臣自是不疑。然朝中诸事，千端万绪，臣从未坐此大位，当如何入手，还须陛下明示。"

武帝哂笑道："此等事，应是我问二位，岂是二位前来问我？"

田蚡脸便一红，望望窦婴，不敢再作声。

窦婴连忙上前道："荀子曰：'以一行万，始则终，终则始。'朝政之事，当如是。"

武帝仍是面有疑色："万法归一，自是不错。然这个'一'，又是何物？两位爱卿自去思量。朕于近日，只顾与董仲舒书简来往，切磋儒学，朝政上的事，倒是想得少了。"

窦婴与田蚡互相望望，立时都会意。窦婴便道："那董仲舒既有大才，何不就此重用？"

武帝便摇头叹息："太皇太后难容儒生。董仲舒对策得当，名震京师，反倒难在朝中立足了。若是强留于朝，少不得又是一个贾谊，故而，朕拟派他为江都国相。"

田蚡闻听董仲舒不得重用，只暗喜少了个对手，便抢先应道："臣等明白了。容臣与窦丞相商议妥，从头厘清天下事。"

待谢恩毕，两人下殿，在阶陛之上望见漫天飘雪，未央宫千幢殿阁，黑瓦皆白，满庭似披了缟素。

窦婴感叹道："臣子伴君王，便如这白雪，今日皎白，明日即污。你我今日骤贵，须多加小心才是。"

田蚡却不以为然："魏其侯多虑了。想那列子曰：'无知也，无能也；而无不知也，而无不能也。'你我饱读诗书，便是有知；以有知而侍奉君王，又有何不能？"

窦婴便一笑："好个武安侯，果然是喜读杂书。你这就教我：以今日之势，当如何侍奉主上？"

"这有何难？主上既看好董仲舒，显是重儒；你我不妨搜罗天下儒者，举荐于上，自是恰合上意。"

"嗯，甚好！那董仲舒对策，早已传出，讲的无非就是求贤才。我识得代地儒生赵绾，曾师从大儒申公，为人厚重，擅治《诗》，美名传于海内。今直不疑既免，不妨就荐了赵绾，接任御史大夫。"

田蚡拊掌大赞道："赵绾其人，我亦知，才具足可任御史。另有兰陵人王臧，亦是申公门下弟子，主上为太子时，曾为太子少傅①。主上即位，他便免归在家，至今尚闲置，不如也一并荐上。"

窦婴望望田蚡，笑赞道："公虽读杂书，也强过那班文法吏。卫绾、直不疑为官，不过是学了些场面上规矩，处处小心，不逾矩而已。若似武安侯这般通达，岂能因无为而免官？"

下得阶陛来，庭前已是瑞雪一片。窦婴见此，满心惬意，呼出了一团白气。

田蚡也是喜不自胜："我辈登堂，便见丰年之兆，定是百事顺遂！"

隔日，窦婴便与田蚡联名上奏，举荐赵绾、王臧入中枢；并特意言明，赵绾素通儒学，德才兼具，可当御史大夫之任。

武帝接了奏疏，觉二人举荐不无道理，当下就准奏，拜赵绾为御史大夫、王臧为郎中令，又用了老臣张欧为中尉。至此，赵绾跻身"三公"，督察外朝百官；王臧为内廷之首，统领宫中诸郎。两人权倾一时，都思有所作为。朝中人事，当即一新。

如是，建元元年（前140年）这一年，有丞相窦婴理朝政，上下用事，都堪称清明。至春二月，一阳初动，万木复苏。武帝心情也大好，下诏赦天下，赐民爵一级。又嫌前朝钱币太滥，令官衙新铸三铢钱，以利流通。百姓只道是新天子出，施行宽政，汉家挨到了好时光，都不免额手称庆。

---

① 太子少傅,官职名,西汉置。位居太子太傅之次,掌太子教谕事。

至秋末一日，逢武帝在东书房召见赵绾、王臧，问及如何尊儒，那赵绾高声答道："春秋以来，人心思诈，古之礼荡然无存。今欲复礼，都中当设'明堂辟雍'。"

武帝精神便一振："哦？ 昔年读书，也曾闻太傅讲起，古有明堂辟雍。 只不知，此物有何大用？"

赵绾便答："明堂，为周礼至圣之所在，置于国之阳。 今汉家典仪，朝贺在前殿，祀祖在高庙，祭天在雍郊，往返奔波，实为不便。 陛下可在长安城南，起造明堂，为天下之中轴。 明堂既立，国之礼教便立，陛下宜于此颁诏令、受朝贺、告祖宗、祭天地……一应典仪，尽在于明堂，可以一尊而令天下畏服。"

"明堂之用，朕懂了。 那么，辟雍又有何用？"

"明堂之外，有环水，即为辟雍。"

"好，此议甚好。 但问二位可知道，那明堂辟雍，规制究竟何如？"

赵绾闻此问，一时竟语塞。 王臧见此，连忙答道："明堂辟雍，周礼也，已失传甚久。 陛下若问其详，臣等当考据古籍，方可详知。"

武帝便道："也是。 周礼之失，已有百年，兼之秦始皇焚书之祸，天下有几人还可知书？ 你二人且去考稽。 那古之典籍，繁多如海，不急就是。"

正说到此，有公车令两个属员一前一后抬了一箩简牍进来。武帝便指了指箩筐，对二人笑道："前时征召贤良，有名唤东方朔者，上书自荐。 其书洋洋万言，竟有简牍三千片之多。 若无两月，朕焉能看完？ 你二人这几日，无须上朝，且去翻看古籍，少不得也要费些时日。"

赵绾便道："这个东方朔，臣也久闻其名，乃平原郡厌次县（今山东省德州市陵城区）人，少时即聪明，可谓博览百家。"

"此人，竟有如此大才？"

"然其性，放任不羁，所言多谐谑。"

武帝便笑："哦，天下还有这等人物？朕倒要好好看看了。"

待两人退下后，武帝拿起东方朔上书，只见起首写道："臣东方朔，少失父母，赖兄嫂养成。年十三学书，历经三冬，所学文史，即足用……"不觉就哂笑，又埋头看去，见后面所写，越发玄奇，"……十五学击剑，十六学《诗》《书》，诵二十二万言；十九学《孙吴兵法》，即知战阵兵器，通晓进退钲鼓，亦诵二十二万言。至此，臣亦诵四十四万言矣。孔门七十二弟子，臣唯服子路，愿'君子死，冠不免'。"

读至此，武帝不禁失笑："果然敢自夸。"

接着再看，见后面又写道："……臣东方朔，年二十二，身长九尺三寸，目若悬珠，齿若编贝，为人勇捷廉信，可为天子大臣矣。"

武帝也无心再细看，只是笑个不住，拍案道："伟哉，伟哉！文辞不逊，自视也甚高。那齐鲁之地，到底是孔门之乡，出得这等奇才。"

此时，正逢韩嫣抱炭进来，添进暖炉。见武帝笑，便问道："陛下如此欢喜，莫非又读到了好文章？"

武帝放下简牍，对韩嫣道："前有一个董仲舒，已令我眼界大开；今又有一个东方朔，更是奇才，写了这五万言来，装了一箩！待读罢这三千片简，不知要到何时。罢罢！你去知会窦丞相：令东方朔待诏公车①，给些薄俸供养着。何时朕读完了他这些上书，再拜官也不迟。"

过了几日，不见赵绾、王臧前来回禀，却见两人联名递了一道奏折上来。其奏曰："蒙陛下垂询明堂事，臣等受命，遍查古籍，却无所得。欲明此事，还须仰赖高人。臣等曾师从鲁儒申公，申公精于儒学，稽古有素，上古之礼无所不通。望陛下特旨征召，延入朝中询之。"

武帝览毕，半信半疑，忙传了窦婴来问："我曾闻，鲁地有一位申公，专治《诗》学。舅父可知否，这申公是何等样人？"

"大儒申公吗？先帝平乱时，曾名扬四海。"

"哦，竟有如此大名？"

"正是。申公，鲁地名儒也，昔与白生一道，在楚国为重臣。二人于吴王濞倡乱时，曾苦劝楚王戊，不可附吴王作乱。然楚王戊不听，反倒贬黜二人，罚当众舂谷。后楚王戊兵败自尽，申公方得返归故里，从此在家授徒。"

"如此说，门生也有上百了吧？"

"岂止是上百？他门下子弟，迄今已逾千人。天下学《诗》者，无不以申公为尊。"

"原来如此！日前赵绾、王臧二人，言及建明堂之事，却不知其详。今二人上书，称是申公门生，向我荐了申公。既如此，我便拟召申公来问计。"

"申公为饱学之士，天下皆仰之。陛下如欲征召，不可不隆

重。"

"这个自然。 我这便遣使，以安车蒲轮①、束帛加璧②召之。那申公，已是耄耋年纪了吧，不知耐不耐得路远？"

"申公如今，年已逾八十，怕是……"

"哦——"武帝仰头想了想，断然道，"愈是如此，愈当有诚意，不可仅遣使去询问，务必迎入朝来。 要教那天下人都知，朕有崇儒之意。"

窦婴一怔，连忙拜伏道："臣明白了。 召一长者来，以动天下人之心。"

"正是此意。 舅父，这便拟旨吧！"

君臣当下对视一眼，都开怀大笑。 二人又商议一番，遣了太常卿③赵周，为朝中征聘使，远赴平原郡，召申公前来。

那赵周受命，当即出京，赶路一月余，到得厌次县，向县吏打听清楚，便来叩申宅之门。

待向阍人报过姓名，在庭中候了良久，方见一白发老叟，健步来至中庭。

赵周急忙伏地，行大礼道："太常卿赵周，今奉诏前来，征聘申公入朝，在此拜过前辈。 望先生这便收拾行装，随下臣入朝。"

那申公只浅浅一揖，算是还了礼，即拈须笑道："赵周？ 好生了得！ 令尊赵夷吾，昔在故楚为太傅，与老夫情谊甚笃。 只可惜

---

① 安车蒲轮，古时迎接贤士之礼。指被征召者坐于安车之上，用蒲叶包车轮以减震。

② 束帛加璧，古时聘请或探问时所赠重礼，五匹帛上再加美玉。

③ 太常卿，官职名，太常署次官，掌宗庙礼仪。

吴楚乱起，令尊殉难，不意小子今日，竟做得好大的官！"

赵周眼睛便觉湿润，答道："当年家父，不肯从楚王戊作乱，不幸殉难。小子因家父之功，得封高陵侯。今上即位，又拔擢小臣为太常。"

"好好，真乃光耀门楣也！今日贤侄不避霜寒，奔波两千里，来聘老夫，也是难为你了。自景帝三年起，老夫归家，至今已十六年，从不见官府有人来。今日一来，便是九卿属官，世道真是不同了。"

赵周连忙答道："今上尊儒，素重儒生。新任御史大夫赵绾、郎中令王臧，皆为先生弟子，故而主上有此召。"言毕，即命随从奉上帛匹、玉璧，恭恭敬敬摆在申公面前。

申公眉毛便一动："束帛加璧？莫非太常此来，还有安车蒲轮？"

"正是。天子之聘，出于至诚。此刻，安车正候于门外。"

申公便拱手道："老夫年迈了，施不得大礼，这便谢过圣上之恩。贤侄此来，跋涉两千里，显是劳累已极；且不忙，请入堂上一坐，老夫有话要问。"

那中宅，前后共有三进，轩敞宏阔。庭院之内，遍植黄槐，端的是一派清雅气。厢房中，有学子数十人，正朗朗诵读。赵周步入堂上，便觉肃然。

待入座，见申公一味沉吟，未置可否，赵周不免心生焦躁，便开口道："申公为我父执，晚辈不敢有虚言。今上问政年余，有心倡儒学，朝中人事，已焕然一新。先生应召入朝，可就儒家之礼，有所献计。"

"那儒家之礼，古来有之，无非是修建明堂之类。"

"正是。 此等古礼，经暴秦焚书，天下已无人可知。 先生若不应聘，今世便再无礼仪可言。"

申公仰头笑道："贤侄大谬了！ 老夫年已八十，常年杜门不出，除授徒外，一无所能。"

觉出申公有不应召之意，赵周不由情急，眼泪几乎要涌出，连连叩首道："我受王命，为征聘使者，今日若请不动先生，将如何复命？"

申公却不为所动，直盯住赵周道："贤侄之意，是劝我出山；然那新天子，未脱少年气，他欲尊儒，可做得了主吗？"

赵周不禁大惑："如何做不得主？"

"世事变幻，贤侄还是见得少了。 想那往昔，令尊在故楚为太傅，老夫为中大夫，皆荣宠一时，其后如何？ 更有前朝晁错、周亚夫，名震天下，终局又如何？"

"先生有所不知，今日朝政，已不似当初。"

"如何就不似当初？ 孟子曰：'士之托于诸侯，非礼也。'老夫大难不死，得长寿，此生便不想再履险地，将老命托庇于君上。"

赵周见申公坚拒，一时竟至泪涌："贤侄实不明白：征召入朝，如何就成了履险地？"

申公也不理会，只独自起身，立于窗前凝望片刻，方回身道："此庭前有树，系我青壮时所栽，数十年间，岁岁有一枯一荣。 那君王眷顾虽厚，也终有竟时，贤侄你新登朝堂，不知利害……"

赵周也不答话，只是伏地不起，浑身战栗。

申公见了，又觉大不忍，默然良久，只得长叹一声："也罢也罢！ 我若不应召，令尊于九泉之下，心也不宁，便随你走一趟好了。"

赵周这才转悲为喜，连忙起身，扶住申公道："蒙先生成全，小侄当没齿不忘。"

申公摇头苦笑道："此去长安，老夫能否成全自家，尚不知呢！"

赵周只是紧拽住申公衣袖，一刻不敢放松。待申公家仆收拾好行装，一行人便匆匆上车，离了县城，奔长安而去。

再说长安这一边，武帝屈指算着天日，候了两月有余。这日忽得函谷关飞骑报称，申公车驾已入关，不日即至长安。

武帝闻报大喜，即唤来窦婴，令他好生安排，以大礼迎候。

入城这日，安车自霸城门入，至未央宫端门停下。一路但见有官人洒扫，有兵卒警戒，排场俨如藩王入朝。

端门外，申公下得车来，便见赵绾、王臧自门内趋步迎出，伏地行弟子礼。

申公略一躬身，还了礼，仰头望望巍峨殿阁，赞了一声："萧丞相当年，修得好宫殿！"

赵绾、王臧连忙起身，从左右扶住申公，齐声道辛苦。

申公语气中便有责备意："你二人得了紫绶金印，也就罢了，如何却要牵累为师？"

赵绾面露尴尬，连忙赔笑道："不敢。今日朝中，不比以往因循怠惰，正是用人之际。师尊应召前来，当为天下复礼献计。"

"呵呵，你二人往日从我学，并非优才；然入仕顺遂，却是了得！只不知，君上召我，到底要问些甚么？"

"当是建明堂、改历法、易服色等事。"

申公便露出一丝冷笑："跬步未积，便欲至千里，何其难也。"

赵绾正欲答话，却见有谒者疾步而来，高声宣道："有诏，宣申公上殿！"

两人神情一振，当下扶住申公，入端门，沿御路往前殿去。路两旁，有郎卫成列，执戟而立，一路传呼迎候，甚是隆重。申公边走边望，对赵绾、王臧笑道："我居乡十数载，已成鄙陋匹夫，今日莫非是梦？这阵仗，便是孔子在世，也要折煞了。"

王臧便打圆场道："师傅莫怪，这般恭迎，足见天子诚意。"

行至殿口，只见窦婴、田蚡立于阶下，长揖相迎，亦甚是恭敬。两下里寒暄毕，一行人便拥着申公，缓步迈上阶陛。

大殿之上，武帝冕服严整，端坐恭候。见申公相貌高古，飘然若仙，心下就起了敬意，忙唤谒者道："为先生赐座。"见申公欲下拜，又连忙劝道，"先生乃长者，不必施礼，我这里先行拜过。"

待宦者铺好茵席，众人挽扶申公坐下，武帝便温言道："子贡有言：'夫子之文章，可得而闻也；夫子之言性与天道，不可得而闻也。'朕久闻先生大名，只恨路远，不能亲聆论道。今日得见先生，可遂心愿了。"

"臣万不敢当！老夫徒有虚名，在乡间授徒，所授也难称高明，无非是些虚浮诗文。"

"哪里。先生擅治《诗》，朕早已知。那《诗》三百篇，多言兴废事。今召先生来，愿闻教诲：古今治理之道，何以为重？"

申公眯起眼睛，打量了武帝一回，方缓缓吐出两句话："为治不在多言，但看力行何如。"

武帝便连连颔首，拱手一谢，又端坐恭听。却不料，那申公却垂袖而坐，一动不动，再无下文了。

窦婴等人，也都敛容屏息，要听申公讲些甚么，堂上静寂，竟是针落可闻。 见申公住口不语，赵绾、王臧撑不住，不免暗暗发急，额头上冒出汗来。

武帝心中也觉奇怪，又候了片刻，见申公并无开口意，只得一笑，打破尴尬道："先生跋涉千里，必是劳顿得很。 今日相见，虽仅止二语，也胜过旁人千万言。 朕之诚意，赵绾、王臧俱知，既聘先生来，必有所顾问。 朕拟加先生为太中大夫，常随左右，不知先生意下如何？"

"老朽无能，只能勉为其难。"

"那好，先生请暂居鲁邸，与赵绾、王臧二人，议妥建造明堂、改历易色、巡狩封禅等诸事，以助朕重兴礼教。"

赵绾、王臧闻言，连忙上前，与赵周一道扶起申公。 申公起身来，向武帝缓缓一揖，也无言语，便由三人扶下殿去了。

武帝见申公等人走远，方回首问窦婴、田蚡道："此公是何意？"

窦婴想了想，回道："世上高人，多有异言异行，不足为怪，且看他明日所言便是。"

田蚡也附和道："然也。 那申公既受命，当不至计无所出。"

武帝这才释然，挥挥袖道："也罢！ 多少事，从来都急不得，朕就等他开口。"

待到次日晨，赵绾、王臧遵武帝嘱，一早便至鲁邸，问过申公起居，便低首下心，向申公讨教，那明堂辟雍等古制，究竟是何等样式。

申公起得迟，当二人之面，慢慢洗漱完毕，却只是端坐于席，微笑不语。

赵绾、王臧摸不着头脑，想自家师傅昔日讲授，滔滔不绝，为何今日竟无一语？ 面面相觑之余，也不便追问，赵绾只得讪讪道："师傅一路受累了，且好生将息。 堪堪新年将至，诸王都要来朝贺，事务甚剧。 待新年诸事忙毕，学生再来讨教。"

两人出了鲁邸，王臧便纳罕："先生无语至此，莫不是病了？"

赵绾惨然一笑："师傅哪里有病，病在太皇太后。"

王臧顿时有所领悟，不由蹙眉道："也是。 这又如何是好？ 莫非，尊儒之举尚未移步，便动弹不得了？"

"说来郁闷，君上凡有所措，皆须请命于老太后。 老太后言东，便不得向西；老太后喜白，便不许说黑。"

"如此，君上还做得何事？"

"朝政之弊，师傅心中有数；今日应召而来，你教他如何敢言？ 即便言之，又有何用？ 你我唯有上奏，请禁太皇太后问政。 否则，必将百事不可为。"

王臧便略显迟疑："如此得罪太皇太后，或将有不测……"

"王臧，你我蒙圣恩，逾越前代贾谊，当思报恩。 今日百路皆通，唯此一途阻塞，我等不为君上分忧，又更待何时？"

王臧闻此言，脸孔一红，当即慨然应允。

两人遂同赴赵家，于密室中商议了一番，拟好奏疏。 隔日，便联名上奏，其奏曰："陛下亲政已有年余，圣明睿智，天下人皆知。 古之礼，妇人不得预政；故臣等奏请，不必诸事皆请命于东宫。"

彼时窦老太后所居长乐宫，在未央宫之东，故臣僚凡言及"东宫"，便是意指老太后。

武帝遽然接到此奏，心中就一凛，读毕放下，复又拿起，低头犹豫良久，终是叹了一声，将此奏置于案头，留住不发。

却不料，老太后于未央宫中，早有许多眼线。此事未过半月，便为老太后探悉，当下震怒，立遣人至未央宫，召武帝去长乐宫问话。

武帝觉事有蹊跷，不敢延宕，当下换好袍服，就要登复道过去。临行，忽又想起，询问韩嫣道："我案头奏章，除你而外，可有他人动过？"

韩嫣不明就里，连连摇头道："这东书房，郎中令也不得擅入，何人敢来乱动？或有小宦者前来洒扫，料也不敢窥看。"

武帝"哦"了一声，放下心来，便匆匆出门而去。

到得长乐宫，武帝想到天气正寒，老太后必居于温室殿，便径入温室殿，高声唤道："祖母，祖母！"

不料有宫女出来，答道："太皇太后并不在此。"

武帝不禁满心疑惑，复又往各殿去找，仍是不见。如是，接连找了四五处，一班涓人，全不知老太后在何处，武帝大惑，额头就冒出汗来。

踌躇片刻，只得往王太后那里去问。王太后自武帝登极后，百事不问，只顾享清福。此刻见武帝满面惊惶，进门便问老太后在何处，倒是吃了一惊，忙问道："孩儿，看你慌的！老太后今日并未来过，有何事出了纰漏吗？"

武帝便告知老太后召问事，快快道："儿臣实不知是何事。"

王太后见武帝心急，反倒不急了，命宫女拨旺炭火，在暖炉上烤了烤手，方缓缓道："今日听身边侍女说，你遣使赴平原郡，礼聘了一位白头老儒来？"

"是有此事。"

"召他来何干？"

"儿臣欲问建造明堂等事。"

王太后便叹息一声："明堂是何堂，为母也不想知道。 为母只知，老太后素厌儒学，你又何必召个老儒来，惹得老人家烦心？"

武帝便一惊："果然是为此事？"

"十有八九。 你各处寻不着老太后，可去清凉殿看过？"

"数九寒天，老太后怎能在清凉殿？"

"凡事皆有奇数，若论常例，当年你又怎能做得太子？ 快些去那里探看！ 见了祖母，万不可顶撞。 今日忍一时，也好过今后委屈多年。"

武帝连声然诺，掉头便往清凉殿去了。

果然，走近清凉殿，嗅到阵阵龙涎香气，里面还有宫女多人，便知老太后定是在此处。 武帝连忙抢进，果然见老太后倚坐榻上，殿内置有数个铜盆，燃着炭火，不觉就惊道："祖母，严寒之日，如何来这清凉殿？ 孙儿遍寻不见，险些被惊吓到。"

闻听武帝到来，老太后便冷冷一笑："一刻寻不见老妇，如何就慌了？"

武帝心头一跳，暗自叫苦，慌忙伏地叩拜，敷衍道："祖母，此殿空旷，四面不遮风，切莫着凉了。"

"哀家一老妇，哪里就如此娇贵？ 倒是心里燥热，来此处凉一凉。"

闻听老太后说到"老妇"，武帝便知赵绾、王臧所奏已泄露，只得伏地不起，请罪道："孙儿愿听太皇太后责罚。"

老太后缄默片刻，方幽幽问道："你聘了那位老儒来，有何用处？"

"孙儿是想……"

"是想学吕太后？ 当年吕太后，请了商山四皓来，还算是有些威风；你今日只请来一皓，又当得何用？"

"孙儿我……"

不等武帝辩白，老太后忽就满面怒容："你便直说，请那皓首匹夫来，是谁人的主意？"

"乃是御史大夫赵绾、郎中令王臧，二人联名举荐。"

"甚么赵绾、王臧，狂悖之徒！ 竟是从何处冒出来的？"

"赵绾、王臧皆为儒生，名重一时。 二人曾师从平原郡申公，故而荐申公入朝，以备顾问，无非是为建明堂、改历法等事。"

"建明堂、改历法？ 怕是还要易服色、拟封禅吧？"

"正是。 如今天下已富庶，唯风俗不振；孙儿欲兴儒学，是为教万民知人伦。"

"人伦？ 你用的赵绾、王臧，又懂得甚么人伦？ '不必诸事皆请命于东宫'，此乃何意？ 那二人，不是儒生吗？ 既然尊儒，如何就敢以疏间亲，魅惑主上，做那不孝不亲的事？ 曲学阿世者，无过于此！ 你平素理政，或有过，或不及，我都闭目不问了。 不想这两个孽臣，竟离间到我头上来了，如何就能饶过！"

武帝只想回护二人，连忙叩首道："赵绾、王臧多才，确非虚名。 早前丞相、太尉联名举荐，孙儿曾详询，知其可当大任。"

老太后闻言，更是怒不可遏："你说窦婴、田蚡？ 不说你两个舅父还罢，原来是他二人作的祟。 外戚居高位，本就担着天下议论，如此胡乱荐人，是何用意？ 孙儿，你也不必曲为回护了，今日事，哀家决不放过。 窦婴、田蚡二人，不配居三公之位，着即免官。 赵绾、王臧那两个混账，发下大理衙，从重治罪。"

武帝伏在地上听了，只觉如雷轰顶，仰起头来，强忍住泪道："祖母，如此措置，未免太过……"

"你休得多言！河水可倒流，彼等之罪不可恕，且下去吧。"

武帝缓缓起身，不由就有泪水涌出，洒落衣襟。

老太后冷笑道："你片刻寻不着哀家，便惊慌失措；想那朝中事，若无祖母把舵，如何能顺畅？"

"孙儿谨记。"

"哼，那个平原郡老儒，还算他知趣，未敢发狂言，不然也一并处置。"

武帝一脸哀戚，诺诺退下。自清凉殿返归，僵坐于东书房，不能理事。其间，韩嫣进来数次，或添炭火，或奉羹汤，见武帝脸色，只不敢出一语发问。

日斜时，韩嫣又进来，问何时可用夕食。武帝忽地想起，问道："老太后足不出户，如何探得赵绾奏疏之意？"

韩嫣只是苦笑："太后耳目，遍布两宫。我等近侍诸臣，如何防得了？"

武帝想想，神色愈发黯然。如此呆坐至日暮，心知事已不可为，便是大臣们不掣肘，太皇太后这座山，亦是无可逾越。所谓兴儒事，老太后只需一语，便如朝露飞散。所有壮志，不等到老太后寿终，则全属妄想。忖度当今之势，只得先将赵绾、王臧收入诏狱，待老太后气消，再设法转圜。

于是，默默拿起笔来，草拟了一道诏书，斥窦婴、田蚡荐人不当，着即免官；赵绾、王臧倚仗新晋，奏语狂悖，发下大理衙论罪。写毕，立唤来韩嫣，令他速去长乐宫，交与老太后过目。

韩嫣接了简牍，匆匆而去。不多时便返回，将草诏交还，一脸沮丧道："老太后将此诏掷还，有懿旨曰：'赵绾、王臧，佞人也，妄言儒学以乱天下，堪比昔日之新垣平。 不诛杀，不足以示惩，还留着何用？'"

武帝不禁呆住，默然接过草诏，摆摆手，令韩嫣退下。

挨了一整夜，武帝辗转难眠；待次日晨，仍是下不了笔。 如此，又挨了半日，眼见得已至午时，日影居中，这才提起笔来，按老太后之意，重拟一诏，再送去东宫，方得老太后允准发下。

这半日间，宫中消息，便已走漏了出去。 窦婴、田蚡闻知，都似吃了一闷棍，大感沮丧，立时办了交卸，吩咐吏员清理好公廨，准备归家。

时王臧正在赵绾邸中议事，闻御史衙中有人来报，脸色便惨白，望住赵绾道："太皇太后震怒，主上是拗不过的。 你我二人，下狱是不可免了，不知死罪可得免乎？"

赵绾只是满怀悲愤："你我清白，可对天日。 今日事，非我辈之过也，乃天命也，还舍不得这条命吗？"

王臧便大惊："赵公之意是……"

"事已至此，如何还能心怀侥幸？ 不如自行了断，免受其辱。"

王臧当下领悟，缓缓立起身，凝视赵绾良久，方深深一拜："与公同死，此生也是无憾了！"便大步出门而去。

至当日后晌，两人便各在家中悬梁自尽。

消息传出，朝野一派震恐。 窦婴、田蚡闻知，都悲不自胜，接了诏旨后，连陛辞也无心去，在家中闭门不出。

再说那平原郡申公，在鲁邸喘息方定，忽闻邸中属官纷传，两门生被老太后严谴，已畏罪自尽，内心不由大骇。 当下闭目坐定，食水不进，任旁人如何相劝，只是僵坐了一日一夜。

原来，当日申公勉强应召，原是不信少年天子能成大事。待上殿细看，不独天子未脱稚子气，便是窦婴等左右重臣，也不免浮躁；于是模棱两可，只说了两句不着边际的话。此时想来，也幸得嘴巴守得牢，否则也将祸从天降。

此时正是新年过后不久，街衢上尚有火烧爆竹声，喜气未散，然官宦人家，却都是一派惊恐。鲁邸内众人，个个蹑手蹑脚，不敢大声说话。申公僵坐了十二个时辰，方睁开眼，吩咐邸吏，取了笔墨来，写成奏书一道，称病辞官。

武帝接到奏书，趁老太后顾不到申公这里，连忙准了奏，暗嘱申公悄悄返乡，保命为上。

只这数日间，朝中"三公"非死即罢，天下不免议论纷纷，都以为太过酷烈。

武帝伤悲半月，朝政等于废弛。左右近侍，也如惊弓之鸟，只不发一语。

这日黎明，武帝早起凭窗，闻鸟雀啼鸣，仍欢快如常，忽就痛入肺腑，知中枢不可久空，只能强打起精神，收拾残局。

于是，复又临朝，拔擢原太常许昌，为新任丞相；另又拔功臣之孙庄青翟，为御史大夫。太尉一职，本就为田蚡而设，如今索性罢撤。这一番安排下来，朝野人心，才日渐安稳。

三

张骞西出
觅轮台

武帝初问政，便遭挫折，心中不免戚戚，无以抒怀。数月里脸上竟无一丝笑容，也知只要老太后活一日，便无一日可伸展手脚。闲下来后，宫禁中的日子，夜短昼长，只是备觉难熬。

　　近宠韩嫣看在眼里，心中也急，便欲助主上解脱。这日，似漫不经心闲说道："昨日路遇太厩令①，说是天子六厩②中，出了新鲜事。"

　　武帝便觉好奇："那地方，有何好事？"

　　"太厩令属下，新用了一批侏儒，专司养马。"

　　"养马？要矮人做甚么？"

　　"想来甚是有趣，陛下不妨去观看。"

　　武帝仰头想想，遂将手上奏章一掷，起身带了韩嫣，往六厩中去察看。

　　入了厩门，果然见各处槽头上，有一群侏儒在忙。那太厩令闻听天子驾到，慌忙迎出来，伏地叩拜。

---

① 太厩令，官职名，太仆属官，掌养马事务。

② 天子六厩，汉代皇家马厩。

武帝挥袖道:"平身吧! 如何弄了这许多矮人来?"

太厩令不敢起身,战战兢兢答道:"回陛下,此乃太仆①有令。"

"太仆灌夫? 好有闲情! 这些矮人,能当得何用?"

不想那群侏儒中,忽有人大声应道:"有用!"

武帝转头去看,原是一年稍长者,停了手中活计,满脸的不服之色。 太厩令正欲呵斥,武帝却一笑,招手唤那人过来问:"你名唤甚么?"

那侏儒也不畏怯,摇摇摆摆走来,伏地拜道:"小人樊爱君,拜过天子。"

"这名字倒还好。 你且说,侏儒有何用处?"

"《礼记》中说有用。"

"哦? 《礼记》是如何说的?"

"小人未曾读过,只听人讲过:聋哑、跛子、断肢、侏儒、百工,皆有其才,可为国器,可由官养。"

一番话,说得武帝开心,大笑道:"樊爱君,你原是无师自通! 快平身吧,侏儒既与百工并列,当有大用。"言毕,又吩咐太厩令道,"备十匹好马,朕要与侏儒出城,往骊山道上一游。"

太厩令唤人牵出马来,武帝打量了一番,颔首道:"甚好! 着令侏儒十名,随朕出城。 我今日倒要看看,侏儒们如何上马?"

那班侏儒得令,推选了十人出来。 而后,两个挟住一个,用力一抛,中间那人在空中一滚,便稳稳落于马背上。

---

① 太仆,官职名,始置于春秋,秦汉沿袭。为九卿之一,掌皇帝的舆马和马政。

武帝看得哈哈大笑，不禁拍掌道："好身手，果然可为国器！"

此时，韩嫣也去选了两匹马来，催促武帝道："陛下，天时已迟，宜早些出城。"

武帝便打了一声呼哨，翻身上马，带了一队侏儒，北出司马门，驰驱而去。

一路上闲人，见了这一队人马，都不胜惊异，纷纷闪避。那班侏儒见天子高兴，更是有心讨好，于是各炫其技，或倒立马背，或藏身马腹，弄出了千奇百怪的样来，直惹得武帝笑声连连。

韩嫣见武帝如此，不由心花怒放，掣出腰间长弓，摸出几粒金弹来，四面望望，便往道旁枯树上射。

长安小儿，都知韩嫣有此癖好，见他在队中，即有数人欢踊尾随。闻听弓弦一响，便去抢那落地的金弹。

武帝见了，更是乐不可支："好你个韩嫣！早闻听都中有民谣：'苦饥寒，逐金丸。'原是你作的祟。"

韩嫣便笑："人生短，昼不永，不乐更欲何为？"

到得洛城门下，门吏望见这一行人怪异，正欲拦道呵斥，忽看清侏儒们拥的一个少年，竟是当今天子，便慌忙挥手，命门卒开了中间御道门。

众侏儒以往进出城，从未走过御道门，今见中门大开，都一阵欢呼。

那门吏率众卒伏于道旁，正要高呼"皇帝万年"，武帝却低声喝道："不得声张！"便一扬鞭，率马队疾驰而出。

出得城门来，唯见天地一派苍茫。四野寥廓，村舍、树木点缀其间，宛如枯笔画意。

武帝勒住马，长吸两口清冽之气，心情就大好，对韩嫣笑道：

"世间万民，若都似侏儒一般，治天下还有何难？"

如此，经韩嫣百计宽解，武帝方觉释然，渐渐收拾起心情，欲再做他图。

当此时，正是建元二年（前139年）元旦，雪后长安，满城黄叶落尽，显出冬意来。城中，有诸王前来朝贺，车马辐辏，热闹非凡。诸王之中，淮南王刘安最负文名，于入都当日，便献上大作一部，名曰《淮南鸿烈》，竟有皇皇二十万言之巨。

武帝见涓人抬简册上来，如同山积，不觉就吃了一惊，忙解开首卷来看。一卷读罢，便击节不止，大赞道："好书！黄老庄列之术，叔父想必是要说尽了。"当下召淮南王来宣室殿，赐宴谒见。

武帝看看满席美馔，指着其中一盘，笑对刘安道："叔父炼丹，炼出了一道佳肴；今四海之内，都知吃豆腐了。"

刘安拱手道："不敢。臣也是无意间弄巧成拙。此物原名'菽乳'，民间俗陋，唤作了'豆腐'。"

武帝仰头大笑："也好！我身边文士，虽也通古今，然终无叔父之奇才。"

二人就此谈古论今，兴致甚浓，从朝食起，直说到夕食尚未休。武帝命涓人添了酒菜，谈兴未减半分。

席间说到古之骚人，刘安便道："周以下赋颂千篇，臣最折服者，无如《离骚》。"

武帝双目便精光一闪："叔父也爱屈子乎？"

"正是。《国风》好色而不淫，《小雅》怨愤而不乱，《离骚》则可以兼之。臣以为，屈子之志，堪与日月争光。"

武帝闻言，抬眼望望窗外，含笑道："与叔父相谈，不觉昼长，此刻竟是日暮了。"

刘安连忙起身告辞："陛下有事要理，臣不可以闲情打扰。"

武帝也起身，拱手道："哪里。蒙叔父指教，侄儿这一日，可胜过一年所获。"

刘安返回淮南邸，安歇一夜。晨起，忽闻司阍来报，有宫中诏令到。

此时天还未明，长安坊间可闻鸡鸣。刘安不知是何事，来不及梳洗，只稍作装束，便接了旨。

读罢诏令，才知是君上命即作一篇《离骚传》呈上。刘安不敢怠慢，请传诏宦者稍候，转身以冷水擦脸，醒了醒神，便伏案冥思起来。

且说刘安素来多才，《离骚》可以倒背如流，故而不多时，一篇腹稿便已成。当下研好墨，挥笔成篇。

待到朝食，武帝正在用饭，便有传诏涓人奔回，报称淮南王文章已成。

武帝顿觉惊喜，放下箸，接过简册来看。读至"天者，人之始也；父母者，人之本也。人穷则返本，故劳苦倦极，未尝不呼天也；疾痛惨怛，未尝不呼父母也"，不禁出声叫好，赞道："此等文采，我怎可及？"

继而又见"屈平正道直行，竭忠尽智以事其君。谗人间之，可谓穷矣；信而见疑，忠而被谤，能无怨乎"之句，不由想起近日之事，便叹道："今后用人，当宽厚，不可冤枉。只可惜那赵绾、王臧了！"

自此，武帝知淮南王大有城府，非同一般，自是格外敬重。

时至阳春，朝中风波渐息，武帝心头之痛也渐平。自从看了淮南王著书，只觉自家浅薄，于是闷在书房里读史，足不出户。

待读毕春秋五霸事，不禁雄心复萌，遥想当年高祖提剑，手创天下，豪气可以干云；子孙气概却不及祖先万一，心中就有愧，决意不做则罢，要做就要功追始皇。

于此一想，便欲寻得一块好地，为自己起造寿陵。时值春日正好，看看朝中无事，便领了公孙弘、庄助与几个术士，往长安城外查勘地势。

按帝陵"左昭右穆"之制，景帝阳陵位在长安东，武帝陵便须在长安西。这日，一行人出了直城门，即一路西驰，来至一处开阔原上。

武帝手搭遮阳望去，见原上平阔，浩茫无际，满目春草隐约如雾，心中便喜，对随行诸臣道："诸君，朕受命于天，唯愿不负先祖，做成千古大事。朕之寿陵，不能输于骊山。公等看此处，襟带百里山河，不正是福地？"

庄助举目望之，也由衷赞叹道："好一个原上！北有九峻，为陆贾隐居处；南依太乙，有老子传道之楼。陛下择寿陵于此，当有百世威福，惠及子孙。"

武帝便笑："庄大夫做得绝世好文章，出口便有典故，只可惜令尊早亡，只做得故梁王幕宾，不曾随朕左右。令尊生前，曾有好辞曰：'哀时命之不及古人兮。'我辈今人，如何就不及古人？公等为天下异才，随了朕，且看朕有何等抱负。"

公孙弘在旁听了，连忙赞道："陛下襟怀，直追古人。臣等幸而生于当世。"

武帝回望公孙弘一眼，笑道："公孙先生亦是奇才，四十发愤而习《春秋》，六十而举贤良，壮心不输姜太公。有公等辅佐，朕何愁大功不成？"

公孙弘连连称谢道："陛下谬奖。姜太公垂钓渭水，乃不世出之高人；小臣仅牧猪于海岛，见识终究浅陋，万不敢攀古人。"

"哪里，先生谦逊了，能牧得猪羊，便能牧民。你为胡毋生门徒，朕知你有大志，来日治天下，有的你施展之处。"

武帝率众人，在原上环视一周，驻望西面，忽而就良久不语。

诸近侍看得奇怪，都觉不便问，倒是有一术士，不辨深浅，贸然问道："君上西望，可是忧匈奴之事？"

诸人闻之大惊，武帝倒不以为怪，对众人挥袖一笑，回望那术士道："正是！匈奴灭东胡、破月氏，自东至西，浩漫之土皆为他所占，如断我两臂。"

那术士道："虽如此，汉家有关山之险，谅那胡骑也不敢入塞。《易》曰：'扬于王庭，孚号有厉。'今有劲卒守朝廷，敌虏可退。陛下不必深忧。"

武帝便笑："你这江湖人，竟也知北边大势！想那往昔，高帝三十二万兵马，尚被困于平城；文帝以周亚夫等人为将，胡骑犹能抵近甘泉宫；那单于，怎能不欺我少年秉政？诸位看，我祖陵在此，社稷即在此，仅凭渔阳至玉门关塞，如何能守得万世？朕有大臣上百，官吏上万，何人能解得此忧？"

诸近侍听了，便都脸色黯然，无言以对。

武帝看见，拂袖一笑，转了话头道："罢了！今日乘兴，不提这些，尔等只看这地势何如？"众人察看再三，都觉此地甚佳。武帝便问随行术士之意，那几个术士，摸出罗盘来，操弄了一番，都说"此地山环水绕、负阴抱阳，实是天赐"。又指北之九峻山，即为青龙；南面太乙山，则为白虎。有两山拱卫，中间便是龙脉。

武帝闻之大喜，遣了两个随行宦者，去左近村舍问过，知此地为槐里县茂乡。

武帝面露惊喜道："槐里，乃太后故里，莫非此系天意？"遂又环顾诸人道，"此地，古之废丘也，乃周王旧城，地甚祥福。朕之寿陵定于此，甚妥，可名为茂陵。回官后，知会丞相，于此地置茂陵邑。"

众人当即踊跃，齐声称善。

武帝驻马眺望，豪气满膺，挥臂道："当徙四方民户，倚寿陵成邑，再由长安修大道至此，可不负母后之恩了！"

谈笑间，茂陵之地就此议定。此处原上，山川形势甚是壮阔。后世，又陆续有汉帝陵多处选在此，故得名"五陵原"。

自槐里选址返归，武帝每日阅奏章，便有些心不在焉。常欲举大事，又甚顾忌窦太后，想起在原上所发豪言，只觉得气闷。

这日，罢朝无事，唤了韩嫣来东书房，杂七杂八地闲聊。说到高祖以来诸事，武帝忍不住叹息："今世为人，固是有幸；然生不逢时，亦是无趣得很。"

韩嫣便将美目一闪，笑问道："汉家承平，已近七十年，哪里就不逢时了？"

"我未与高祖同世，便是至憾。"

"呵呵，这有何难？可在梦中与之同。"

武帝便瞪起眼睛，佯作怒叱道："你又讥我！"抬首望望窗外景色，又道，"高祖雄才，朕常思及；不如趁此春光，赴长陵一谒。"

此语提到"长陵"，却触及韩嫣心中一事，忍了忍，终于说道："陛下，我父祖久在北地，得知许多旧事。今陛下说起长陵，臣有一事不得不禀……"

武帝便警觉一瞥："你要说甚么？"

"陛下可知……太后家事？"

"太后从未说起过，然闻听涓人提及，也不过隐约数语，言太后入宫之前，曾为人妇。想来，必定是草野人家。"

韩嫣望住武帝，试探说道："陛下今日为至尊，可想知道母家旧事？"

武帝便敛容坐直，语意诚恳道："我这至尊，万人莫敢仰视，唯有颂声盈耳，自有闭目塞听之弊。你尽管说来，朕不怪罪你。"

韩嫣这才放下心来，娓娓从头说起："太后入宫之前，家住长陵邑。"

武帝便一凛："哦？怪不得你要提起。"

"所嫁夫家，名唤金王孙，原是农夫。"

"看母后处处节俭，果然是苦人家出身！"

"时朝廷选宫女，太后心有大志，遂绝婚而入宫。入宫之前，家中已有一女。"

武帝眼睛立时瞪大："太后曾有一女？莫不是我有个长姊？"

"正是。听家父说起，陛下长姊，名唤金俗，今仍居长陵邑。"

"哦，有这等事？何不早说！"

那韩嫣脸便涨红，急忙叩首道："即是今日，小臣也是壮了胆，方敢言及。"

武帝顿时领悟："倒也是。按律，今日才说也不迟，朕不怪你。"当下唤来宦者令，命他遣人赴长陵邑，去问三老啬夫，寻得这个金氏女。

隔日，出使宦者归来，报称长陵邑果有其人，已嫁人生子，居于闾里。

武帝闻报，眼泪险些要涌出："阿姊吃苦了。"遂吩咐韩嫣道，"罢罢！后晌无事，你便随我赴长陵，将我那长姊寻到。"

韩嫣倒是吃了一惊："陛下，何必如此之急？隔日宣进宫就是。"

武帝遽然起身道："我享至尊，家姊却屈居草莱，教我如何能等得半日？太后不言，倒也罢了；今我既知，心便一刻也不能安。"

时方过午，武帝点起涓人、郎卫二百余人，同韩嫣登上御辇，出了横城门。

且说那长陵邑，距长安三十五里，就在高帝长陵之北，建成已有六十年，早成了熙熙攘攘的一个所在。

随行诸甲士，手执黄钺金瓜，前呼后拥。城西北官道上，顿时扬起烟尘一片。

那长陵邑百姓，平素见惯了天子、百官前来谒陵，倒也不奇怪。有里正、县吏出来察看，见一行人鲜衣怒马，也知是天子銮驾到了，连忙驱散闲人，关闭里门。

未料天子銮驾进入邑门，却不去陵寝，转辔驰入坊间小市，来至金氏所居里门之外。

那里门也早已紧闭，人踪全无。前导宦者下了马，上前高呼开门。里正在门内听到，不知是何人喊叫，心中害怕，只是避匿不出。

那宦者久呼不应，武帝在辇上便不耐烦："长陵邑民，怎的如此刁钻？儿郎们，撞开门入内！"

郎卫们得令，即一拥而上，抢起金瓜、黄钺，砰砰乱凿，撞开了木门。一行车骑，就此呼啸驰入。

里巷内百姓，见有车马闯入，立时惊散。或呼"天子来了"，或喊"强盗来了"，一派喧嚷。

武帝凭轼大笑道："尔辈懦弱如此，便是天子来，也想做强盗了！左右，去捉个晓事的来。"

众郎卫闯入房舍搜寻，捉得里正，来至驾前。武帝瞥了一眼，哂笑道："里巷之中，只你一家房舍堂皇，怎的却不管事？有外人叩门，管他是天子还是强盗，你总要出来答话。"

那里正受了惊吓，浑身颤抖，连连谢罪道："小的见识短浅，不敢来见天子。"

"你在闾里，好歹是个斗食吏；食朝廷俸禄，怎的就不敢来认我？若是强盗来，也是这般躲起，又如何对得起百姓？"

"小的有罪。"

"罪倒也没有，只是胆子忒小了些。且平身吧，前面引路，朕要去金氏家中。"

里正浑身一颤，也不敢问究竟，慌忙爬起，引着一众人马来至金氏门前。

这二百余人，自长安殿阁中出来，猛见眼前的金氏房舍，仅茅屋三间，颓败不堪，不过蔽风雨而已，一时竟都怔住。

武帝心内顿觉不忍，唯恐长姊受惊逃掉，便命众骑郎将房舍围住，勿教放走一人。又命众卒入内，直呼金氏女之名。

门内老少，皆蓬头敝衣，见有兵丁闯入，吓得四窜。那金氏女在屋中，也是慌得不行，急奔入内室，藏在床下。

骑郎们问遍家中男女，只不见金氏女踪迹。经上下搜寻，方见金氏女匿于床下，只露出衣裙一角。任由骑郎如何相劝，那金氏女就是不肯出来，众骑郎碍于体统，又不敢去强拽。

武帝等候得心焦，连声呵斥骑郎无用。韩嫣见事不谐，忙向随行宦者使眼色。几个宦者便抢步进去，将金氏女拽出，挟持出门来。

待走近驾前，宦者叮嘱金氏女道："你无须惊慌。在上者，为当今天子，来与你姊弟相认，快快拜谒就是。"

那金氏女早已昏了头，只懵懵懂懂下拜，不知如何应答。武帝见这女子，风霜满面，似老非老，心中就一酸："嗟！大姊，这许多年，如何深藏在此？"

金氏女忽闻"大姊"之称，便抬头去看，见那少年华服冠冕，并不相识，一时便怔住。

武帝连忙下车，扶起金氏女，温言道："大姊，吾母便是你母，我便是你阿弟。"

金氏女这才醒悟，颤颤地伸出手来，拽住武帝，惊道："吾母尚好吗？"

武帝一笑："大姊，你勿疑！今日请随我来。"便命宦者扶住金氏女，上了副车，驰返长安城。

路途之中，金氏女只觉惶恐，低声向宦者打探："官家，民女微贱，何处来的这阿弟？"

宦者都不禁掩口窃笑，将王娡当年入宫、嫁与太子事，向金氏女略略道来。

金氏女依稀还记得幼年事，这才恍然大悟，然却更加惶悚："原来，我阿娘入宫，已成大贵！"

"岂止是大贵？令堂早已是太后咯！"

"太后？莫非，这飞来的阿弟，竟真是……"

"即是当今天子啊！"

"哦哦！天子，皇帝……民女晓得了！"便以手掩面，喜极而泣，几近痴癫，一路也不得安宁。

车入横城门，径直去了长乐宫。入得宫门，武帝命谒者先去通报，遂领着金氏女来至长定殿，进谒王太后。

金氏女望见宫中殿宇巍峨，连廊深幽，只疑是在梦中，一路便唠叨："罪过罪过，裙衣都未及换……"

武帝闻言，回首望望，只是笑，也不言语。

那长定殿中，王太后正坐在榻上，见武帝进来，面色显疲惫，不禁就奇怪："吾儿满面倦容，是去了何处？"

武帝抢上一步，伏地急道："儿臣今日去了长陵，觅得我长姊，与之俱来。"随即回首，吩咐金氏女道，"阿姊，请谒太后！"

金氏女连忙伏地，叩拜如仪。

王太后见此，不觉就惊起："你，你是……吾女俗儿吗？"

"回太后，正是。"

王太后浑身便战栗："俗儿，真是你吗？当年离乡，尚是孩提，今日竟成了妇人。老身不是在做梦吧？"

"不敢骗人，妾就是金俗。"

王太后躬身扶住金氏女，忍不住就泣下："俗儿，只苦了你！"

金氏女自幼别母，二十余年未见，此时哪里还能说出话，只伏于地上不住痛哭。

王太后轻抚其背，连声劝慰，那金氏女反倒号啕起来。武帝看不过，连忙上前，扶起长姊劝道："今日重逢，当大喜，不当哀哭。且与阿娘一叙别情。"

三人这才相对坐下，金氏女拭干眼泪，讲起自己身世。

原来，当初王娡弃家而去，入宫做了女官，抛下金氏父女两人。 金王孙未再娶，只苦了金俗自小无娘，备尝艰辛。 待金俗长成，金王孙一病不起，撒手人世。 金俗孤女一个，守着三间草屋，无奈只得招赘了一个夫婿，生下一子一女，迄今尚年幼。 如此男耕女织，苦撑家业，只能勉强糊口而已。

金俗讲这些，武帝全然陌生，如听世外奇闻。 倒是王太后听了，忆起当年苦楚，备觉心酸，将金俗拥在怀中，眼泪直流。

武帝见王太后哀伤，又不知要哭到何时去，连忙传旨御厨，命涓人摆上酒馔来。 这才将太后劝住，三人同入席，为金俗接风。

武帝亲奉酒卮，为母女两人斟满酒，先举杯，对王太后祝道："太后，大姊归来，可称传奇，堪比祖母当年寻兄。 儿臣今日，圆了母后这一梦。 母后当从此无忧。"

王太后转颜笑道："吾儿自小精鬼，将来，还不知要做得何等大事！"

武帝见长姊面对美馔发呆，便对金俗道："大姊，弟也要祝你。 进得这宫门来，往日草席布衣，便可永世抛却，只管在长安享福。"

王太后望住武帝，微笑道："你不说，娘倒还忘了。 金俗那夫婿儿女，总不能亏待。"

"这一节，儿臣在归途上，即已想好。 大姊，你这一来，便是迈进了福窝。 我当赐你钱千万、奴婢三百、公田百顷、甲宅一座，从此锦衣玉食，你看可好？"

一番话，听得王太后也咂舌："嚯矣！ 皇帝大度，竟有这般赏赐，无乃太破费了！"

武帝就笑："阿娘如此说，教儿臣如何敢当？ 大姊辛苦半生，儿臣只觉，补也补不足呢！"

见金俗举箸犹豫，仍是拘谨，王太后便道："俗儿，既相逢，今后宫中便是你家，可不必见外。"

金俗眼中便又湿润："女儿并非见外。平日在闾里，生计实为不易，不知肉味，乃是常事。今日见满桌是肉，全不似人间物，女儿哪里见过这些，也不知该咋个吃法。"

此语触动王太后，不禁又落泪："俗儿受苦了！皇帝家便宴，算不得甚么，你多吃些就好。"

"女儿生于闾巷，哪里有啥见识？平时与人闲谈，老少皆说：皇帝家进食，怕不是要一餐吃十五碗汤饼！今日见到，怕十五碗还不止，这些个吃食，在梦里也没见过，女儿竟不知如何下箸。"

一语说得王太后、武帝皆笑。武帝忙端起杯劝道："今日相逢，不是诉苦之日。阿姊命中，有否极泰来，便不必纠缠昨日。将姐夫、子女都接来，永离闾巷，只管做个贵人。"

说到此，三人愈发兴起，各自痛饮。王太后更是哭了又笑，笑了又哭。

武帝见此，膝行前移，向王太后进言道："大姊此来，尚未见三公主之面。同胞姊妹，今日当相认，愿太后召三人来见。"

王太后大喜道："正是！当此际，怎能少了三公主？你便遣人去召来。"

武帝便唤了谒者来，吩咐出宫去宣召。

原来，所谓"三公主"，乃是王娡与景帝所生三女，长为平阳公主，次为南宫公主，末为隆虑公主，皆是武帝胞姊。三女如今各已出嫁，家都住在长安。

等候之时，王太后瞥一眼金俗身上，所着衣裳，竟好似当年自家所用，心头便又一酸："俗儿，你这衣裳，怎的旧敝至此？ 稍后，阿娣们来瞧见，实是不好看。"说着便起身，示意金俗跟随，来至内室。 吩咐宫女找出一件凤袍来，为金俗装扮好。

待装束停当，宫女们又为金俗涂了胭脂，打好妆颜。 眨眼工夫，一个寒素村妇，便成了一位华衮帝女。 王太后在旁看了，不觉笑眯了眼："这才是我家女子嘛！"

正嬉笑间，忽闻外间喧哗，王太后知是三公主已到，忙领了金俗出来相见，不消说又是一番悲喜。

武帝佯怪道："女儿会聚，便是这般聒噪！ 三公主既来迟，便不忙寒暄，也入席来饮吧。"

这一夜，一家同胞六人，生平头一次聚齐，把酒相对，都叹人间苦乐不可料。 直至更鼓频催、三星已斜，方才散去。 唯金俗留在太后处，与母同榻歇息。

翌日，武帝临朝，与诸臣讲了寻亲始末，诸臣也是惊奇。 隔日又颁下诏，赐金俗田宅奴婢等，一应许诺。 因生父血统之故，金俗不得封公主，仅赐号"修成君"。

自此，苦命孤女金俗，便翻身而栖高枝，将夫婿子女接来长安。 只可惜那夫婿，命中无福，好日子消受了才数月，竟染病身亡了。 金氏女悲伤难抑，只叹人世无常。 王太后也颇感伤，对金氏女更加关照，多有优恤不提。

且说武帝自选定陵址后，雄心大起，不甘心就此世代枕戈以防匈奴。 于是，便命谒者去寻一个降人来问。

时不久，谒者在长安里坊中，觅得一个归降者，引进宫来。

谒见当日，武帝在东书房宣进降人，命赐座。 但见那降人，身着汉服，猛看去已不似胡人。落座之后，那人只顾去看架上的琉璃杯。

武帝命人端上瓜果来，温言问道："归降以来，生计可好？"

那降人已熟知汉礼，伏拜答道："蒙陛下恩典，所有降人，无不安居。"

"胡人来归，多在塞下放牧，何以你愿居长安？"

那降人略一支吾，而后答道："回陛下，长安……钱多。"

武帝不由大笑："你莫不是生意人？"

"陛下圣明！小民在匈奴时，便是行商。汉家这边，小民亦常来。"

"那么，你往日向西，可曾到过葱岭①？"

"西域路险，小民行脚所至，仅乌孙、车师，未及葱岭。"

"可知那西域万里，有何大国？"

"小民曾闻，有月氏部在敦煌、祁连之间，文帝初年，为匈奴右贤王所破，大部西逃，奔至葱岭以西，建大月氏。现下，其国甚大，纵横有数千里。"

"哦？葱岭西，莫不是穆天子西行之途！不知那大月氏，人口几何，可还繁盛？"

降人叩首道："小民寡闻，实不知这些。"

武帝又问："方才见你，只顾望住那琉璃杯，此中有何深意？"

"此杯乃大夏国之物。小民昔年，见西域客商曾携来匈奴。"

"那大月氏，可通大夏？"

———————

① 葱岭，即今帕米尔高原。

"客商皆曰，自大月氏向北，是为大宛①；大宛向北，即是大夏了。"

武帝拍案大喜道："你所言甚好，朕今日要重赏你。那大月氏，想必是人强马壮，我汉家，当与之交通。"

降人不知武帝心思，惶恐拱手道："那大月氏，强便强了；然小人并无功，万不敢受陛下之赐。"

"足下言及大月氏，便是一大功。今日朕事多，就免了赐宴，且赐你百金，以为奖赏。"

降人感激不尽，叩头接了赏金，告辞退下，边走边回望宫阙，心中暗自庆幸。

此人姓甚名谁，在史上未留丝毫痕迹。当此召问之际，他万不能料，方才数语，已激起武帝雄心万丈，欲联结大月氏，共击匈奴。华夏史上一次空前的开疆，也就从此始。

打发走降人，武帝凭栏西眺，觉流年匆匆不可追，通西域之事，万不能再有拖延了。然西出陇西郡（今甘肃省天水、兰州一带），即有匈奴阻隔，汉使如何能穿越过？

想到此，武帝立召丞相许昌前来，商议西域事。武帝先问许昌道："行三铢钱以来，天下钱粮，可还丰盈？"

"托两代先帝的福，今日即便穷乡，也是仓廪尽满，府库盈余。京师之钱，更是累积多至百亿，钱绳朽烂不可用；粮谷溢出囷，至腐败不可食。若无水旱之灾，则人给家足，绝无饥肠辘辘者。"

---

① 大宛，古西域国名，在今费尔干纳盆地。

"呵呵，竟有如此之富！钱粮既足，汉家不妨举大事。"

许昌只道是武帝要用兵，连忙劝谏："陛下，海内头绪百端，万不可轻开边衅。"

"丞相猜错了，此举非关用兵事。朕听闻匈奴降人讲，出陇西，入西域，有一大月氏国，其势甚强……"

"陛下可是要遣使通西域？"

"正是。月氏向有控弦之卒三十万，也曾是匈奴劲敌，文帝时，被冒顿单于击破，远遁西域。近闻，其众在西域，新建大月氏国，声势复振。朕之意，当联结大月氏，共击匈奴，可断匈奴右臂，不知丞相意下如何？"

许昌稍作沉吟，方答道："陛下之计，为远虑。臣于西域事，也略知一二。出陇西，即是敦煌、祁连，荒野接天，人迹罕至。入西域，有焉耆、轮台等一众小国，皆臣服于匈奴，匈奴设'僮仆都尉'以辖之，不与我通。然大月氏在何处，臣实不知。今遣使前往，路甚远，不知有何人可胜任？"

"这个，朕也已想好：重赏之下，必有勇夫。不妨征募勇壮之士西行，事成，可得封侯。"

许昌叹道："也只能如此了。出西域，九死一生，唯愿有壮士可做使者。只是……此行祸福难料，不啻喋血战阵。"

武帝抬头远望，有浩气起自肺腑："正是！通西域，正是攻取匈奴之首役。"

许昌忽就浑身一震，望住武帝，瞪目许久。

君臣议毕，不久便有诏书下，张榜于北阙征募，却是数日无人响应。武帝正疑惑间，忽有郎官张骞，赴北阙揭榜应募。他一带头，哄传长安，人人皆知张骞之名。旬日之间，便有百余人争相效仿，踊跃应募。

武帝大喜过望，特召张骞上殿来见。

前殿上，武帝望去，见那张骞身材精壮，两目灼灼有神，先就笑了："郎官之中，有你这等人才，朕不知用，是朕的错！不知你籍属何方，年纪几何？入宫之前，做的甚么？"

张骞昂然答道："陛下，臣乃汉中人，弱冠时为郎，今已二十四，年齿徒长，却无从建功。臣之过往，陛下不问也罢。想入侍以来，全赖家人供养，心中便有愧。今陛下征募勇士，窃思正是良机，唯愿一试。"

"便不怕西行有险吗？"

"西行虽险，总好过营营碌碌。臣自幼健壮有力，不畏寒暑，足可肩负王命。成则建不世之功，败亦绝不言悔。"

"然出陇西，即是匈奴所占之地，足下又如何能潜行？"

"臣在衙署中，同僚都谓臣'宽大信人'。今应募者已有百余人，陛下若用臣为使，集百余人之力，西行虽险，也必有一路可通。"

武帝闻此言，拊掌赞道："好个壮士！事成，必得封侯。大丈夫如此，也不枉活一世。"

张骞慨然道："臣不以封侯为意，只恐虚度此生。"

武帝喜极，当下唤过丞相许昌、大行令过期二人，命拟诏令，以张骞为使者，率百余人出关。所有文书、符节、车马、钱粮等一应物事，皆由两府备好。

授节之日，张骞壮怀激烈，当殿领命，接过牦头节杖，伏地谢恩道："臣此去，若有辱君命，誓不叩关而还！"

武帝也甚为动容，起身扶起张骞，勉励道："汉兴之时，公卿多是少年，家国有活气。立朝既久，老迈之臣渐多，朝政因循，渐至沉闷不堪忍。君今日西行，将辟汉家新天，惠及万世或不止。还望途中小心，善以智斗，不唯逞勇，说服那大月氏，与我共除百年之患。"

张骞顿时泪流，应道："臣微末一郎官，有何德负此重托！既蒙陛下大恩，当万死不辞。臣也知路途险恶，当小心过祁连，觅得焉耆、轮台通路，入大月氏。一年或数年，定当还都复命。"

下得殿来，许昌、过期与张骞商议启程事。许昌对张骞道："君行祁连，胡骑遍地，不可无向导。"

过期说道："丞相所言至要。下臣知堂邑侯家中，有一胡奴，熟知祁连山川形势，可为向导。"

张骞大喜，议毕，即亲赴堂邑侯陈午邸中，说明情由，恳请赎出那胡奴。陈午也知是武帝有诏西行，满口应允，遂将那胡奴唤出。

张骞当面问过，知其名唤"甘父"。那甘父正值壮年，善射，精通胡汉语，端的是个好向导。张骞问罢，连声称善，向堂邑侯交了赎金，再三叩谢，领了甘父而还。

当年春末，祁连雪融时，陇西天气也转暖。张骞一行人，即换了寻常衣衫，扮作行商，出直城门启程。

出发之日，大行令过期冠带整齐，主持祭路。祭毕，亲送一行人至城门下，斟酒与张骞壮行："今上扫北之志，我等臣子心知。君万里涉险，出使西域，功可载于青史。出得阳关去，诸事便处处难料，当好自为之。"

张骞接过酒盏，一饮而尽，向过期谢道："大行令此言，下臣自当铭记。大丈夫，死国亦无憾，定不辱君命。"说罢，翻身上马，率队出城，一路向西而去。

其后，马不停蹄，翻山过河，疾行了一月有余，终见到陇西郡城狄道（今甘肃省临洮县）。眼前景象，一派残阳荒烟，其苍凉意难以形容。

入得狄道，郡守早在衙署恭候，少不得有一番款待。次日晨，郡守又亲送张骞至边塞。

张骞勒马于障城门外，正欲作别，那郡守忽就泣下，叮嘱道："下官在此五年，唯见出塞者众，返归者寡。……朝使此去，须多加小心。"

张骞回望汉家边塞，巍峨如长安城一般，心中也一热，洒下泪来，执郡守之手道："足下请回！有此别情，我行万里亦不惧；归来时，当与故人再饮。"

出得边塞后，但见那祁连山一带，荒野接连天际，风劲草低，顿觉诡异之气大起，似有险象四伏。张骞手擎牦头节杖，向诸人高声道："诸君愿随我立功，生死荣辱，便自今日起！"

甘父应了一声："愿从使君之命，生死无悔。"便一马当先，倚仗着路熟，专拣无人踪的僻路上走去。

一行人晓行夜宿，万分留心，遥望见草野中有牧人，便远远趋避，只不愿遭遇胡人。不料，才行得两日，后面便追来一队胡骑。草野深处，一时间马蹄嘚嘚，烟尘大起，有胡笳声穿空而来。

张骞回望一眼，面色即变，欲下令奔逃，无奈队中有马驮负重，不能疾驰，直是逃无可逃。

转眼间，数百胡骑追上来，各个弯弓搭箭，将张骞等人逼住。甘父连忙跳下马来，上前周旋，诈称是汉地行商，欲含糊过去。

那领头的百长偏不信，看张骞貌似头领，便只捉住张骞，详加盘问。张骞见事无可转圜，只得如实道出。众胡骑闻听眼前人即是汉使，都不禁面面相觑。

那百长思忖片刻，断然道："无单于诏令，便是汉地羔羊，也不得放过一只。"当即下令搜身。

如此逐个搜过，又盘问了半日，百长见确是使者无疑，却也不肯放行，将张骞一行押解至右部诸王帐中。

诸王问明张骞身份，亦觉惊诧，皆叹此前闻所未闻，忙派遣得力兵卒，将一行人解往王庭，交由军臣单于发落。

可怜张骞这一行人，被夺去佩剑刀戟，缚了手脚，置于辘轳车上，前往漠北王庭。

一路日落月升，朔风扑面。虽是春夏之交，晨昏间，亦觉寒意穿透衣衫。张骞几度与甘父密语，欲寻机逃脱。然那甘父举目四望，只是摇头道："荒原无路，食水难觅，你我又失了坐骑，逃脱亦是死。"

张骞只得长叹："未见祁连雪，壮志竟先冰消。我无能至此，不如自戕，实无颜再见天子了。"

甘父连忙劝解："使君请无忧，万不可寻短见！单于尚不至敢诛汉使，只须留得性命，小臣当不离使君，一同寻机脱逃。"

张骞闻此言，心情才稍振，抬眼望四周，留心记住沿途景物。如此跋涉了三千里，阅尽一路荒原，方来至王庭。

单于在穹庐大帐中闻报，也是连声称奇："汉家天子，不懂事就罢了，竟有如此奇想！"便命将张骞带上来。

众侍卫为张骞解开绳索，张骞整好衣冠，昂然入大帐，肃立拱手道："汉使张骞，奉诏出使西域，不意被擒，在此见过大单于。"

军臣单于隼目微张，睨视张骞道："匈奴之地，非汉家疆土，岂是可随意往来的？ 汉使今往西域，究竟意欲何为？"

"我主闻葱岭西有大国，名大月氏。 今臣欲往大月氏，与之通有无。"

"笑谈！ 月氏在吾地之北，汉使何以得往？ 除非你生出双翼！ 呵呵，也是甚无道理——倘若吾邦欲遣使赴越，汉家肯听凭我穿越乎？"

张骞也知潜行理亏，只得沉默不语。

单于遂轻蔑笑笑，又道："汉天子初登位，心雄万夫，尚不知吾邦之强。 遣使月氏，竟是何意？ 莫非欲学他先祖，夹击楚霸王乎？ 小儿之心，甚荒唐！ 汉使张骞，我看你笃实精干，可堪大用，不如便归降吾邦。 若降了，可封你为王，统带人马一部，亦不失为富贵。 总好过万里跋涉，终落得个尸骨无存。"

张骞猛然起身，亢声道："万无此理！ 我为堂堂汉使，单于若准我行，我便行，寻路入大月氏；单于若不准行，则听凭处置，或罚或诛，决不言悔。 汉臣在外，富贵可失，义利之辨则不可失。 我只知不辱君命，不知有他。"

"哼，你那君命，就是乱命！ 大月氏离此地万里，你仅百十余人，粮草无多，又不辨路径，如何可至葱岭西？"

张骞将手中汉节一举，慨然答道："我持汉节不失，终可探得西行之路。 手足可缚，此心不可缚，大王若要处置，臣当含笑赴死。"

单于便仰头大笑："忠直如此，倒也令人敬佩，我怎能忍心杀你？ 降与不降，全在足下之意；这便为你觅地居留，好好去省思。"

果然，数日后，单于即下令：将百余人拆分，交与各部安顿。特将张骞等十数人，流放至匈奴西境，远离汉地，交右部诸王管束。又令张骞等人着胡服，披发左衽，以期回心转意。

令下，便有一名百长带领兵卒，前来催行。此后数月间，又是一路颠簸，发遣至西境，与牧民混居。未几，又有使者传来单于口谕，强令张骞娶胡女为妻，并赐给牛羊若干，任由自食其力。

困窘至此，张骞也是无可奈何。每出毡房，立于荒野，都止不住仰天叹息。

唯可喜之处，毕竟还有甘父忠心耿耿，尽心伺候。甘父常宽慰张骞道："小臣本胡人，知胡人起居亦有他之道理，使君尽可安心。单于娶汉家公主，是为和亲；使君在此，娶了胡女，也不妨一尝和亲之乐。"

张骞闻言，只是苦笑不语。每见随从忙碌放牧事宜，总要口诵古诗不止："北风其凉，雨雪其雱。惠而好我，携手同行……"[1]

其声悲凉，回荡草原。甘父虽不明其意，闻之也不免恻然。

就此，漠漠孤烟里，张骞抱节东望，无一刻不思东归。日复一日，春霖秋霜，竟在胡地足足淹留了十年，这已是后话了。

---

[1] 见《诗经·邶风·北风》。

四

歌姬近宠
尽投怀

这年阳春，武帝因与长姊骨肉团聚，心情复振，总算将年初的惨事稍稍淡忘。时逢上巳①日，当行"祓禊"大典，便亲率一干文武，往长安城东的灞水边，洗浴祭祖。

礼毕返归，恰路过平阳公主宅邸，武帝兴起，便教诸臣先归，只带了韩嫣等亲随，入公主家歇息闲叙。

这平阳公主，乃是景帝与王夫人所生长女，与武帝同父同母。本称阳信公主，后嫁与曹参曾孙、平阳侯曹寿②为妻，故又称平阳公主。公主见武帝忽然登门，满心都是喜，哪里还肯放他走，连忙吩咐后厨备筵。

武帝自幼为太子，见惯了阿姊们的巴结，此时不以为怪。见此时已近暮，也乐得在公主邸中畅饮一回。

开筵之初，武帝只顾与曹寿闲谈，全未留意平阳公主。那曹寿辈分虽低，年岁却长于武帝，性素持重。

武帝望望曹寿，笑言道："尚记得幼时，平阳侯带我戏耍，白

---

① 上巳，上古以"干支"纪日，三月上旬的第一个巳日，谓之"上巳"。旧俗此日在水边洗濯污垢，祭祀祖先，即为"祓禊"。

② 曹寿，又名曹时。

驹过隙，才几多年，你竟也是老成之人了。"

曹寿连忙应道："不敢。臣驽钝，才具不及祖上万一，不能辅佐君上。"

武帝便慨叹："汉家为你我祖辈手创，如今这天下，却还要儿孙来守。眼看勋臣皆老去，儿孙辈又得几人？再过几年，将又赖何人来守？"

"陛下圣明，当从平民中选拔异才。"

"呵呵，正是！韩非子言：'宰相必起于州郡，猛将必拔于卒伍。'先圣之言，不可不信。年前举贤良，好在还有些英俊之才。"

"此事朝野纷议，都称陛下善选贤才，量其器能，超拔用之。所选董仲舒、庄助、公孙弘、吾丘寿王等，皆为英才无疑。汉家今日，学风已大盛，即是草野之士，譬如平原人东方朔、蜀人司马相如、吴人朱买臣等，也是一时人杰。"

武帝便大笑："平阳侯也知这几人！我在朝堂，若目不明，则天下便无可用之人。我若目明，俊杰哪里能用得完？"

曹寿连忙拜赞道："彼辈异才，即便待诏，也可使天下人皆知陛下爱才；四方俊杰，自会踊跃自荐。"

"朕正是此意！"

两人且饮且聊，酒兴愈浓。饮至数巡，帷幕后忽有美女十余人，鱼贯而出，个个持酒杯，轮番向武帝祝酒。

武帝抬眼望望，不禁就笑："平阳侯，如何养了恁多美姝，不怕阿姊心疑？"

曹寿含笑不答，只拱拱手，又望着平阳公主笑。

原来，那平阳公主素多心计，知武帝不喜陈皇后，至今无子，便有意讨好阿弟，采选良家女多人，蓄养在家，打算伺机进奉。适逢今日武帝来，恰是良机，便统统唤了出来，任由武帝挑选。

武帝心下明白，拿眼略瞥过，见都是些平常女子，并无妙处，便向曹寿一笑："皆是好女子！然则，定不是平阳侯亲选。"言毕，只顾低下头去饮酒，不再理会。

平阳公主见武帝不称意，脸上一红，连忙摆手，命众女子退下。又向武帝赔笑道："阿姊眼光，实是浅陋，皇帝莫要怪就好。家中还有歌女数人，可以遣兴。"当即唤了一班歌女出来，即席弹唱，曲意劝酒。

武帝这才微露笑意，一面饮酒，一面听曲。

一时间，席上弦歌悠扬，曲声清亮，似有和风自仙境来。武帝也懂音律，不禁拍膝击节，摇首陶醉。

忽而，耳边有一高音响起，婉转嘹亮，如画眉啼鸣枝头。

武帝一惊，抬眼望去，见歌女队中有一长发美姝，仪态娉婷，正引吭高歌。其貌之美，其质之清，其发之秀，恍似云梦泽畔神女。

武帝当下呆住，痴痴望住那女子，酒也不饮了。

那乌发美女，自是伶俐，也觉出了武帝心思，不时便有媚眼撩过，如波光一闪。

武帝愈发心旌摇荡，全不顾体统了，连连击掌叫好，几欲忘了身在何处。

平阳公主在旁看得真切，掩口笑笑，凑近问道："阿姊家女子皆平常，这歌女卫氏，可还悦目？"

武帝怔了怔，半晌才回过神来："好，好！这个卫氏……唤作何名，是何方人氏？"

"此女籍属平阳，名唤子夫。"

"哦哦，好一个平阳卫子夫！"武帝赞罢，便坐立不安，转头四处张望。

平阳公主瞥见，忙问道："陛下可有事？"

武帝一笑："阿姊，酒饮得多了，腹胀，容我更衣。"

原来，这"更衣"二字是婉词，即是如厕之意。

平阳公主连忙道："阿姊疏忽了。"心下就暗喜，招手命卫子夫近前，吩咐道，"你侍奉陛下，往我尚衣轩去更衣。"

卫子夫领命，翩然起身，上前来扶住武帝。

武帝低首看去，见卫子夫巧笑倩兮、乌发如瀑，更是不能自持，一臂搭在卫子夫肩头，跟跄入内。

此一去，良久不见出来。平阳公主心中有数，自是不急，与夫婿同坐堂上，无语静候。

过了许久，才见武帝出来，满面都是惬意。平阳公主料得好事已成，一面暗笑，一面便招呼武帝入座。

又过了片时，那卫子夫才姗姗而出，但见云鬓斜倚，一副含羞模样。

平阳公主瞥了一眼，笑道："我家中女子，心细当数子夫；侍奉陛下更衣，也这般仔细呢。"

武帝随声望去，愈觉得卫子夫温婉可人，当即说道："阿姊，你夫婿封邑中，出得好女子！我在世上，未曾闻有如此歌喉者，当赐阿姊千金为谢。"

平阳公主连忙谢恩："子夫色艺绝伦，原是天生；阿姊受赐，倒是有愧了。不如就将子夫送入宫去，旦夕随侍，陛下岂不自在？"

"那也好，倒要阿姊割爱了。至于平阳侯嘛，不要吝惜就好。"

一语说得夫妇两人大笑。卫子夫只顾低了头，双颊绯红，更显出娇羞之态。

平阳公主见事已妥，喜得眉眼攒作一处，命卫子夫快去后堂整好妆，并收拾细软。

稍后堂上饮罢，筵席都撤去，卫子夫方整妆出来，容光一新，映得满室生辉。

送客时，卫子夫随在武帝后，正要登车，平阳公主忽然抚其后背，低语道："此去，别是一番天地，当努力加餐，勉力为之。待大贵之时，愿勿相忘！"

卫子夫连忙道个万福："公主万勿出此言。奴家来日无论贵贱，公主之恩，不敢有一日忘却！"

一行人出了侯邸，驰驱入宫，已是夜深时分。武帝偕卫子夫下车，来至宣室殿前。正要挽起子夫同入寝殿，再续欢情，猛然就瞥见前面有一人挡路！

武帝定睛一看，便浑身发凉，原是陈皇后阿娇，正昂首立于御路中央。

见武帝踟蹰不进，陈皇后发了声问："陛下清晨既出，忙了一整日，竟带了何人归来？"

武帝略一支吾，只得答道："皇后也无须挂记，朕归来，不过顺路去了平阳公主家。此乃公主家奴，阿姊有意，送来宫中充作杂役。"

阿娇向前两步，借着庭中宫灯微光，打量了几眼卫子夫，冷笑道："好个婢女，这一身上等裙钗，倒像是公主家亲眷了，惹得陛下整日不归！"

武帝连忙辩白道："朕归来得迟，是公主强留饮酒，皇后可不必生恼。"

"好好！陛下不寂寞便好，我多操心了。"阿娇言毕，猛一甩袖，便往椒房殿去了。

卫子夫见此阵势，早吓得脸发白，垂首而立，大气不敢出。

武帝知阿娇已存了戒心，遂不敢作他想，叹了口气，遣人送卫子夫往别室安顿。而后，才缓步往中宫去，向阿娇赔罪。

走近椒房殿，武帝愈想愈恼，只恨阿娇不近情理。然一想到祖母、姑母两人面孔，也只好忍住气，换了笑脸入内。

阿娇坐在榻上，望见武帝进来，只顾掉转了脸不理。

武帝走到阿娇面前，佯作调笑道："一日不见，便陌生了吗？"

阿娇冷脸回道："陛下是来错了，当往美人屋中去。"

"奴婢就是奴婢，哪里是甚么美人？"

"狐狸张了口，会不吃鸡吗？"

武帝闻此讥讽，心中一怒，然忍了忍，还是赔笑道："阿娇是贵人，话不要太难听。今夜，你便陪我在宣室殿，免得疑神疑鬼。"

"今夜是今夜，日后久长，我又怎防得了那狐媚？"

武帝沉吟半晌，遂一顿足道："罢罢！皇后之外，我理当非礼勿视。那个奴婢……卫子夫，不过是善唱曲。皇后既然不喜，打入冷宫就是，我永世不见，免得说我背诺。"

阿娇望住武帝，笑一笑道："卫子夫？妾记住这名字了。北宫那里清净，收拾好了，可令其独处，便是如何放歌，也无人再去打搅。"

武帝叹了口气，随即出门去，唤来宦者吩咐了一番，将卫子夫连夜送去了北宫。

那卫子夫正在别室安歇，听罢宦者传诏，全然不知究竟，昏头昏脑，随着宦者去了北宫。入了室内，方知自己被幽禁，再想脱身，已是万万不能。自此，长锁于冷宫，再不得见天颜，只能耳闻晨钟暮鼓，苦挨岁月，不知何日方能出头。

如此苦守深宫，竟然一挨就是一年。武帝那边，只顾防着老太后动怒，佯作无大志，终日优游，竟将卫子夫忘在了脑后。

皇后阿娇起初甚是用心，三番五次遣人，往北宫窥看动静。日久，见武帝无意沾惹，便也渐渐放下心来。

转眼一年过去，建元三年（前138年）春上，忽有齐地文书报称，黄河之水泛滥，淹没平原郡。郡中闹起饥荒，百姓无粮，竟至人相食。半月间，崤函道上驿马相递，每日都有急报，飞送至长安。

武帝见告急文书迭至，心中忧戚，召丞相许昌来，蹙眉叹道："人相食，上了史书，便是删也删不掉了。朕这皇帝，要被后人责骂！"

许昌连忙劝慰："既有天灾，便不是人祸；就算是人祸，也是郡县无能，陛下又有何过？命郡县多予赈济就是。"

武帝脸色仍是黯然："那平原郡百姓，骨肉相食，不是惨极吗？朕每日进食，见美酒珍馐，只觉不忍……"

"陛下万勿做此想！贵贱贤愚有别，自古已然。平原郡有灾，朝官固不宜多享乐，可令京中官吏，节食省用，不得靡费。"

"不错，朕先就不能靡费！近年朕常思，宫女过多，也是没来由的耗费。明日可传诏下去，裁减其半数，放归家中。"

许昌就一喜，叩首回道："陛下圣明。宫女皆为良家女，久在宫中，只怕误了终身大事。今日开恩放归，任其择婿，民间必将感恩陛下。"

武帝微微颔首道："天下事，有千端万绪；你我君臣，却只得一心可用。稍有疏忽，小民便不堪其苦。丞相今后，当多提醒朕。平原郡灾民，可令其徙至茂陵邑，每户给钱二十万、田二顷，任他生息，方为救济良策。"

许昌连声然诺，将诸事都记下，自去办理了。

未过几日，宫女放归令下。深宫一班女子，闻讯都喜不自胜，恨不能早日脱樊笼。又闻放归之日，由天子点验名册，或留或放，当殿定夺；各人心中，便是忐忑不安。

那去留名册，早由宦者令拟好。放归当日，武帝亲临偏殿，坐于榻上。一众宫女，列队等候唤名。喊到一个，便出列一个，由宦者令指明去留。

一时偏殿之上，莺莺燕燕，竟是有百样面孔。闻听留下的，都难忍悲戚，掩面而退；闻听可放归的，则喜极而泣，连声谢恩，急奔下殿。

那队列中，也有卫子夫在。当初卫子夫入北宫时，形同囚犯，饮食起居俱有人管束。稍后时日，方得了些许自由，然也是不能出高墙。时日既久，万念俱灰，已无心再收拾容颜。这日，只粗粗拢了一头乌发，呆立于队中，等候发落。

武帝察看宫女去留，觉宦者令行事倒也公允，所有放归者，不是年长就是姿色平平，稍显伶俐的，尽都留下了。

正当此际，忽闻宦者令点名道："卫子夫！"武帝就一怔，转过头看去，见卫子夫略施粉黛，一头乌发依旧如云，只是较前消瘦了许多。想想相识那日，竟是一别经年了，心中便觉一热。

只见卫子夫应声上前，未等宦者令发落，便伏地向武帝叩首。再抬起头时，已是泪流满面，哀恳道："今日得见陛下，臣妾万幸，梦中亦不敢想。妾本无长技，留之也无用，愿陛下开恩，放小女子出宫去吧。"

闻此哀切之音，武帝心中有愧，忙道："哪里！你且留下，朕自有主张。"

卫子夫面露惊异，欲再力争，终是不敢违命，只得起身，随众退下了。

当晚，未央宫内并无消息，卫子夫便没睡好。至次日昼间，仍是音讯全无，子夫更觉心神不宁。至夜，忽有宦者来，传旨宣召，命速往宣室殿。子夫的一颗悬心，这才放下，知天子并未忘旧情。连忙装扮好，随宦者来至宣室殿。

此时二人相见，都觉甚奇；摇曳烛光中，更是恍如梦寐。

卫子夫心一酸，便欲下拜。武帝也觉伤情，忙上前拦住，一把将子夫揽入怀中。两人有千言万语，只觉说也说不尽。

武帝喃喃道："今夜，便不要离去了。"

卫子夫知武帝情笃，心中便感踏实，嘴上却偏要说："臣妾命贱，不当再近陛下。若是娘娘探知，妾身死不足惜，只怕是陛下要多些心烦。"

一语说得武帝脸红，连忙安抚道："这是哪里话！宣室殿远离中宫，你留宿于此，哪个敢来打扰？"

"既有娘娘，陛下又何必在意臣妾。"

"你实有不知，我昨晚得一梦，梦见你所站立处，旁边有几株梓树。梓与子，音同也，这便是上天之意。朕至今无子，常怀抱憾之心；生子之事，当是应在你身上。"

卫子夫望了武帝一眼，嫣然一笑："哪有这么容易！"

武帝只顾抱着子夫不放："上天之意，焉能不信？"

两人遂卿卿我我，语意愈浓，终是在鸳鸯帐中，再成好事。

至次日，武帝将卫子夫安顿于别室，吩咐涓人严加护卫，不容他人搅扰。有空时，便召子夫来宣室殿欢会。如此，不觉就是数月过去。

或是缘于心诚所致，只这一夜，卫子夫竟然有了身孕。武帝闻之，不觉大喜，每逢朝政稍有空闲，便来看顾。两人恩恩爱爱，犹如平民家小夫妻一般。

卫子夫蒙宠，喜结珠胎，此事虽隐秘，日久却也泄露了出去。皇后阿娇得知，恼恨异常，直赴宣室殿去责问武帝。

若在平常，遇阿娇蛮横无理，武帝总让着几分。此次见阿娇冷脸来问，武帝却不想再忍，只淡淡回道："皇后无子，朕另幸卫子夫，于礼并无不合。"

"早年之诺，便不作数了？"

"今日你仍为皇后，便是朕从未背诺。朕倒要问，阿娇有何可恼？"

"既有金屋，便不容有他人。此话，难道还须我阿娘来对你说吗？"

两人僵立，四目相对。阿娇纵是搬出窦太主来，武帝也是不睬，只仰了头道："帝嗣不可断。我只求有子，不问其他。"

提起子嗣，阿娇自觉理亏，心知再争也是无益，只得愤愤退下。回到椒房殿，愈想愈觉胆寒。想到若久无子嗣，待阿娘百年后，这皇后之位，怕是要难坐稳！

于是，此后数月，阿娇频频遣人出宫，四处求医，只觅那宜生男的药方，无论蟋蟀蜈蚣、雪水幽泉，皆顾不得那许多，统统拿来服下。

无奈天公不作美。百计过后，阿娇肚腹中，仍是毫无动静。哀叹之余，便又起了谋害之心，密遣了身边心腹宫女，或暗送鸩酒，或流布谣言，直欲将那卫子夫置于死地。

这边厢，武帝早料到阿娇善妒，定有谋划不利于子夫，便也百计防之。卫子夫所居别室，有涓人、甲士环绕，连鸟雀也飞不进。虽有几次遇险，然严守之下，却也无大碍。

阿娇屡试不能得手，对武帝就更无好脸色。武帝恨阿娇量窄，越发不肯再往中宫去。两人为一个卫子夫，竟势同水火。

事既至此，阿娇终感技穷，只得不顾脸面，去见窦太主，哭诉遭武帝冷落之事。

窦太主闻之大惊："这个彘儿，如何就敢放肆！阿娇，我只知他待你平平，不料竟寡恩若此，为何不早说？"

阿娇泣道："我心窍少，方有此苦命，不敢教阿娘知晓，唯恐惹你生气。"

窦太主怒而起身道："甚么话！金屋藏娇，莫非仅只玩笑吗？我这便去问他。"

阿娇连忙拉住阿娘，急切道："不可！君上今日，非比幼冲时，阿娘不可做逆鳞之事。"

窦太主想想，只得叹口气坐下："阿娇说得是，奈何？今上已非四岁幼童，其为人，素来固执，老太后的话都可不听。我这姑母，又能何如？"

阿娇见阿娘也无甚主张，更觉心伤，又幽幽地哭起来。

窦太主只得把阿娇拉进怀中，轻抚其背，劝慰道："女儿莫急，容我从长计议。"

阿娇这番哭诉，惹得窦太主怒起，留心了数日，忽探得长安县的建章营①中，有一小吏，名唤卫青，乃是卫子夫同母弟。心下就起了歹意，暗嘱心腹家仆，往长安县将卫青逮住，囚系于府邸后堂，意欲杀之。

说起这卫青，后来虽是声名显赫，然在此时，却只是一苦命儿。其母卫媪（ǎo），嫁与平民卫氏，先后生有一男三女，即长子卫长君、长女卫君孺、次女卫少儿；那第三女，便是正蒙上宠的卫子夫。

卫媪其命，也是坎坷，人到中年忽就丧夫。辗转生计间，不得已入了平阳侯家中帮佣，做了个洗涮婢女。

帮佣之际，寡女未能笼住春心，与侯邸小吏郑季，有了私情，生下一男，便是卫青。

那郑季，本已有妻室，其妻强悍，不便纳卫媪为妾。卫媪只得独养卫青多年，无名无分，其间饲育艰难，不可尽言。

眼见卫青渐长，寡母卫媪独力难支，无可奈何，只得将卫青送归郑季。那郑季纵是惧内，也不便拒之门外，只好硬起头皮接纳。

郑家早已有数子，并不缺这一男，郑妻咽下这苦果，到底心头有难解之恨，万不肯视卫青为己出。郑季于两难之中，只得令卫青为自家牧羊，视若童仆，任意呵斥。那郑家诸子，更不能视卫

---

① 建章营，建章营骑所在。建章营骑，即羽林郎的前身，掌天子近身护卫。

青为手足，嘲骂轻贱，自是家常便饭。

某日，卫青随他人至甘泉宫狱，匆匆行走间，一囚徒忽然唤住他，要为他相面，相罢大惊道："小子，你命中乃贵人也。今虽潦倒，来日却是官至封侯！"

卫青笑道："我为奴生之子，不受鞭笞责骂，即足矣，安得有封侯之事？"

那人道："我精通相术，又安得有错！"

卫青望一眼那蓬首囚徒，只道了声："谢过！来日做梦，或可有此事。"便掉头而去，对此未留意。

可怜卫青，小小年纪寄人篱下，粗衣劣食，忍辱偷生，尝尽了人间炎凉。如此草草长成了少年，终不能忍受郑家虐待，还是返回了母家。

卫媪见卫青归来，衣衫褴褛，竟与乞丐相类，不禁抱住卫青痛哭。无奈之下，只得厚起脸皮，去央求平阳公主。幸得平阳公主心软，收下了卫青，做个随身骑奴，算是暂离苦海。

卫青回归母家，想想与生父郑季之间，已无骨肉之情，便跟从母家，冒姓了卫。又因卫氏已有一长子，故自己取了一个表字"仲卿"，意谓排行第二，与卫氏兄姐认了同胞。

时卫家三女，各有归宿。长女卫君孺，已嫁与太子舍人公孙贺。次女卫少儿，与平阳公主家中小吏霍仲孺私通，生有一子，即后来大名鼎鼎的霍去病。三女卫子夫，已被送入宫中。

卫青自从做了骑奴，觉微贱之命或还有转机，便不甘沦落，去寻了些书来看。少不得发奋一番，终至粗通文墨，能浅涉经史。

做了两年骑奴，识得公孙敖等几个骑郎，相与往还，颇有情义。诸人怜惜他，为他引荐，在建章营骑做了一名小吏。

且说卫青正埋头当差间，忽被窦太主家仆掳去，囚于密室，浑不知罪从何来，眼见将有不测。此时，公孙敖得知消息，急忙奔走打探，方知原委，便决意出手相助。当下召集了壮士，潜往囚室外，趁窦太主家仆不备，破门而入，将卫青救回。

公孙敖也知，窦太主必不肯善罢甘休，便一面安顿卫青，一面托宫中涓人转达，将此事禀报武帝。

武帝闻之，向卫子夫问明来龙去脉，愈加愤恨阿娇。遂面召卫青来问，见卫青虎虎有生气，不禁相惜，索性将卫青拔为建章监。后不久，又擢卫青为侍中，出入护驾，负玺陪乘，成为贴身近侍。

不止如此，为给阿娇一些颜色看，武帝索性封了卫子夫为夫人，纳入后宫。此后，又擢升卫青为太中大夫，掌谏议之职，居内廷要职。连带卫青同母兄姐，也一并得享荣宠，不数日间，即受赐累积千金。

卫青同母兄卫长君，官拜侍中。长姐卫君孺，乃公孙贺妻；公孙贺在武帝为太子时，曾为太子舍人，此次因卫氏得宠之故，更升官至太仆，跻身九卿。

二姐卫少儿，原与霍仲孺私通，后又看中陈掌，与之欢好。这位陈掌来历颇不凡，乃元勋陈平曾孙。其兄名唤陈何，因劫夺人妻，坐罪弃市，陈平传下的侯门，就此断绝。陈掌家道中落，多年寄寓在都中，做了一名小吏。此人面目秀美，乖巧玲珑，为卫少儿所喜，遂弃了霍仲孺，嫁与陈掌为妻。

那霍仲孺与卫少儿本无婚约，见卫少儿另觅高枝，虽是恼恨，却也只能放手。此次卫氏受赐，武帝见陈掌是勋臣后人，如今又成连襟，便拜了陈掌为詹事①。

至于援救卫青的公孙敖，也获武帝嘉赏，超拔为太中大夫，与卫青同列。公孙敖乃义渠县（今甘肃省庆阳市宁县）人，只因这次拔刀相助，竟一跃而成天子近臣，后更与卫青一道，成为汉家一代名将。

所谓"一人得道，鸡犬升天"，便是如此。那武帝不敢去碰阿娇一根寒毛，却将卫氏亲戚一齐加官，看得阿娇目瞪口呆。

阿娇日夜所思，只想驱走卫子夫，岂料弄巧成拙，反令卫氏亲眷遍布内外，自家更觉势单了。眼看与皇帝近在咫尺，却不得亲近，满心无奈，终日愁眉紧锁。

此事自是瞒不过老太后，武帝入长乐宫请安，老太后脸色便不好："彻儿，你做皇帝，不过才二三年，便将你姑母当成羔羊。"

武帝佯作惶悚道："祖母，如此做比，孙儿当不起！我如何就成了狼？"

"忘恩负义，便是狼也不如！"

"阿娇至今仍居中宫，即是藏在金屋，孙儿并无他意。"

老太后也知武帝只在敷衍，叹口气道："你自幼便执拗，来日权愈重，还不知要惹出何等祸来！"

老太后唠叨得愈多，武帝就愈心烦，想想内外施展都不易，只得与文学近臣优游往还，以遣时日。

自选贤良以来，有那庄助、司马相如、东方朔、吾丘寿王等人，已先后待诏。其中词赋最佳者，当数庄助、司马相如一流；

---

① 詹事，官职名，秦始置，汉初沿置，掌太后、皇后、太子诸宫庶务。

登堂从政者，当数公孙弘一流。另有东方朔则是滑稽一流，随侍左右，好比倡优取乐。

彼时，东方朔正待诏公车。这"公车"，乃是卫尉属下一个衙署，专掌臣民上书与征召，以公车令为长官。古时征召四方名士入都，都是公车迎送，无须私费，故而得名。

东方朔在公车署闲得无聊，向公车令领得些钱粮，应付饥寒，却未有一文俸禄。淹留既久，只不见君上召见，不免就有些焦躁。

东方朔这日在城内闲游，见一班侏儒，着涓人服饰，驱马而过，便知这是天子六厩养马人，心下就不忿："我枉自才高，在此吃闲饭，竟不如矮人有用吗？"便心生一计，抢上两步，对那班侏儒道："在下东方朔，见过诸位。君上召你辈来，将有大用乎？"

有侏儒头领樊爱君，恭敬回道："即是在六厩养马。"

东方朔问道："敢问大名？"

"太厩尉樊爱君。"

东方朔便哂笑："只恐君不爱你！养马，何人不能养，偏要用你辈乎？"

樊爱君一怔，连忙拱手道："愿闻先生指教。"

"恐不是好事。君上召你等来，乃是圈套耳。"

"哦呀！天子如何能有圈套？"

"君上嫌你辈无益于郡县，若耕田务农，力不及众人；若坐堂理政，才不能治民；若从军杀敌，则又不通兵事。拿了俸禄，能做得何事？"

众侏儒闻听，面面相觑，心中顿觉惶然。樊爱君急切道："天子特召我等，俸禄优厚，又怎能嫌我辈无能？"

东方朔一笑，接着又道："既于国无用，又费衣食养活，天子是闲得无事吗？乃是以此为饵，召无才者入朝，聚而诛之！"

众侏儒顿时哗然。樊爱君冷笑一声，反驳道："朝中庸官，亦有不少，如何不聚而诛之？"

东方朔故意仰起头，想了想方才答道："庸官固然庸，望之，总还有七尺之躯吧。"

樊爱君闻此说，竟至哑然。众侏儒见头领无措，一时大恐，竟相涕泣，全不顾闹市中有人围观。

东方朔见恐吓见效，心中暗喜，佯作叹息道："我看尔等，也是可怜，将要无辜受戮。庸官做了蠢事，尚不至死；你等有长技在身，反倒活不成。人间事，便是这般，无处可讲道理。我今有一计，可以救诸君一命。"

众侏儒早吓得脸色惨白，忙不迭地央求："先生可怜可怜在下！"

东方朔望了未央宫一眼，指点众侏儒道："我闻宦者言，天子今日将从此过，你辈不妨拦路请罪，或可有个活路。"

众侏儒哪里还有主张，只连声谢过，便退在路旁等候。

等候良久，果然见街衢那边骚动起来，有人奔走呼道："天子来了——"

众侏儒便也不顾礼数，一拥而出，堵在路口，伏地号泣道："圣上，圣上！万不能枉杀呀！"

武帝乘銮驾至此，见侏儒跪了一地，也是惊异，忙问道："青天朗日，这又是为何？"

樊爱君叩首悲戚道："适才闻东方朔言，陛下欲杀尽吾等。吾等无能，在此请罪，只愿留得一命。"

武帝思绪一时不能接洽，怔住半晌，才又气又笑道："太厩尉，尔辈养马，养死了马匹吗？"

"未有。"

"那便是了。既无过失，朕如何要滥杀？"

"那……始皇帝也要坑儒呢！"

"胡言！要坑儒，也须你辈是儒，而非侏儒。且回吧，朕不杀便罢，要杀的岂是你辈？"

众侏儒知是东方朔诳语恐吓，不由都转悲为喜，"祖宗""阿爷"地一番谢恩，才起身退去。

武帝眼望侏儒远去，恨恨道："好个东方朔，冒名竟冒到了我名下！"待返回宫中，立召东方朔入内，当面责问。

数月以来，东方朔只愁无缘见驾，盼的就是此刻。闻宦者传诏，立即兴冲冲来至宣室殿，伏地听命。

武帝怒叱道："秦以来，敢矫诏者，仅赵高、李斯耳。君是何等胆量，敢冒朕之名，恐吓侏儒？"

东方朔也不慌，叩首奏道："陛下，请稍息怒。臣有一言，死活也要奏上。那班侏儒，身长三尺余，俸禄可得一囊粟、钱二百四十。臣身长九尺余，亦是俸禄一囊粟、钱二百四十。侏儒得此粟，可吃到饱死；臣得此粟，却是要饿死。可怜臣之父母，又何必多生出我六尺来？"

"放肆！甚么话？"

"臣以为：若臣言可用，请待臣以礼；若不可用，请罢之。只不要令臣如乞丐，日日去索那长安米。"

武帝听了，止不住大笑道："原是怀才不遇！君素有名节，当独立于世；为何见不到朕，便觉心慌？岂不是徒有虚名吗？"

东方朔闻武帝讥笑，便知计谋得逞，故作胆怯道："臣重名节，名节却不能供温饱。温饱不足，便无脸面；臣盼见陛下，是要讨个脸面。"

"以君之见，儒生只活个脸面吗？"

"若俸禄丰足，脸面也可不要了。"

一句话，竟惹得武帝大笑："先生聪明，算准了造谣也可无罪。好，你且平身，便命你待诏金马门，随时听用。"

"陛下，如何还是待诏？臣满腹诗书，要几时方售卖得出？"

"呵呵，先生心急，朕却不急。何时你心气平和了，方可召用。"

"谢陛下大恩，然臣实不知：那金马门，究竟是何门？"

"天下儒生，无不急于进用，只怕朕看不见，朕偏要磨你一磨！那金马门，乃宦者署也，在宣室殿左近，门旁有铜马。你待诏金马门，离朕便近了，也好从速起用。"

东方朔闻武帝此言，想了想，也只得谢恩道："蒙陛下不弃，待诏也是好的。"便起身退下殿去。

且说金马门既在宫中，东方朔遇见武帝，果然便不难。

时至建元三年（前 138 年）初，武帝于宫中，常召来术数之士，令彼等射覆。以覆盆置于案上，内藏一物，令术士打卦，猜盆下是何物。

这日聚众射覆，东方朔凑巧也在旁观。武帝命人暗将一壁虎置入，令诸术士猜。诸人各个起卦，皆不能猜中。

武帝便笑："不过一寻常活物，妇孺来猜亦不难；诸君素有神通，如何就技穷了？"

众术士皆愧不能言，东方朔看得心痒，遂向武帝一拱手，自夸道："臣也曾研习易理，实非难事，请允臣射之。"

武帝望望东方朔，忍不住笑："又是大言！ 若射不中，朕要杖你屁股。"

东方朔坦然道："中或不中，全属易理。 臣固然不如术士，总还强于妇孺，若不中，甘愿受罚。"

武帝便颔首应允："你便猜吧。"

东方朔当下拈起蓍草，另设一卦。 卦成，凝神看了一会儿，忽就口占数语道："臣以为，此物谓龙又无角，谓之为蛇又有足，跂跂脉脉善缘壁，若非守宫即蜥蜴。"

所谓"守宫"，便是壁虎，因其伏于壁，善捕蚊蝇，故名为"虎"。 古医者以为，以朱砂饲壁虎，焙干为粉末，涂于女身，倘有越轨事，色便脱，故别号为"守宫"。 武帝闻东方朔说出"守宫"二字来，脸色微微一变，继而大笑，吩咐宦者揭开覆盆来看。

众术士皆以为奇，纷纷探头去看，那盆下，果然是一只壁虎！

武帝便拊掌赞道："神人神人！ 敢矫诏者，腹内果然有物。 来人，立赐东方先生帛十匹！ 另还有何物？ 都拿来令先生猜。"

东方朔谢过，又凝神再猜。 宦者便将鸡蛋、蚕蛹、巾帛、团扇、盒罐等，拿袖掩了，逐次置于盆下。 东方朔随物起卦，竟是连连猜中。

众术士一派惊呼，无不折服。 武帝定睛看去，心中也称奇，每见东方朔猜中一物，即高声吩咐："赐帛！ 赐帛！"

不过片时，东方朔竟受赐帛近百匹，惊得众人瞠目结舌。

时有宫中宠优郭舍人，也在旁观看。 这位郭舍人，本也是滑稽一派，常随武帝左右，以供取乐。 这时看了东方朔本领，心生妒意，便上前一步，拱手道："东方朔，狂人也；侥幸猜中，而非精通术数。臣愿取一物，令东方朔再猜。若他猜中，臣甘受杖责一百；若猜不中，也无须他受杖，只赐帛与臣就好。"

武帝笑笑："皆是滑稽一派，今日倒要较个高下了。"便欣然应允。

那郭舍人抖擞起精神，疾步往射覆案后，密取了一个树上的"寄生"，放在盆下。回过身来，笑望东方朔道："狂者，你便来猜！"

这寄生，原是生于树干的菌类，貌似小虫。东方朔凝视覆盆良久，再次起卦。卦毕，沉吟片刻，方含糊道："不过一小物耳！"

郭舍人闻之大笑："就知东方朔猜不中，徒有狂言耳。"

东方朔却伸手一拦，高声道："舍人，慢！下臣话还未完。"说着，负手踱了几步，回身望住郭舍人道，"生肉，名之为脍；干肉，名之为脯。名不同，而实同。你所置物，着于树上，为寄生；置于盆下，为小物。"

旁侧宦者闻言，当即掀开覆盆，众人观之，果然是寄生，顿时就起了一片笑声。

武帝也强忍住笑，一指阶下，对郭舍人道："滑稽归滑稽，然诺归然诺，舍人请自去了结。"

那郭舍人不由大窘，脸上红白不定，也知躲不过，只得走下阶去，翘起屁股，伏于庭中地面。

左右宦者得武帝令，持了竹板上前，抡起来，雨点般地笞打下去。郭舍人忍不住痛，只是连声呼叫。一时间呵斥声、呼痛声，交相并作。殿前景象，顿显滑稽。

东方朔凑近观看，乐不可支，和着责打声，拍掌道："奇景也……咄！口无毛，声嗷嗷，尻益高！"

郭舍人羞恨交并，强忍至受笞毕，一瘸一拐走上殿，哭诉于武帝座前道："东方朔诋毁天子从官，罪当弃市！"

东方朔拍掌戏谑，武帝也已听到，闻郭舍人这一说，也颇觉不悦，便望住东方朔道："究是为何故，你要诋毁他？"

"臣不敢妄言诋毁，乃是与他作隐语。"

"隐语？那么，说的是甚么？"

"口无毛者，狗洞也。声嗷嗷者，鸟反哺巢中也。尻益高者，鹤俯身啄状也。有何毁辱？"

不待武帝反问，郭舍人早耐不住，应声道："臣亦愿问东方朔隐语，他若不知，亦当受笞。"

东方朔当下拱手道："你且说来！说来！"

郭舍人胸中文墨不多，急切中怎能说出妙语，只得随口乱说道："令壶龃，老柏涂，伊优亚，狋吽（yí hǒu）牙。你便说，此何谓也？"

东方朔闻之，初一怔，随即仰头笑道："料不到，舍人也有好学问！这有何难？令者命也，壶者盛物也，龃者齿不正也。此其一。"

武帝不禁一笑："哦？那么二呢？"

"老者人所敬也，柏者鬼聚之庭也，涂者泥涂之径也。此其二。"

"末句呢？"

"伊优亚者，辞未穷也。狋吽牙者，两犬争也。此即其三。请问郭舍人，下臣所解，可有误？"

东方朔应声答对，机锋百出，就连殿上一众涓人，闻之亦惊诧。

那郭舍人本就是信口胡诌，并无深意，此时被东方朔一问，竟是无言可对，只得深深一揖道："在下服气，不敢与先生斗智。"

武帝也听出奥妙来，朗声大笑道："好个东方朔，无怪连诏旨也敢矫！你随口即是妙语，教郭舍人如何再谋食？罢了罢了，今日起，就随我左右，为常侍郎。不要胡言了，只出妙语就好。"

自此，东方朔深得武帝宠信。出入皆从，时作谐语，引得武帝开颜一笑。

东方朔性本放达，有此凭依，更是脱略形迹。偶尔出语冒犯，武帝也不责备，反倒常呼东方朔为"先生"。

这年夏日入伏，循例有诏，为内廷侍从赐肉。肉置于案上，只等主事者来分。其时，炎阳如火，众郎官立于廊下，个个汗流浃背。

直等到日斜，主事的太官丞①仍迟迟未至。东方朔不耐烦，独步出列，拔剑割下一块肉，对同僚道："伏日天炎，当早归。静候肉腐，不如自取，下官这便受赐了！"言毕，将肉揣于怀中，大步去了。

众人看得发呆，都不敢动，直至太官丞来到，宣诏赐肉。待点过名册，独不见东方朔，太官丞怪之，问过众郎，才知东方朔已割肉而去，不禁大怒。掉头便往宣室殿去，奏报了武帝。

次日晨入朝，东方朔趋步上殿，恰为武帝看见，伸臂拦住问道："慢！昨日赐肉，你不待诏，以剑割肉而去，是何故也？"

---

① 太官丞，官职名，秦汉少府属官，太官令之副。

在旁众郎官闻之，都围拢来看，料定东方朔要难堪。

那东方朔却并不慌，摘下头冠，伏地叩首道："错在臣，无须太官丞告状。"

武帝未料东方朔并无辩解，倒也不气了，稍释颜道："哦？那么先生请起，自责便罢。"

东方朔再拜，而后仰起头道："朔来朔来，受赐不待诏，何其无礼也。然拔剑割肉，一何壮也；割之不多，又何廉也；归送小君，又何其仁也！"

且说那古礼，诸侯之妻称为"小君"；故东方朔话音方落，众人都忍不住笑。

武帝也大笑道："我令先生自责，如何反倒自誉起来？好好，不怕得罪至尊之君，却只念'小君'，朕今日，便允了你吧。"当下传令左右道，"再赐先生酒一石、肉百斤，回去送他小君。"

同僚在旁围观，都赞东方朔机警，于一片哗笑中，称羡不止。

此后，东方朔更是放浪不羁，几无顾忌。武帝于此时，常因陈皇后事不悦，便召东方朔来，赐食于御前。君臣二人对坐，把酒闲谈，任由东方朔戏谑万端，聊以解愁闷。

每饭毕，东方朔因赐肉之例，只顾将盘中所余肉，三把两把抓起，揣入怀中携回家。时日一久，衣襟尽污。

武帝见了，便有烦言："先生纵是滑稽之人，到底为官内侍从，污成这般样子，威仪又何在？"于是每每赐给缣帛，令东方朔制作新衣。

东方朔也不推辞，逢有赏赐，谢过主恩，扛起帛匹就走，穿行于宫中，毫无愧意。

在古时，缣帛便是财富。东方朔受赐多了，竟成了小富。偏他又好色风流，以受赐钱帛为礼，觅城中姣好女子，娶为妻。然迎娶仅一年，又弃之，再娶新妇。如是所受赐钱帛，尽给了女子。

武帝身边诸郎，大半呼东方朔为"狂人"。武帝闻之，也不以为怪，只笑道："东方朔任事，唯此瑕疵，你等安能及之？"

诸郎闻武帝此言，皆自愧不如，只恨无一张诙谐利口，可讨君上欢喜。

缘此，东方朔行走殿中，有郎官便半妒半羡道："人皆以先生为狂呢！"

东方朔横瞥一眼，昂然道："呵呵，狂又何妨？如我东方朔，乃避世于朝廷间；古之人，则避世于深山中。"

又有诸郎聚饮，东方朔在席中，饮得酣畅，即伏地作歌曰："沉沦尘俗里，避世金马门。宫殿可保身，何必深山中？"其放浪之态，令满座皆惊。

时有洛阳进献一矮人，入谒武帝。那侏儒拜过起身，见东方朔在侧，神色忽就一变："嚄矣！此人惯偷西王母桃，何以在此？"

武帝亦觉吃惊，忙问道："你何以得知？"

那侏儒答道："回陛下，西方有王母，擅种桃，三千年方结子一次。此人品性不良，已偷桃三次了。"

武帝虽听惯各色大言，闻之仍吃惊，回首瞥一眼东方朔，问道："如此说来，先生竟有……万年之寿了？"

东方朔拱一拱手，含笑道："怎敢？千年万年，总要合天意。"

武帝久视东方朔，摇摇头，叹道："先生或是异人，只不肯承认！朕一心要请教：始皇帝东可至琅琊，西却不能及瑶池；朕于来日，可否西至瑶池？"

东方朔当即一躬到地，机警答道："念兹在兹，或能及之。"

武帝一怔，转瞬又笑道："你姑且说，我姑且听。先生年长于我，可不要太早乘鹤归去。既已活了万年，不妨延寿，助我遂此心愿好了。"

自此，东方朔不羁之名，腾起于朝野；民间辗转相传，竟成个半仙半圣之人了。

时至当年八九月中，瓜熟果香，正是好时光。武帝与诸近臣谈笑，日久也生厌，君臣便商议，不如趁天凉，微服出游，也享一享豪侠少年之乐。

武帝却又迟疑道："我等久居深宫，哪晓得有何好去处？"

韩嫣便一笑："这有何难，臣下自有计议。"便附耳对武帝说了一番。

武帝面色转喜，颔首道："如此甚好！你去布置吧。"

当夜，至漏下十刻，武帝、韩嫣等都换了便装，带了几名骑郎，打开宣室殿门，一拥而出。守门有谒者数人，识得为首黑衣人是武帝，不由得都呆住。

韩嫣回首，低喝了一声："天子出游，不得通报郎中令！"

那班守门谒者，惊得面面相觑，只得躬身然诺。

此时殿门外，早有北地良家少年十余人，皆善骑射，在殿外等候。

原来，韩嫣与北地少年素有勾搭，过往甚密。见武帝有意微服外出，便选了十余名入宫等候，以漏下十刻为期，齐聚殿门外。

殿门一开，两队人马即合为一处，武帝高声嘱道："老太后严厉，儿郎们不得惹事。若有人问起，只说是平阳侯人马出行！"

众人齐诺，便从长乐宫端门悄声而出，一声呼哨，往城外驰去。

如此一夜驰骋，至天明，兴致未尽。又掉头驰入南山，纵马射猎，擒获了狐兔无数，至薄暮方还。

次日，在长信殿朝会毕，武帝兴犹未尽，唤韩嫣近前，笑颜道："北地儿郎，到底是身手好。今后朕若欲出，仍是以漏下十刻为期，相聚殿门。小子们若不嫌委屈，可秩比郎官，为朕随侍。"

约期在门外，自此相沿成习，一干少年郎，皆在宫中行走。久之，人人自号"期门"，觉荣耀无比。

武帝得知，笑个不住，当即就有话："期门就期门，汉家从今有此官；为首者，授期门仆射。"

诸少年郎一夜得官，都喜出望外，更是尽心陪武帝游乐。

韩嫣见武帝喜好出游，索性变本加厉，从陇西、天水、安定、北地、上郡、西河等六郡良家子中，遴选数百人入禁中，号为"期门郎"。凡有武帝微服出游，即执戟护卫。

稍后不久，武帝又率十余人夜出，驰至鄠杜①一带。待平明时分，驰入南山游猎，逐射鹿豕，手格熊罴，闹得鹰飞狗走，踏坏稼禾甚多。当地农人被惊动，望着一行人背影，号呼詈骂。

一行骑士理也不理，扬长而去。农人不忿，相聚汹汹，遂有一二父老出头，告往官府。

---

① 鄠(hù)杜，即鄠县、杜陵一带，为长安近畿。鄠县曾名户县，今为西安市鄠邑区。

鄂县县令闻报，不禁怒上心头："平阳侯不过天子姐夫，不守法度如此，还了得吗？"当下点起衙役十数人，前往谒见"平阳侯"。

众骑士见县令率人来，举鞭欲打。县令大怒，令衙役上前喝止，众骑士终究不敢惹事，道了声"就此别过"，回马便走。众衙役奋力追赶上，在队尾截住了两人，拉下马来，厉声喝问。

那两名期门郎，见脱身不得，不欲受辱，只得低声道："县令息怒，我等非歹人，乃是天子随驾。"

县令越发恼怒，上前掌掴二人道："骗到本县头上了，若有这等害民天子，天理又何在！"

那两人一齐嚷起来："冤枉！看我等所携黄钺、伞盖，若非天子，何人敢用？"

县令上前辨认，见果是天子之物，不禁仰天叹息："老夫活得太久，天理也不似往日了！"便挥挥手，命衙役放了两人。

两人追上大队，禀报武帝。武帝只是笑了一回，也未责怪。

整日尽兴后，一行人来至柏谷地方，人马皆疲，便欲投亭长家中歇宿。亭长闻声出来，举灯看看，见来人形状可疑，便不肯接纳："朝廷有律法，若无公事，小官不得伺候！"

武帝无奈，只得率队转投旅舍。

那旅舍店主安排一行住下，心中也甚疑，瞥了一眼武帝装束，冷冷道："看你少年壮硕，当勤于农事，如何要执剑游荡？夜深人静时，来扰乡邑，莫非是盗贼？"

武帝顾不得逞口舌，只一揖道："主人家，在下渴极，可有水饮？"

那店主冷笑一声："尿有，水却无。客官们自去歇息吧。"说着，便进了自家屋内。

韩嫣忍不住，发问一声："店家，便不怕我等是歹人吗？"

店主回过身，朗声答道："近畿重地，若是歹人，只怕是跑不脱！"遂不再理会武帝一行。

韩嫣正欲发作，武帝劝阻道："左不过一夜歇宿，天明即离去，无须与他计较了。说到底，微服出游，终究不便惹事。"

众人疲累，头一挨枕，即酣然入睡。武帝与韩嫣同室，却是辗转不能眠。韩嫣不解，问之。武帝警觉道："适闻老者语言，颇不善，莫要有甚么不轨！"

韩嫣一惊，跃下床道："臣这便去探看。"

待韩嫣蹑足至店主窗下，只闻里面嘈嘈切切，从窗棂看进去，里面竟聚了一众丁壮。

原来，店主认定武帝一行夜出，定是盗贼无疑，便召来乡中壮士十余人，意图拿下歹人，送官究治。

韩嫣在窗下听得真切，惊出一身冷汗来。正欲潜回，忽又闻店主妇发话，打断了众人议论："我看为首者，骨相非凡，恐不是盗贼一流。尔等十余村夫，如何拿得下他？不如在此先饮美酒，待歹人睡熟，再动手不迟。"

众人便发声附和道："嫂嫂说得有理，我等先饮酒再说。"

韩嫣心下奇怪，伏在窗外，要听个究竟。时不久，见那店主竟然醉了，伏案不起，众人七手八脚，将他抬至床上。那店主妇便埋怨道："如此酒量，能做得什么事？"说罢，便遣散了众人，又拿了绳索，将店主牢牢绑在床上。

韩嫣看得真切，暗暗称奇，连忙潜回屋内，报与武帝知，而后建言道："趁那人醉了，何不就此遁去？"

武帝思忖一回，摇头道："此刻遁走，恐惊动村人，反倒不便。你我若走不脱，明日被绑见官，天下都要笑翻了。不如歇下，天明再走。"

鸡鸣三遍后，武帝一行起身，装束停当，开门便欲走。那店主妇却出来拦住，笑意盈盈道："众位客官，昨夜未歇好，老妪备了些热食，用毕再走不妨。"

武帝大出意外，连忙谢过。众人进食毕，武帝又向主妇千恩万谢，方才别过，并未说破昨夜情景。

至天明，店主醒来，见自己竟被绑在床上，不由大怒。正欲呼喊，门外忽有宫中使者至，高声唤道："天子召店主入朝，有重赏！"

店主妇这才入屋内，为店主松了绑，将夜来情形说明。

店主闻听昨夜险些犯驾，心胆俱裂，不敢应召。店主妇再三劝解，店主才放胆与浑家同入长安。

夫妇两人拜过武帝，武帝只是笑："店家，难得你不容歹人留宿。也是侥幸，若将朕绑了，只怕是县令先要吓到。"

店主连忙叩头请罪。

武帝上前扶起，温语道："你哪里有罪？民若皆忠勇似你，天下何愁不安？"说罢，便下诏，赐店主妇千金。

此时的建章营骑，已更名为羽林骑，掌宿卫侍从。所部骑士百人，皆出自西北六郡，名为羽林郎。武帝遂传口谕，授店主为羽林郎，留在身边。

店主一时回不过神，竟口吃起来："小、小的怎敢？容我回家就好。"

武帝就笑："家回不得了。敢绑天子的人，当为天子防贼。"

殿上诸人闻言，都是一番大笑。

柏谷遇险之事传出，丞相、御史大夫颇不安，唯恐武帝私游出事，便征发近畿小民，共建会所，供武帝歇息。 然武帝终觉不便，又私置更衣所十二处，以供更衣歇息。 外出投宿，则在长杨、五柞、倍阳、宣曲等地建起行宫。

如此这般，武帝仍嫌劳苦，又不欲被百姓痛恨，便命中大夫吾丘寿王，率善算郎官二人，至鄠杜一带丈量，圈地估值，欲将山下宽阔地，归入上林苑，今后入南山行猎，便可返上林苑歇息。 所占鄠杜百姓田地，则以各县无主荒田偿之。

吾丘寿王奉命丈量毕，上朝奏事。 武帝闻之大悦，连声称善。

时东方朔在旁，看不过去，斗胆谏言道："今陛下多筑廊台，唯恐其不高；游猎之处，唯恐其不广，就不怕天变吗？"

武帝听出此言不善，便横瞥了一眼："天如何能变？"

"天既不能变，则近畿之地，尽可以收归上林苑，不怕他小民能翻天，又何必只收鄠杜之地？"

"你又在讽我？"

"臣不敢。 南山为天下险阻，南控江淮，北抵河渭，土地甚丰饶，正是所谓天下陆海之地。 其山出金银铜铁，百工可取；其地产桑麻粳稻，人给家足。 万民仰赖此土，无饥寒之忧。 今陛下欲以此地为苑囿，绝水泽之利，夺民膏之地，上乏国家之用，下夺农桑之业，此乃弃成功、就败事，臣以为不可！"

武帝正襟听罢，忽而一笑："你这滑稽之臣，今日倒正经起来。 如今官家富了，苑囿大些，又何妨？"

东方朔据理力争："但求苑囿之大，不恤农时，还谈何强国富民？"

"好个东方朔，果然敢言！朕这就拔你为太中大夫兼给事中，另赐黄金百斤。"

"谢陛下！苑囿之事若能罢，臣即遂愿，黄金不要了也罢。"

"苑囿之事，却是不能罢，准吾丘寿王所奏。"

"那还赐我金作甚？"

"朕愿听逆耳之言。赐金，是怕你不敢再说。"

东方朔苦笑一回，只得将赐金收下。经此一事，他也知武帝心思，此后凡有所见悖谬事，即放胆谏言。武帝或听或不听，对东方朔总还是优容，从无责怪。

五

相如风流
垂万代

建元初，武帝迫于老太后之威，痛失良臣。顿挫之后，只默记董仲舒之言，向天下广招贤才，留作他日之用。武帝一朝，自此时起，堪称人才济济。

其时，辞章一派的文士司马相如，风头正健，名又高于东方朔。缘于司马相如在文名之外，还有一段佳缘，为天下人所传诵。不独当时尽人皆知，到后世，更是代代有人赞羡。

司马相如乃蜀郡成都人，侨居巴郡安汉县（今四川省南充市蓬安县）。安汉这一地名，颇有来历，原是汉初功臣纪信的故里。当年刘邦感念其功，特置此县，意为安汉家之谓也。

司马相如其人，少时即好读书，又善击剑，父母钟爱此子，亲昵呼他为"犬子"。及至童年，立世之心愈壮，因慕战国名相蔺相如，遂改名为相如。

时有蜀郡太守文翁，在蜀地治理有方，兴水利之外，又有意在边地兴教化。于是，选了些本郡士人，送往长安，就学于名师。其时，司马相如不过一少年，竟也得选。

入京数年后，他果然未负厚望，学成返归。文翁见他少年英俊，便格外器重，特于城中设了一所官学，任用相如为教授，招了些民间子弟，传授诗书。又留意诸学生中，若有才识过人者，或用为郡县吏，或立为孝悌楷模，皆为郡民所称赞。

那蜀郡原为荒僻之地，得文翁一力提倡，不数年间，便风气大开，人人皆知读书是好事。嗣后，千里蜀地竟是学校林立，文气从此大盛。

后文翁在任上病殁，蜀人怀其功德，为他立了祠，四季享有香火。连他生前讲学的屋舍，也都被精心修缮，保存至今，即是今日成都的石室中学。

再说那文翁殁后，司马相如骤失倚靠，心中惶惑，不欲久做教席，便辞了职，径往长安，向官里纳了些资财，换得了一个郎官来做。不久，得景帝信任，加为武骑常侍①，得以随驾左右。

怎奈司马相如志不在此，一心只想从文。适逢梁王刘武入朝，手下有邹阳、枚乘等一干属官，在长安肆中，偶与司马相如结识。因两下里都是文士，自然一见如故，颇有同好；往来日久，竟是难舍难分。经诸人劝说，司马相如索性托病，辞了官，投到了梁王门下。

前文已有交代，那梁王刘武素好文辞，收纳了司马相如后，颇为优待。自此，司马相如便在睢阳"梁园"中，与邹阳、枚乘等人多有雅集，诗酒唱和，一时好不快活。

心情既好，文采亦大盛，遂写出了《子虚赋》一篇，字字珠玑，博得梁王及诸人喝彩。此篇传布了出去，朝野也是一片赞誉，相如就此名满天下。

后不久，梁王因不得志，中年病亡。门下诸文士失了依托，

---

① 武骑常侍，官职名，西汉始置，多以郎官为之，系皇帝近侍护卫。

只得各奔西东，一代俊杰，转眼间竟然风吹云散了。

与诸人长亭作别后，司马相如举目四望，四海内全无落脚之处，只得裹了行囊，独自驾车，怏怏返归成都。

归家后，下得车来，步入旧居，但见处处蓬蒿，黯然无光。家中父母早亡，虽有几个族人，却无可倚赖，眼见得前面已是穷途，连生计也没个着落。

正郁郁寡欢之际，忽想起昔年好友王吉，今在临邛为县令。当初赴长安时，王吉曾前来相送，嘱咐说：“兄若宦游不顺，可来临邛。”

司马相如想想，此刻也别无他途，不投故人又能如何。 遂收拾好行囊，驱车前往临邛。

王吉闻司马相如来，欣喜异常，忙将老友迎进县衙。 两人当年一别，竟有十几年不见，问及司马相如近况，相如毫不隐瞒，告知窘状：“弟今来投，身外之财，已不敷半月食宿了。”

王吉听了，不住唏嘘，只叹老友时运不济：“旧日闻听，司马兄在梁王处，只道是凤鸣九皋，不亦快哉，怕是要忘了愚弟我。谁能料那梁王竟……”说到一半，仰头想想，忽就一笑，“兄也莫急，弟这里，却是有一计，可保你重登高枝。”便附耳向司马相如说了一番。

司马相如听了，亦惊亦喜，望了望王吉，终是叹了一声：“我本读书人，未料今生也要使诈！”

王吉笑笑，摇头道：“势迫矣！ 若再不用诈，你衣食不济，又怎有机缘做文章？”

二人商议毕，王吉便唤衙役携行李，将相如送至都亭安顿。这都亭，乃是城邑外的邮驿客舍。 秦之制，十里设一亭，亭长兼治盗与邮传，即刘邦早年之职。十数亭中，则有一"都亭"，其义取其大也，位于城郭之下。

司马相如居于此，食宿有官家担着，自是不愁。自次日起，那王吉便率了师爷、衙役，前来问候。一行人来至都亭门口，王吉下了车，执礼恭候，等司马相如出来相见，如例行公事一般。起初数日，司马相如尚能出来，客套几句。待数日后，相如便托病不出，只遣了驿吏出来挡驾。那王吉偏又执着，仍是每日必至，未尝稍懈。

日久，左邻右舍见县令如此恭谨，都暗自称奇，不知客舍来了何等贵客。一时纷传，轰动县邑。

小县寡闻，有这等事，几日便无人不晓。这中间，惊动了本邑两个富豪，一为卓王孙，一为程郑。

那首富卓王孙，世居赵地，家中以冶铁致富，战国时就远近闻名。及赵为秦所灭，卓氏一门也惨遭破家。只余卓王孙夫妇两个，辗转流徙，迁至蜀地，落脚在临邛。

可巧临邛也有铁山，卓王孙乐得再操旧业，不数年便重振家业，富甲一方，引得众人垂涎。原来，自高祖时起，汉家铁税便从宽，卓王孙因此获厚利。积财至今，家中已是自养童仆八百，良田美宅不可计数了。

城内另一富人程郑，亦是来自中原，与卓王孙同操一业，并为巨富。两家情意相投，遂结成姻亲。

这日，程郑来卓府走动，二人闲谈，程郑便说起："卓兄可知，城外都亭内，不知来了甚么贵客，唤作司马相如，劳得王县令日日去拜访。"

卓王孙便笑："区区小邑，能有何高人来？司马者，恐也是九流人物。"

"兄莫笑！ 那王县令在本邑，是何等威风，却要早起恭候在都亭门，风雨必至。 那司马先生，竟是或理或不理呢。"

"哦？ 这倒是奇了。"

"卓兄，想你我二人为本邑达人，富比王侯，无人不给面子。倒是不该落于县令之后，要请那贵客，来家中一晤，方显得富贵。"

卓王孙双目一闪，击掌道："程兄所言甚是！ 那县令算得甚么，刮民的官而已。 你我临邛达人，当出面宴请高人，也教那本邑百姓开眼，识得我达人之尊。"

"那么，弟便出面具束，送往都亭，邀他来我家。"

卓王孙哈哈大笑道："你哪里成？ 程兄还是所虑不周了。 想那贵客，闻县令上门尚且傲慢，你我若仅一家，怕是镇他不住。还是在我家设宴，将你家中珊瑚、翠玉、琉璃，还有甚么稀罕物，尽皆搬来。 我两家精华，同置一室，便是天子来，也要瞪目，不由那贵客不折服。"

程郑不禁也笑："卓兄气魄，终究是大！"

"我二人联名具束，首请那司马，次请王县令，连同富户、耆宿、主吏，还有那班饭袋文人等，统统请到。"

随即，两人便各自吩咐家仆，将两家所藏珍玩搬来，在卓府厅堂并置一处，精心铺陈。

岂料这恰是王吉之计，所谓日日造访都亭，就是要钓那卓王孙出来。 闻听卓府要宴请相如，王吉暗喜得计，忙遣人叮嘱相如，教他届时依计而行。

司马相如得了消息，将行李中值钱衣物，都翻将出来，从头到脚装束起来。 时正值天寒，箱底中有一件鹔鹴裘，乃是雁毛织成，绿光粲然，恰好披了去赴宴。

正忙碌间，又有王吉所遣衙役十数名，换了便装，骑马前来充作随从。 只片时工夫，原本潦倒模样的相如，便衣履一新，宛如侯门子弟。

待装扮好，卓府管家魏伯阳，恰好送请柬至。 司马相如却故意拿大，出得门来，婉辞拒绝。 魏伯阳无奈，返回去复命，被卓王孙劈头痛骂，只得连番来请，险些要哭出来。

正僵持间，只见王吉驱车赶来，挥开管家魏伯阳，上前捉住司马相如的手，笑道："司马兄，你固是天下达人，然到了我临邛，亦不能放肆。 可知何谓地头？ 何谓蛇？ 你纵是龙翔千里，到此也要低一低头。"便拉起司马相如，携手登上车。

众从骑见此，即一拥而上，簇拥着车驾，往卓府浩浩荡荡去了。

再说卓王孙、程郑二人，立在卓府门前，已恭候多时。 百十个本邑名人，也坐满一堂，唯不见司马相如与王吉踪影。

卓王孙心中不由焦灼，瞥一眼程郑道："司马相如难请，如何王县令也不至？"

程郑道："你我面子，王县令哪里敢驳？ 左不过公事耽误了。 倒是那司马相如，贵管家怕是请不动了。"

卓王孙便恨管家无能，脱口道："若再不至，老夫自往都亭去叩门！"

程郑连忙拽住卓王孙道："不可！ 你我乃本邑达人，不可自跌身价，且等一等。"

说话间，忽见远处尘头大起，一队车骑杂沓而至，在卓府门前停住。 先是王吉走下车来，拱手对卓、程二人道："二公久候了！本县与司马相如有旧谊，料定他不肯赴宴，特去强邀了来。"

二人一齐望向车上，只见司马相如端坐车内，只顾整理衣冠，故意延宕。

此时堂上诸宾客，闻说司马相如到了，都一起拥出来，欲睹风采。 卓王孙苦笑一下，对程郑道："果然是个真文士，不似本邑饭袋一呼即来。 既是真人请到，你我便上前一迎吧。"

二人便急趋数步，来至车驾前，拱手迎谒道："临邛达人卓王孙、程郑，见过司马公！"

司马相如见戏已做足，这才立起身来，抖了抖鹔鹴裘，缓缓下车。

众宾客望见那司马相如，白面隆准，风流倜傥，一袭雁裘绿光耀目，翩然若仙，顿时就是一片喝彩。

司马相如朝众人拱一拱手，算作答礼，而后不出一语，昂然步入。 王吉紧随其后，高声对堂上众人道："司马公非比常人，性本淡雅，实不愿莅临盛宴。 本县亲往都亭相邀，总算看我薄面，来此与诸公一晤。"

卓王孙大喜道："司马公大名，便是远在临邛，也是妇孺皆知。 今日我座上，士农工商皆豪杰，便是本邑文士，也有十数个饭……哦，文章高手，皆以一睹公之风采为幸。 王县令，亏得有你面子，令我卓某陋室生辉。"

王吉笑道："哪里！ 卓、程二公，临邛尊者也。 司马公虽是强龙，也知乡俗，焉能不来拜谒？"

司马相如这才开口道："在下身体孱弱，又素厌应酬。 今来贵邑，除探望县尊之外，并未拜访诸贤，还望见谅。"

卓王孙开颜笑道："今日得见司马公，果然风流。我若不见公，还以为文士嘛……只会陪酒吃饭。来来，请司马公与县尊入座。程公与我，聊备薄酒，邀本邑一众贤达，为公洗尘。"说着，便强推司马相如坐了首席，请王吉坐于次席。

其余诸人，分别按名次坐定。卓王孙、程郑则拉了本邑文士，于末座相陪。其余随从，在外厢皆有招待不提。

此时卓府堂上，一派金碧，各处摆着玑瑶、珊瑚、孔雀羽等，撩人眼目。待卓王孙吩咐过后，童仆便鱼贯而入，端上了满席珍馐。众人喊一声好，就刀箸齐下，大快朵颐起来。

把酒言欢间，不知不觉，过去了两个时辰，宾主皆有醉意。

王吉见此，朝司马相如递个眼色，起身道："今日欢会，不可无助兴之资。若请司马公挥毫作赋，则有本邑文士在，万一不服起来，恐有唐突。然司马公另有一技，也是天下无双。"便转头对卓王孙道，"卓公，司马公善弹琴，何不请他略施身手，我等也好一饱耳福。"

卓王孙大喜道："善哉！舍下便有古琴，请司马公弹琴就是。"

王吉却笑道："那也不必。司马公是何等人，琴剑何曾有一时离身？他所用琴，就在车上。左右，快去取来。"

少顷，衙役去取了古琴来，王吉接过，恭恭敬敬递与相如。

司马相如心知这是做戏，强忍住笑，略作推辞，才佯作勉为其难状，坐在琴案前，埋头调弦。

此时，满堂众人顿然收声，都屏住息，眼望着相如不动。

只见司马相如手一挥，清越之声，便如溪水涌出。琴声忽左忽右，悠远淡雅，直听得众人如醉如痴。

原来，司马相如所用之琴，名为绿绮琴。乃是昔年在梁园，相如做了一篇《玉如意赋》，梁王读后大悦，特意赐予的。此琴之案几以南方文木①制成，上嵌有夫余②珍珠，名贵无比。

正在众人痴迷间，相如耳闻旁侧屏风后，有一阵环佩轻响，心中就一喜，手抚琴弦之际，装作随意抬起眼来——

这才是王吉先前所定之计。屏风后，但见一女子微露头面，原是卓王孙之女卓文君。王吉与司马相如做了半月戏，只为要钓这窈窕女出来。

且说这位卓文君，年方十七，不独容貌清丽，琴棋书画也无不擅长。于年前已嫁人，然那夫君却无福，一年不到即病殁。文君悲伤欲绝，不得已回到娘家，寡居度日。

王吉在本县为官，早知卓文君底细，想到相如若能为卓府之婿，才算是个好着落。于是费了半月心思，要引卓王孙父女上钩。

司马相如得王吉授计，弹琴时早在留意，此时抬眼一望，恰与文君四目相对。

——人间姻缘，就在这一瞥之际。

卓文君先前听老父提起，知是才子登门，早就有心一识。在后堂闻得琴声清越，心已浮动，缓步走出来，躲在屏风后听，听到绝佳处，又忍不住，探出半边脸来看。

四目相对之时，两人心中，顿有春冰乍裂！

———————————

① 文木，即花梨木、铁梨木、香楠木一类亚热带树木，纹理密致，色黑。

② 夫余，此处为部落名，活动范围在今吉林省松原市。

此时是何时，人间竟能有如此际会？ 司马相如心一动，手下指法略变，当即弹起了一曲《凤求凰》，并引吭高歌。

卓文君连忙缩回头，隔屏聆听。 那司马相如所歌，词意热切，直是明明白白求偶了。 那歌曰：

> 凤兮凤兮归故乡，
> 遨游四海求其凰。
> 时未遇兮无所将，
> 何悟今夕升斯堂！
> 有艳淑女在闺房，
> 室迩人遐毒我肠。
> 何缘交颈为鸳鸯，
> 胡颉颃兮共翱翔。

> 凰兮凰兮从我栖，
> 得托孳尾永为妃。
> 交情通意心和谐，
> 中夜相从知者谁？
> 双翼俱起翻高飞，
> 无感我思使余悲。

一曲歌罢，众宾客只顾齐声喝彩。 卓文君也精通音律，在宫商角羽间，蓦地就触到了心事。 遂转至外廊，隔窗窥看，要将那相如看个真真切切。

见相如一表人才，清雅绝俗，文君便心起涟漪，急欲上前结识。然转念一想，又恐举止失当，贻笑众人，只得忍下，转身回闺房去了。

待到散席，卓王孙率一众宾客，将司马相如、王吉送至门外。王吉拱手谢过两富翁，凑近相如低语道："司马兄，吾计成矣！你在都亭，且小住几日，待卓王孙前来招亲。"便推相如登上车。

回到都亭，司马相如眼前，唯有卓文君身影，竟是终夜不眠。次日晨起，便唤了一名随从来，如此这般吩咐了一番。

这日里，卓府清闲，正是暖冬之时。文君身披狐裘，倚坐于中庭晒暖阳，心思恍惚，只牵挂在司马相如身上。忽有一贴身婢女，从外奔入，神色张皇道："小姐可知，那贵客司马相如，就要返归故里了。"

此话说得文君一惊："竟是这般快吗？"

"闻听王县令欲留，却留他不住。"

"哦？连县令面子也不顾，那司马相如，竟是何等来历？"

"奴婢闻听，司马相如曾在都中为宦，随侍过先帝。今告假还乡，途经此地，因与王县令有私谊，故滞留了几日。"

"他……可有家人随行？"

那婢女便掩口笑道："那贵客才高貌美，眼界必也高，迄今还是孤身一人呢，哪里会有家眷！"

文君不由脱口叹道："倒是可惜了！"

"嘿嘿，有甚么可惜？看那贵客眼高于顶，只怕是走遍天下，也没得一个入眼的。除非小姐你招亲，或可结成佳偶，舍此，还有何人能配他？"

这一番话，说得文君脸飞红，一拂袖道："你中意又有何用，却不是你嫁。就算我中意，阿翁恐也不愿招亲呢。再说，我这寡居妇,如何能引得人家心悦?"

那婢女便笑:"小姐没听到吗,昨日宾客都赞,赞的甚? 凤求凰嘛! 司马君既已顾不得身份,求都求了,小姐如何不自去表白心意?"

文君脸一红,低下头去,说了一句:"那……那如何使得? 谁知司马君是何心思?"

原来那婢女,受了相如随从之贿,是来巧言说动文君的。 见文君意态迟迟,并未坚拒,婢女便低声道:"管他司马先生心思如何,小姐若有心思,奴婢便有良策。"

文君全不知其中底细,只道是婢女忠厚可信,便抬了头怯怯问道:"你有何妙计?"

"小姐天资,世上罕有,那司马君怕早已动心。 不如今夜就私奔,投到司马君住处,由不得他闭门不纳。"

"我一个女流,如何出门?"

"奴婢可助小姐,今夜启了后园门,奔出便是。"

"那如何使得? 宵禁出奔,便是巡卒也容不得,定难放过。"

"这一节,小姐莫要为难。 奴婢到时提了卓府灯笼,遇巡卒,就诈言是去求医,满临邛城内,有哪个敢阻拦?"

说到亵(yín)夜私奔,文君满面飞起红晕,忽而想起《凤求凰》中,有"中夜相从知者谁?"之句,正与婢女所谋暗合,心想这岂非冥冥中天定? 想到相如倜傥多姿,文君情不能禁,全想不到这里面有勾当,只道是婢女怀知己之心。 当下也未深思,便与婢女密语多时,遂将随身物品草草收拾。 一俟天黑,便将那名节、父母全抛下不顾,与婢女悄悄摸出后门,直奔都亭而去。

恰好当夜月色正好,出得后园,满地一派明光。 二人疾行,穿街过巷，将心提到喉咙口，所幸并未遇见巡卒。

卓府离都亭并不远，然文君一路忐忑，却好似奔了数十里。到得都亭门外，已汗湿衣衫，心都快要跳出来。那婢女急忙上前，轻轻叩门。

不料叩动门环数次，里面只是死寂。那婢女顿觉心悸，疑心事有变故。文君更是惶恐万分，觉都亭之门，竟如关山万重，此生恐不复再见意中人了。

主仆两个正惶急无措，忽听咿呀一声，那门忽地打开。抬眼望去，竟是司马相如掌了灯，立于门内。

灯火摇曳下，两下里都窥得清楚，心领神会。司马相如闪身让过，两女子便相继而入。

司马相如探出头去，望了望，见街巷阒寂无人，这才飞快掩好门。回过身来，朝文君深深一拜："在下司马相如，在此等候小姐多时。"

文君面露诧异，瞥了一眼婢女，回礼道："谢过公子。公子如何知我要来？"

相如含蓄一笑："凤求凰兮，望过那一眼，心中便有此念。"

文君也不深究，会心笑道："战国有四公子，早已死绝，不意人间尚有一公子。头冠如花，面似温雅，竟知晓女子心事。盛名如公子者，只不知真才究竟有多少，不会只知寻花访柳吧？"

相如听文君语含讥刺，只微微一笑，从袖中摸出一支金钗来，递与婢女。

那婢女知趣，将金钗接过藏好，轻推了文君一把，哂笑道："小姐，如今随了司马君，怕是人家容不得你利嘴呢！快入内歇息吧。"说罢，便擎了灯笼，推门遁出去了。

相如插好门闩，这才从容一揖，请文君入内室说话。

文君虽是已嫁之身，然乍入陌生男子室内，仍觉局促。相如在灯下见那文君，眉如远山，眼含秋水，一动一静皆清雅无比，魂早已销完了。满腹诗才，似要倾倒出几箩筐来，将那文君自顶至踵描摹。

文君见相如神迷，忍不住讥讽道："小女在临邛，未见过真文士，连嘴脸端正些的都未见过一个。平日遥想司马君，恐是天上神仙，呼风吸露，不食人间烟火。然今夜观之，也是六欲皆备，好一副人之模样呢。"

相如敛容，拱手回道："在下实无大才，只在梁王那里做过揩油客，以文换酒，谋些闲适。天下文士万千，小邑尤多，各擅胜场，相如万不敢比。"

文君便低头笑："公子大才，傲视边鄙小邑，堂上也敢唱《凤求凰》，便知底下无一个听得懂的吗？"

"走遍海内，相如只苦无知音；堂下若有一个听得懂的，即为佳偶。否则，小姐今夜如何来了此处？"

"哦？莫非公子来临邛，只为觅小姐的吗？"

两人打趣之间，相如见文君娇羞无比，虽已寡居，却也一派妙龄模样，当下就把持不住，抢上一步，将文君抱紧，嘴便贴了上去。

两人交颈热吻，几不能喘息，身旁剑架、书卷等物，尽皆碰翻。过了好一会儿，相如才将文君稍稍放开。

文君喘了几口气，以袖掩口笑道："公子，你也是饥渴得久了。"

相如心中一热，忽地就将火烛吹灭，强行抱起文君，往床帏中移去。

文君挣扎轻呼道："尚未濯足呢！"

相如哪里肯听，只是迷乱道："此刻顾不得足了！"

如此，一夜贪欢，两人绸缪不知餍足，只恨公鸡啼得太早。

次日晨起，惺眼对望，仍疑是在梦中。两人连忙起身，待梳洗过，这才想起，当好好谋划后事才对。

相如惶然不安道："令尊今早起来，寻小姐无着，若捉了婢女拷问，寻踪到这里，岂不要绑了我见官？"

文君倒还镇静，想想便说："郎君倒也无须惊慌，待家父寻得我踪迹，怕还有一时三刻，不如我们这便遁去。"

"都亭住不得了，临邛也不可留。罢罢，你便随我往成都吧，先回我故里，再做打算。不然，令尊寻上门来，绑缚我游街，怕是要双双受辱，令郡人耻笑千年。"

两人说到这里，只觉坐在了热油鼎镬上，一刻也不敢延挨。匆匆收拾了，趁驿吏不备，驾车便走，潜出了城门去。

再说卓府这边，早起仆人寻不见小姐，还道是文君贪玩，趁清爽去了田间。待到日上三竿，阖家欲进朝食，仍不见小姐回来，这才忙不迭地禀报卓王孙。

卓王孙起初不以为意，令童仆四下里去寻。至日中，只是死活未见人影，这才急了，疑心是为强盗所掳。正欲报官，忽闻市中有人喧哗，争说都亭里不见了那位贵客。

卓王孙这才恍然大悟，原是女儿随才子私奔去了！

盛怒之下，卓王孙料定此事必有内应，遂将那婢女逮来，捶个半死，终是逼出了口供来。

阖府闹了几乎整日，卓王孙看看天色已晚，知道追之不及，叹了一声，倚坐于内室半晌未动。想想此事终为家丑，不宜报官，只得恨恨忍下，将那婢女卖至远地，又令阖府不得声张。

王吉那里，闻听此事，也是讶异万分。他原想哄得卓王孙上钩，招司马相如上门为婿，相如便可借卓氏财势，往长安谋事。岂料相如这个情痴，见了美人，便不计利害，仓皇私奔而去，来日又如何借得力？

想想便摇头叹道："文士行事，真如棉絮塞心，顾得了脸，便不顾后尻。罢了罢了，我也仅只为友，不是他爷娘，看顾不了那许多了。"

如此，相如、文君双双私奔，在临邛城内竟无波澜，官私都不加追问，只是街邻们有些耳闻。谑笑之余，也有数个鳏寡之人，私心里是极羡慕的。

且说文君随相如私奔，一路上只想，相如家中，即便无华服美食，温饱也是定可保的。今生且为情犯险一回，不做那富家小姐了，只做个平民妇，也无不可。

岂料到得成都街市，入了司马宅中，唯见陋室数间，家徒四壁，竟与贫士无异。文君出奔当日，因事起仓促，并未多带金帛财物，到此时，一日两餐已是不济。

那文君性子到底刚烈，绝不吐出一个悔字，遂拔下头上金钗、臂上钏，去换了酒食回来。随后，便拿出衣物，三五日一典当，方不至做饿殍。如此过了数月，两人多余衣物，竟都典当一空，再无可恃。

这日，相如呆坐半晌，狠一狠心，取出了梁王所赐鹔鹴裘，索性也拿去典了钱，买回新酒数斗、菜肴数色，摆上案，唤文君一起来饮。文君见了，颇觉惊异，不知相如是从何处赊来，幽幽地坐下，勉强饮了几杯。酒入愁肠，倍觉伤感，忍不住问起酒馔的来历。

相如只是摆手道："娘子莫问。你我苦挨日月，不知何时可出头，还有何不能舍，有何不能弃？"

文君惊觉道："莫非你……拿了鹔鹴裘去换的？"

"既难逃贫贱，身外之物，留之又何益？不如换得一醉，忘却人间许多苦。"

文君闻言不禁落泪："那鹔鹴裘固不足惜，却是夫君以才名换取，文士之荣，莫过于此。去换了这酒馔来，妾如何忍心咽得下？"

见文君哀伤若此，相如连忙好言相劝："娘子一哭，就算是凤鸣，闻之也似恶声了。且止住泪，眼前有酒，便乐一时，伤怀到底当不得钱用，你又何必自伤？"

文君无语半晌，才拭泪道："君无万贯财，妾亦无一语可怨，既结连理，便是同命。然君一寒至此，又将苦挨到几时？今四方无路，求告无门；莫不成，你我两人便在此处等死？不如暂返临邛，另寻他途。我家中有一弟，平素颇敬我，去向他贷些钱财，料想不至遭拒。若得他相助，你我稍作喘息，慢慢谋些生计也好。"

相如怔住，低头想想，也只得一叹："我文名满天下，竟也为几个铜钱所困。天生文士，不为奴，即为仆。奴仆倒也罢了，竟然硬生生就要去行乞。"

文君便嗔道："妾不识文士时，以为文士含金漱玉；待识得文士，方知竟是百无一用！"

相如被激，站起一拂袖道："罢罢！文士，鸡豚耳，一日无食也不成。我便随娘子返临邛吧，生生死死，凤与凰，终究是不能离。"

两人商议罢，隔日便登车启程。此时相如身边，除一剑一琴、一车一马外，已别无长物。相如亲自执鞭驾车，离了成都，往西南而去。一路平畴，万顷都是谷禾，金黄满地；唯车上两人，一路饥肠辘辘，只恨不能一日便抵临邛。

其间百余里路，近三日方至，入得城来，触目都是乡情。文君看得心酸，不禁以袖遮面。

相如则四望寻觅，窥得一间简陋旅舍，看看尚可，便暂且安顿下，欲在此打探卓府消息。

那旅舍东家，见相如夫妇服饰不似寻常，倒还殷勤，亲手做了羹饭端上。

相如、文君一路辛苦，饮食不周，此时见热饭端上，也不嫌粗陋，便狼吞虎咽起来。

那东家见了略露惊异，感喟道："出门到底是辛苦！不为万贯财，还是在家的好。"

相如见那东家面善，便故意说道："在家中安住，固然是好，也须有若贵邑卓府的财势方可。"

"呵呵，客官莫要提起卓府。"

"怎的说呢？"

"数月之前，那卓王孙之女，看中了一位饱学之士，两心相悦，竟与他私奔跑掉了，一去不见踪影。本邑寡妇闻此事，个个欢欣，一夕间，装扮也都妖艳起来。"

话音方落，文君羞得低头，相如也只是苦笑："此事……倒也不奇，食色，性也，小邑并无不同。只不知那卓王孙，有何说法？"

店东望望两人，压低声道："看你夫妇自外乡来，人地两生，我便说了也不妨。那卓王孙，闻听其女私奔，当场背过气去，险些没死掉。"

相如、文君闻之，脸便都一白，相顾愕然。

那店东又道："后又闻说，其女卓文君随了人去，生计颇困苦，连裙裳都典当了。城中富豪程郑，便往卓府门上，劝卓翁周济女儿些个，到底是亲生的骨肉嘛！"

"唉！……后来又怎样？"

"哪晓得，那卓翁只是盛怒，说是女儿不肖，老夫固然舍不得杀，但任其饿毙，也是无妨的。有本事跑，便该有本事担起，若要老夫救济，除非汉水西北流。"

听了东家一席话，相如、文君不由相对暗叹，知借贷是万万不能了。

当夜里，熄灯良久，二人只是辗转，不能入眠。卓文君哭了一回，执了相如之手，哽咽道："夫君已是穷途末路，妾亦无脸面强撑。不如我二人就在此开个酒肆，当街卖酒。阿翁见了，必不忍心，或可助我钱财。如此，你我方有生路。"

相如想想，茫然道："写诗作赋，我可称里手，天下无人相匹；然当街卖酒，却是毫无主张，不要卖了三文钱，倒赔了四文钱进去。"

文君便笑："哪里指望你做得范蠡？只须做个样子，阿翁定然会得知，谅也不会袖手。"

相如没奈何，只得应允。次日起来，便与文君一齐张罗，将随身车马卖掉，租了房屋，备齐器具，又雇来酒保三人。

不过半月，两人便在城中开了店。门前酒旗高悬，有酒保忙里忙外，殷勤待客。司马相如脱去长衫，改穿短脚"独鼻裈"①，也充了个伙计。

相如平素擅射弓弩，膂力尚可，与众酒保一起搬酒瓮、背木炭，倒也不费力。

开张这日，卓文君换了荆钗布裙，打开店门，姗姗步出。有那一伙乞丐闻信而来，唱过几句彩头，讨要了赏钱，便各自散去。众邻里看得有趣，一时竟宾客盈门。

文君淡抹脂粉，不卑不亢，为来客斟酒端菜。相如则着了短裤，在灶间吹火涤器，倒也两相宜。

俗客不识文君，见有美人当垆卖酒，都觉惊喜。几个泼皮欲调笑，见文君眉间凛然有正气，遂也不敢造次。其中有本邑文士，却是识得文君的，见了大惊。随即一传十、十传百，半日里，竟全城尽知。

文士们多仰慕文君才色，便结队前来饮酒，欲与文君搭讪，却又不知从何说起。于是个个逞才，要了笔墨，在壁上题了些辞赋，文理均不大通，来请文君品评。

文君只略瞟一眼，笑着施一个万福道："临邛文学，独步一隅，声名可达南洋也。妾粗通文墨，岂敢妄论？客官各有才，尽管题壁就好了。"

众文士听不出褒贬，只当是文君夸赞，都喜不自胜。不几日，酒肆墙壁，便满是墨迹一片了。

---

① 独鼻裈(kūn)，短裤，一说围裙。

卓府寡居小娘子，在市中开店卖酒，此事轰动全城。卓王孙闻听，万难相信，忙遣了管家魏伯阳去探看。探得果然如此，登时气涌上头，羞愧难当，数日杜门不出。

那亲家公程郑闻知，又上门来劝："卓公且息怒！令爱若此，分明是在求饶，你何不借机释了前嫌，拿出些钱来周济。令爱既随了那混账才子去，事不可挽；若再究前事，便是愚了。再者，司马相如做过内廷吏，到底是有才，一时落魄，焉知来日便不可复起？卓公此时若能接济，换来识人的美名，那就反辱为荣了。"

这一番巧言，说得卓王孙心动，沉思半晌，终一挥手道："程兄此意，我已知。小女无知，弄得老夫进退不得。罢罢！便依程兄之计，忍下这辱，遂了小女心愿吧。"

隔日，管家魏伯阳受命，带了百名童仆、钱百万缗①，连同文君当初陪嫁衣物等，一并送至酒肆。

文君正在当垆温酒，忽闻门外喧腾，出来一看，竟是浩浩荡荡一队车马，不禁就呆了。司马相如正从井中提水，闻声也出来。见是卓府管家来访，心中便一喜，又见文君僵住，便招呼道："娘子，丈人送礼来了！"

文君这才醒悟，上前几步，朝魏伯阳道了个万福，便有泪水潸然而下。

魏伯阳满面微笑，拱手道："卓公不忍见小姐受苦，拨出人、财，赠予小姐与司马公，还望接纳。"

文君已哽咽不能言，司马相如连忙代答："我二人既结连理，

---

① 缗(mín)，穿铜钱的绳子，引申为成串的铜钱。古代一千文为一缗。

便誓不分离。丈人侠义，某感恩不尽，既受助，当就此高扬。还望足下转告尊翁，日后或发达，定当还报。"

魏伯阳望一眼文君，也甚感慨，叮嘱道："小姐，此处鄙陋，如何住得？那铁厂左近，有一处南巷客舍，为南下丝绸商所居，食宿尚可。你二人便可带童仆，移住彼处。卓公此刻有恙，不便探望，明日请速回成都吧。待司马公腾达之日，你再归宁不迟。"

两人送走了魏伯阳，才回头细看。见门前停了高车十数辆，满载财物，竟疑是在梦中。

当下又忙碌数日，盘让了酒肆，两人才满载上路。一路上，心情自是大不同了。

再说那县令王吉，闻听司马相如奇遇，不由拍膝暗赞。知好友已将诡道学会，此去飞扬可期，也就不再记挂了。

从此，千古儒林史上，留下一段文君"当垆卖酒"的佳话，令后人百般艳羡。

再说司马相如携财货归家，陡然成了富家翁，在城中广置田宅、新辟园圃，吃穿唯恐不奢华。因感念文君相从，又在房舍旁筑起一琴台，终日与文君弹琴消遣。

一时成都闾巷中人，都将讥嘲唤作媚笑。"吾也识得司马"，竟成豪绅竞相夸耀之语。

相如知文君喜好曲酿，只可惜成都无好水，便在临邛县东购得一井，其水沁甜，最易成佳酿，遂号为"文君井"。遣家仆时时去取水，运回成都酿酒。

风和日晴时，相如常偕文君，登琴台即弹即饮。酒酣之时，看春山妩媚、广厦满城，自是手挥目送，琴瑟和鸣。引得城中百姓翘首听琴，如梦如痴。

文君和琴而歌，又唱起《凤求凰》，一双秋水瞳仁，脉脉含情，只愿将终身托付。相如仰头望去，见眼前美人蛾眉皓齿，仪态万方，昨日窘态尽皆烟消，竟也疑是天公作美。

如此逍遥经年，却不知酒色伤身。相如原本就有消渴病①，经此耽迷，旧疾复发，气阴两伤，竟病得不能起床。

文君见之，大惊失色，忙请来名医调治，又亲奉羹汤，方才伺候得相如痊愈。

经此一吓，相如也知恣意不可逾度。深省之下，便提笔做了一篇《美人赋》，用以自警。

赋中忆及旧事，曾有两次艳遇，自己却坐怀不乱，以明其志。声言要"脉定于内，心正于怀"，比那儒、墨之徒还要寡欲。

赋写成，文采流丽，相如亦颇自得，拿在手中把玩了许久，方交与文君阅看。文君接过，略看一眼，即诵读有声。读罢，将简牍抛回给相如，掩口笑道："有这等好事，你哪里把持得住？妾在深闺，你不过风闻而已，便能使了诡计来求。若往日有美人投怀，你焉能不抱？"

"娘子只是多心！我每一赋成，都将流布天下，万人瞩目，又岂敢作假？"

文君只是笑个不住："小邑文士，妾也识得其中数人，多苟且不堪，哪个不虚饰自夸？旁人信了，妾只是不信。唯愿今后，郎心只在我身上。"

如此，两人和谐如初，只顾消遣岁月，将那郎才女貌佳话，演

---

① 消渴病，即西医所称糖尿病。

绎达于极致。①

　　且说司马相如正自享乐间，忽闻有朝使奉旨来，征召入都，心中便一动，猜到是文名惊动了今上。

　　当即收拾好行装，与文君作别，重游长安。想起当年辞去武骑常侍，离长安赴梁，已是十五年前的事了，今日再入都门，竟似半生已过。

　　在都中蜀邸住下，与邸中属吏闲聊，方知此次蒙恩，乃是狗监②杨得意举荐。杨得意与相如为同邑，在上林苑掌猎犬之事，他久闻相如大名，私心钦敬，趁着武帝围猎，便当面陈请，呈献了相如一篇《子虚赋》。武帝原也知相如之名，此次提起，回宫便摊开《子虚赋》来，挑灯夜读。

　　向时在梁园所作《子虚赋》，洋洋千余言，堪称巨制。武帝展卷，读至"扨金鼓，吹鸣籁。榜人歌，声流喝。水虫骇，波鸿沸。涌泉起，奔扬会"几句，亦如梁王当年那般，由衷赞赏："这司马相如，腹中之墨究有多少，竟似汪洋不竭！"当即传谕，特召来见。

　　相如探得蒙召原委，不禁苦笑："堂堂文士，立于天地间，竟要一个狗监来举荐！无怪我幼时俗名犬子，倒也有道理。"

　　话虽如此，人情须得顾及。相如先就拜访了杨得意，携有馈赠，谨致谢意。

_____

① 至今邛崃、成都两地，仍有"文君井""琴台"遗迹，供人凭吊，可谓千古风流，遗韵不绝。

② 狗监，官职名，掌上林苑猎犬事。

那杨得意倒是坦诚，笑道："君有大才，为我邑中翘楚，在下脸上也是有光的。日前，今上赴上林苑，我借机呈献《子虚赋》，得今上知遇，故有此召。"

相如不禁动容，再三叩谢道："足下雅量，我有何德何能，可当得起？《子虚赋》一篇，不过规劝梁王勿奢靡，实不足观。"

"哪里！君之才名如日月，休说下官我，即是今上读之，亦击节不止。下官见机，进言于御前，谓司马君正因此赋，不容于当道，家居闲置已多年。今上闻之，恨不能与足下同时生，立即宣召足下。今司马君再入长安，得功名，当如拾草芥了，呵呵……"

两人相谈甚欢，恨未早日相识。倾谈至日暮，方依依作别。

次日晨入朝，武帝见了司马相如，果然眼顺，赐座于前，开口道："足下为我前辈人，我幼年时，你已名满天下，父皇亦常提及。今日见之，果然名不虚传。"

司马相如稽首道："陛下谬奖，相如平生，仅止文章小技，所为无助于安邦。蒙陛下相召，心中忐忑不已。"

"呵呵，哪里要你献计！今召你来，只问文学。我自幼亦好弄文，提起笔时，却是腹内空空，笔下竟无一个半个好字句。不知足下之才华，是如何习得？"

"百事皆废，只专一事，便是臣下弄文之道。"

武帝便笑："天下人，还是文臣自在，只弄文便可逍遥。朕若也一心弄文，只怕是处处都有饿殍了。"

"陛下才兼文武，建元以来，天下大治，臣在民间是目睹了的。"

武帝连忙摆手："朕与文臣，从不谈政治之道。"便问了问司马相如身世，而后又问："那《子虚赋》，果是足下亲笔？"

"然也。往昔在梁，臣兴之所至，挥写于梁园。"

"未见足下时，只疑足下是一个书囊；今日看，果然是个书囊！如何能有这多文采，倾泻而出？"

"臣不才，不过用心极苦而已。"

武帝颔首赞许道："才气，天赐也，朕日夜思之而不得。看足下文章，脉理流涌，如江河不绝，前世贤者，亦是不能及的。"

"陛下谬奖了。所谓《子虚赋》，一时兴至而作，用以劝勉诸侯，多少虚浮了些。臣在此，有不情之请，请作《游猎赋》以献陛下。今日起，臣诸事安顿，可以从容用笔了。"

武帝大喜，问道："足下写一篇赋，所需几日？"

"当有几百日，或可成。"

"几百日？嚯矣！若朕欲平匈奴，几百日也可成了。"

"文章事，正如国事。"

"哦？好好。我召足下来，就是想读好文章。这几百日，你就住在蜀邸，饮食用度，皆由宫中送给，你只管用心。"遂召尚书令前来，命将笔墨简牍赐予相如，以示郑重。

司马相如接过，谢恩退下，便回了蜀邸。

待夕食过后掌灯，相如凭案苦思，展卷提笔，竟是一夜未眠。至晨光初露时，数了数字数，也就数十字，遂伏案假寐片刻。稍后即醒，又冥思整日，至夜，复又动笔。

如此冬去春来，历经两百余日，终将全篇写成，篇名《上林赋》，连缀在《子虚赋》后，将两文合一，总名为《天子游猎赋》，这才罢笔。

写毕次日，司马相如携卷赴阙，请谒者代呈，送进宣室殿。

是时，武帝方梳洗好，步入东书房，一眼看到案头置有《天子游猎赋》，即开颜大悦："司马相如，果然专心。我几乎忘了，他文章方才写成，不知有何等精心！"当下展开来便看。

且说那新写的《上林赋》，比《子虚赋》更为恣肆，共计四千四百字，字字珠玑。武帝一时屏住息，从头读起，只见佳句如潮，目不暇接，读至"撞千石之钟，立万石之虡，建翠华之旗，树灵鼍之鼓，奏陶唐氏之舞，听葛天氏之歌，千人唱，万人和，山陵为之震动，川谷为之荡波"一节，又忍不住拍案叫好。

新篇为天子游猎上林苑事，极尽摹写之能事。武帝边看边自语道："到底是做过先帝常侍的，所写上林苑，字字都似龙吟！"

读至"发仓廪以救贫穷，补不足，恤鳏寡，存孤独，出德号，省刑罚，改制度，易服色，革正朔，与天下为更始"之句，武帝便放下简牍，摇头一叹："天下儒生，也喜谈兴亡，朕当愧煞！迟早要'与天下为更始'。"

读罢全篇，武帝召司马相如入见，温言道："足下之赋，华彩万端，读得我喘息都难。"

司马相如不由面露惶恐，谢罪道："陛下恕罪，臣是放肆了些。"

"哪里！文士之心，再如何风流，到底是忘不了家国。虽是逞才，却也落在'改制度，易服色，革正朔'上。如此劝讽，也是难得。说起天下更始，我倒是存心已久，只是万事尚不具备。你既曾奉先帝，今日留在朕身边，且为郎官，来日终有大用。"

司马相如叩首谢恩道："臣下逞才，为陛下所明察，臣实在羞愧！为近侍，或可称职，若蒙大用，则万不敢想。"

武帝微笑道："司马君就不必谦逊了，但问海内还有何人，可与足下比肩？"

"以臣之见，天下大城小邑，无不有文士成群……"

武帝便笑："陪饭文士，就不必提了；那梁园诸贤中，可有甚么人令你畏怯？"

"唯有枚乘。"

"哦，枚乘！ 我也知，早前梁王文诰，多出于他手。 于今他在何处？"

"梁王薨殁后，只知他回了淮阴原籍，其余皆不详。"

"好！ 天下文士，当尽为我用，朕即召他来，也好与你相匹。"

司马相如退下之后，武帝独自把玩《天子游猎赋》片刻，忽然眉毛一扬，着人唤了韩嫣来，问道："近来你精神可好，有无小恙？"

韩嫣答道："托陛下福，喷嚏也无一个。"

"那便好，去出个远差吧。"

"嚄！"韩嫣伸舌笑道，"又要劳苦，还不如说有小恙了。"

"话出口，哪里能收回？ 听好，故梁王食客枚乘，才富五车，名在司马相如之上。 今归乡淮阴，不知音讯。 今遣你往淮阴一趟，安车蒲轮，将老人家接来。"

韩嫣便敛容，略显惶悚道："枚乘名满天下，我为使，年少才薄，怕是有冒犯吧？"

"着你去，你便去！ 枚乘已老迈，不遣你去，朕不放心。 路上务要照护好。"

"枚夫子在故里，好端端的养天年，为何要召他前来？"

"枚乘为人，淡泊高致。 昔为故吴王郎中，力劝吴王不可反；又辞先帝所拜弘农都尉，名动中外。 老人家若能应召入都，便显出我虚怀待人，天下名士必争相投效。 环顾今之朝堂，不独无贾谊、晁错一流，便是新垣平、邓通般人物，也是寥寥。 教我如何坐得稳？ 故而唯嫌才少，不嫌才多。"

韩嫣大悟，深深一揖道："陛下有重托，韩某便是风餐露宿，也愿往。"

武帝闭目想想，睁开眼，叹口气道："枚夫子到底是老了，你路上尽心就是。"

隔日，韩嫣便持节，带了一队宦者、宫女出城。 队中有一乘安车，蒲草包轮，极是奢华。

到得淮阴，问过县令，方知老先生并不居城中，而是隐居乡间，布衣素食，不求闻达。 韩嫣循县令所言寻去，果在一小溪边的园圃内，见到了枚乘。

其时，枚乘年已耄耋，颇有衰残之态，正荷锄理青苗。

韩嫣隔着柴篱呼了一声，便跳下马来，步入园中，向枚乘深深一拜："吾乃当朝郎中韩嫣，这里拜过枚夫子。 随身携来征召令一道，请先生听令。"

枚乘直起身来，神情恍惚道："我当是谁，原来是位朝使！ 你不说，我还道是邻家少年，又为我送新蟹来了。"

"不敢！ 枚都尉名满天下，下官此来，满心都是忐忑。 临行前，将先生的《七发》赋背得滚熟，不敢有片刻'纵耳目之欲'。 一路上，新蟹未能留意，然适才路过平桥，见市集上有淮南豆腐，特地买了些，敬奉先生。"说罢，便一扬手。 立有随行宦者，捧上一大盘豆腐来。

枚乘看看，便笑："小郎中，心思却不小！"

"不成敬意。"

"哪里！你若携了金玉珠宝来，老夫断然不奉召！既以这清白物为礼，老夫倒是辞不得了，请宣诏吧。"说着便要伏地听诏。

韩嫣连忙拦住："园圃中无有他人，先生不必拘礼，且便宜行事。"

待宣诏毕，枚乘略一揖礼，脸色却是黯然："郎官，今上为少年，身边有你等儿郎，便不寂寞，为何要征召老臣？我年逾七十，掌中所能握及，大半为虚。可怜残躯，又怎可比肩新晋？"

韩嫣脸色也随之沉郁，不敢稍有怠慢："先生误矣！今上虽年少，气度却非凡，只觉朝中之臣多无才，无补于政事。恨不能网尽天下名士，各逞其技，方不致有前朝之误。日前，召得司马相如入都，作《天子游猎赋》，笔墨恣肆，惊到了今上。今上曾问司马公，天下最服谁？司马公答说，最服枚公，方才引出下官持节来请。"

枚乘只淡然一笑："那司马相如，消渴病未愈，又抱得美人归，尚不知足吗？要作甚么《天子游猎赋》！"

韩嫣见话不投机，不由也急了，忽地就跪下不起："下官此来，本就心虚；若请不动先生，更为天下所笑，留恶名于后世，辱没祖宗。先生，不可不救我！"

枚乘瞥一眼韩嫣，指了指一个高敞处，轻嘲道："小郎也无须作态了，且与我在此处坐坐，我说与你听。"

待韩嫣忐忑坐下，枚乘指指远天流云，缓缓道："老夫昔年作《七发》，写到江海，曰：'六驾蛟龙，附从太白，纯驰浩霓，前后络绎。颙颙卬卬，椐椐强强，莘莘将将。壁垒重坚，沓杂似军行……'"

韩嫣当即接口道:"……上击下律,有似勇壮之卒,突怒而无畏。蹈壁冲津,穷曲随限,逾岸出追。遇者死,当者坏!……先生如此大才,可惊神鬼,小辈梦中也能背诵了。"

"着啊!可写此句者,志必在天地之间,腾如鸟,落如叶,如何能屈身朝堂间?"

韩嫣惊愕异常,拱手直视枚乘道:"先生之志,不似凡人,莫非要不应召吗?"

"不敢抗旨。天子欲筑黄金台,老夫权作死马一匹,便是死于道上,也只能应召。只叹我超脱一生,晚来却不得终于故里,乃是至憾!"

韩嫣闻之一喜,趁势便跃起,向枚乘一躬到地:"谢先生救了小辈!这一路,下官愿为先生效死。"言毕,便打了一声呼哨。

众宦者、宫女闻声,一齐拥入园中。韩嫣便吩咐道:"扶先生登车!先生家中妻小,也随车载入都。"

枚乘连忙摆手道:"老朽眼下,孑然一身,哪里有甚么妻小。"

韩嫣不由便怔住:"敢问,先生家人今在何处?"

"唉,提不得了!老朽拙荆,早年已病亡。向日在梁王处,我尚不觉老,便纳了睢阳一民女为妾,生有一子。待到梁王薨,诸文友各奔前程,我只想归乡。却不料,那妇人贪恋繁华,不肯与老朽归乡。"

"岂有此理!这等势利女辈,休了便是。"

"呵呵,那妇人,正巴不得你休!老朽一怒,便留了数千钱与那母子,独自一人回了淮阴。"

韩嫣望望枚乘苍髯模样,不禁唏嘘道:"想不到,夫子竟是一人独居，苦也不苦啊！"

枚乘微微一笑："此正合老朽之意。"

韩嫣闻言，顿觉肃然："高人高致，晚辈实不及。"忙又吩咐随从，速助枚乘收拾细软。

枚乘伸手一挡，阻止道："老夫淡泊一生，不以财货为意。昔日梁王所赐，多半周济了睢阳贫民，家中并无细软。唯有一剑一琴，可称长物，随身带了就好。其余旧物，搬去都中何益？不妨弃之。"

韩嫣便慨叹："如先生这般，活一世，是何等清雅。"

"小郎，你正弱冠，故而觉世上事，件件都可喜。我生于国初，见得多了，只觉蛾眉伐性、甘肥腐肠，人心多诡诈。你道这世上，可恋之事，真就很多吗？"

"啊，这个……枚夫子阅历，胜过我再活几世。路上，晚辈当洗耳恭听。"

待众随从收拾毕，韩嫣唤来里正，将枚乘老屋托付妥当，便护卫着枚乘返都了。

哪想到，正如武帝所虑，枚乘年高体弱，这一路颠簸，加之天气冷暖不定，行至洛阳道上，竟染了风寒。

韩嫣心急，也不顾贵胄之身，亲奉汤药，跪在病榻前伺候。

如此迁延数日，眼见得枚乘病势愈重，韩嫣慌了手脚，急召来河南郡守，责他去寻个名医来。

待城中医师赶来，开了个方子，韩嫣拿在手中看罢，叹口气，将医师挥退，对郡守道："若在长安，先生定能得救，你贵地这医师，只合疗治禽兽！"

那郡守不禁惶悚，伸手要接药方："朝使休怒，容下官自去拿药。"

韩嫣苦笑道："药不必拿了，这处方，骗骗病家的钱，或许还有用。有劳郡守，还是遣人去杀头牛，做了羹汤来，喂先生喝下。可怜枚夫子，其才千古罕见，竟要病殁在这馆驿里了。"

那郡守也是唏嘘，连忙退下，张罗找人杀牛去了。

韩嫣幼时在匈奴，从未见过先祖是甚模样。如今在枚乘榻前，见老人病体支离，不觉勾起伤心事，含泪伺候了数日，如伺候自家先祖一般。

又过了数日，枚乘气息渐弱，紧紧捉住韩嫣手道："小郎，难得你尽心。老夫命薄，生不得再见长安了，只有一句话，须嘱你。"

韩嫣便有泪涌出："先生尽管指教。"

"我闻长安有小儿语：'苦饥寒，逐金丸。'说的是何人？"

"正是……下官。"

"小郎，你生于贵胄门，得宠于今上，不知世事常有翻覆。别家小儿饥寒无着，你却能射金丸于道旁；如此好命，即便身为公侯，也是当不起的。老子曰：'民之从事，常于几成而败之。'小郎今日万般好，老朽却为你担忧……"

韩嫣心不忍，哽咽道："先生所嘱，晚辈不敢轻慢。先生今日气色尚好，不是说这话时，还请好生将养。"

枚乘喘息道："老夫平生唯一子，名皋，数年前，曾在故梁王属下为宦，今却不知流落何方。他承我余绪，稍能属文，虽不认父，我却不能不认他，还望小郎日后关照。"

韩嫣连忙颔首，满口应允。

如此挨了两日，枚乘终是撑不住，一命归西。韩嫣为枚乘哭了一回丧，买来上好棺木殓起，命郡守遣人送归淮阴，交当地安葬不提。

待韩嫣入都复命，说起枚乘病亡始末，武帝听了，也是伤情。

韩嫣惶然道："臣实无能，眼见夫子病亡，只是无措。"

武帝这才叹道："是朕害了老夫子！ 不知枚乘可有子，其子能文否？"

韩嫣回道："枚夫子临终，有所嘱托。 其子枚皋，年已弱冠，曾投故梁王门下。 小臣此次过睢阳，去衙署打探，方知这枚皋，幼承父业，工辞章，十七岁时，曾上书今之梁王，得召为郎官。 不料才做了数月，即遭属下谗诋，获罪亡命，不知逃去了何处。"

武帝略觉诧异："哦？ 可惜，然亦可补救。 你即往丞相府，传诏许昌，命他发海寻文书，定要找到枚皋，召见入都。"

原来，此刻枚皋离武帝并不远。 数年前，他在梁王处为属官，因待下太苛，为从吏所谗，险些入狱，家产亦被籍没。 仓皇逃出后，独自流落各处，后至长安，隐姓埋名，求得一个苟活。

这日，枚皋一人，衣衫褴褛，在长安市中蹀躞，忽闻市井奔走传言，今上又有大赦。 心中就一喜，便至酒肆中，欲浮一大白，庆幸可不必再遮头掩面了。 入了座，未及酒保来问，便发觉对面柱上，悬了一道官府文书，远远辨出有个"枚"字。

枚皋心下一惊，疑是缉捕文书到了长安，当下跃起，凑近去看。 看过，心中喜得乱跳，原是丞相府奉诏，正寻访自己。

待得再落座，酒保殷勤上前，问饮何酒。 枚皋便猛一拍案，朗声笑道："何酒好，便上何酒；若有金屑琼浆，也是好的！"

酒保见如此潦倒之人，竟口出狂言，便疑心是有癔病，迟疑了片刻未动。

枚皋也知酒保心思，伸手去怀里，摸出一块金版来掷下，叱道："狗眼吗，看我恁般低？"

那酒保怔了一怔，立时赔笑道："客官多心了，实是小店微贱，卖不起金屑酒。这便将上好的春酒拿来，启封香出九里，不输于贡酒呢！"说着，便要去捡那金版。

枚皋却飞快拿回金版，揣入怀中道："便是金屑酒，也无须用这'印子金'来抵。你可知我父是谁？说出来，没得吓死你！"

酒保见惯了各路人，大言听得多了，只是不卑不亢："客官来了，就是爷娘，小店哪里敢慢待！"

酒足饭饱后，枚皋招手唤酒保来，摸出那块金版，嘱道："算好账，找我铜钱来。"

酒保接过，不禁苦笑："客官，你教小人为难了。小店微利，柜上哪里有恁多铜钱找回？"

"多少勿论，我另要索你一物。"

酒保眼睛一转，心中便暗喜："小店简陋，只要不是我人头，客官尽管拿去。"

枚皋倏地起身，取下柱上所挂文书："便是此物。"说着，便将文书笼入袖中。

酒保脸色微变，连连摆手："客官，这可玩笑不得！张榜三月后，官府要来收回，若查问起文书下落，小人万万当不起。"

"此文是个甚么？"

"诏命文书，天子要寻人。"

"小子，天子所寻，即是你眼前酒客！"

酒保登时惊诧万分，慌忙将金版退还。

枚皋收好金版，横瞥了那酒保一眼，遂仰天大笑，出门而去。

数日之后，武帝正在石渠阁流连，翻阅前朝张苍所遗典册，忽闻谒者来报："今长安内史府，送一人至北阙，自称是枚乘庶子枚皋，赴宫门上书。"

武帝抬头，便是一喜："果然寻到了？"急忙接过书简来看。

此书中，枚皋自陈身世，叙及当下，将获罪缘由讲明，又谢大赦不究之恩。武帝见枚皋文思清楚，字也极好，当即便不疑，吩咐道："今日恰无朝会，便召见枚皋到此处，朕与他相谈。"

稍后片时，枚皋便跟随谒者，疾步趋入，两眼只顾左右张望，似有惊愕之意。

那谒者轻咳一声，枚皋才回过神来，见武帝正坐于案后，慌忙下拜如仪。

武帝挥袖道："且平身，可坐下说话。"

枚皋又一躬，这才从容坐下，拱手道："蒙陛下圣恩，召罪臣入见，实是平生梦不敢想。"

武帝便笑："你仅长我一岁，弱冠而已，谈甚么平生？"

"回陛下，死生如朝晦，罪臣平生，恐也不会长久。"

"咄！既蒙赦，便无须一口一个'罪臣'。朕素惜才，欲借重令尊而未成，曾为之不欢数日。后闻枚夫子有一子已成人，方觉释怀。今日朕只问你：可能文否，比令尊又如何？"

"家父之才，小子万不能及。然在淮上一带，尚可称雄。"

"哦？如何说呢？"

"淮上人皆曰：'马上文，胯下武。'说的便是小臣。"

"慢，慢！胯下武，当指韩信；这马上文，竟说的是你吗？"

"正是。 臣在梁王宫中，曾为中尉草军书，可倚马作露布①，官民无不悦服。"

武帝上下打量枚皋几眼，微微一笑："今之文士，多无才，仅能陪饭，竟有能倚马成文者乎？"

"臣便是。"

"如何成文？"

"陛下若与臣同乘马，陛下先行，臣于鞍前草就一文，仍可追及陛下。"

武帝目中精光一闪："即兴成文可否？"

枚皋稽首至地，朗声道："陛下随手所指，臣随之著文。"

"也罢！"武帝大喜，忽就抖擞了一下，扬臂招呼宦者，"来人，去六厩备马。 朕与枚皋，要往上林苑一游。"

待宦者急趋出殿，武帝望住枚皋笑道："若文写成，而你追朕不及，可愿受罚？"

枚皋亦微笑回道："愿罚往云中郡，终身戍边！"

"罚重了，罚重了！ 何至于此？ 你若赌输，为朕养马一年就好。"

"臣亦甘愿！ 马上既不能文，当于马下伺候。"

枚皋言方毕，二人又相视大笑。

待宦者将两匹御马牵来，早有骑郎一队，肃立前殿等候。 武帝便一挥袖："枚皋君，且随朕来，往平乐馆一游。"

此时，正是秋高之时，关中草木黄绿相间，好一派斑斓景色。

---

① 露布，不缄封的文书，此处指军旅文书。

出城后，武帝顿觉心怡，执鞭遥指城南，对枚皋叹道："如此河山，静谧如处子。 今日孺子，何曾能想到：此处十八年前尚闻鼙鼓，五十年前尚有血泊。 先帝遗我，乃一大好基业；环视朝中，却是文无张良、武无韩信。 我一弱冠小子，如何担得起来？"

枚皋便一拱手："陛下与臣，可称同龄，然陛下胸襟之大，又不知逾小臣几何。"

"呵呵，这等奉承话，不说也罢。"

"臣自幼便不喜出恶语，若要针砭，善言亦可讽劝。"

"哦？ 你有何言要劝我？"

"臣以为，山河虽旧，时势却已不同；强枝野蔓，早为前代先帝所刈。 陛下所临，乃是一个顺民天下，岂不强于盗贼横行时？ 再说，先帝朝时，长安剿除豪强，游侠之士无存身之地，陛下又从何处去寻韩信？"

武帝闻之，心内大起震动，抓住缰绳自语道："你是说，豪侠凋零？ 如此，吾欲伐匈奴，又往何处去寻将军？"

枚皋便仰头一笑："帝王驭下，也须学那市井人家。"

"如何说呢？"

"小民皆知，最亲莫过枕边人。 将军者，胆识也，而非孔武有力。 外戚中，若有胆识过人者，便可拜将。"

武帝心中大悟，却是不动声色，佯叱道："你就是那东方朔一流，唯知巧辩！ 你我君臣，放着这好景不赏，论甚么治乱之道？ 速随我来！"言毕，便频频加鞭，催动坐骑疾驰。

疾奔半日，一行人驰入上林苑，直奔平乐馆前驻马。

此时，早有上林尉预先闻报，已在此等候。

武帝跳下马来，吩咐道："所有悬索腾挪之戏，吞刀吐火之术，虎豹熊罴之兽，尽皆放出，教这位小枚夫子开开眼界。"

上林尉闻命，不禁一凛："陛下是……要开角抵之戏吗？"

"正是，你莫迟疑！ 权作演练就好。"

待上林尉退下布置，武帝便对枚皋道："上林苑宫观，皆已敝旧。 唯此处，为昔日高帝行大乐之地，于前月修葺一新，稍可入眼。 你我今日，便要登台观景。"

君臣二人旋登高台落座，即有苑吏一拥而上，竖起甲、乙两个伞盖，又为二人披上翠绿大氅，秋风习习中，亦不觉凉。

这日天气晴朗，人坐于高台之上，可见万山苍碧，千溪纵横，一齐向此处聚来。 台前一广场，可容万人，四面有林木翁郁，拱卫环抱。

未等枚皋看完景致，忽闻一阵鼓鸣，瞬间就有白马百匹，十匹成排，同系一辔，联翩而出。 那马匹经过调教，竟是解人意一般，闻鼓声缓急而进止，扬蹄腾跳，纹丝不乱。

枚皋正惊异间，又见马队之后，一乘瑰丽车驾，载一女娥徐徐而出。 那女娥鲜花满头，坐而长歌，声清畅而逶迤，引得山回谷应。 一曲未毕，忽见西面有云起，天色顿然暗下来，竟飘起了霏霏雪粒。 半山台阁处，顿起吼声，随之拥出无数壮士，将滚石推下，声若惊雷。

枚皋纵是天性狂傲，亦被眼前异象惊呆，偷望一眼武帝，但见武帝仪态从容，正侧首与上林尉笑语。

两人笑罢，上林尉忽向前一指。 众人望去，只见滚石过处，漫野虎熊奔窜，大鸟腾空，猿猱攀援，白象垂鼻，百兽皆惊恐而出。

枚皋见了，脸色一白，几乎要股栗而起。

武帝回首，对枚皋一笑："君莫惊，好戏自此方始。"

枚皋再一定睛，方辨认出，原来这"百兽"，皆是人所扮成。如此，"众兽"扰攘奔突，喧声良久，又闻有哨声响起，方才平息下来，遁入了林中。

枚皋焉能不惊，却不知如何回武帝，只呆呆放眼望去，广场上又是另一番景象。

只见偌大空地上，又拥入彩衣人无数，有人吞刀吐火，有人水中弄蛇，有小童于旗杆上倒悬，有凌虚者于高索上相逢。四周皆是赤膊力士，各自捉对角抵，单臂扛鼎，弯弓射雁。更有一众人等，披了各式装扮，在演"东海黄公"故事①……

见枚皋无语凝望，武帝朗声笑道："如何，枚公子？若将此等景象入赋，朕倚马可待乎？"

枚皋回过神来，满面羞愧，连忙低首拜道："人间有此景，臣梦中亦不敢想。倚马成文，徒有空言耳，臣甘愿受罚。"

"朕不怪你，此等景象，前世无人见过。休说文士，即是神仙，怕也无以描摹之。"

"淮上一带，早传言'枚速马迟'。乃是说微臣笔快、司马相如笔迟。今日平乐馆之戏，虽然纷繁，却也是人间事，岂能写不得？容臣于二日之内，写毕呈上。"

武帝怔了怔，颔首一笑："好一个'枚速马迟'！那司马相如，为朕作《天子游猎赋》，竟用去二百多日，笔迟意深。你则二

① "东海黄公"故事，言东海人氏黄公，能作法，制伏蛇虎；然老来衰疲，法术失灵。秦末东海见白虎，黄公前往镇服，反被白虎所噬。关中民间以此为戏，后传入宫廷，为汉代最为著名的角抵戏节目，后被东晋葛洪收录于《西京杂记》中。

日可成，朕也不疑。待《平乐馆赋》成，朕授你为郎，常随左右，与司马相如为绝配。”

“臣愿一逞文才。”

武帝忽就收住笑意，眼望西北山峦，语含深意道：“召用你，岂止是为文才？明日可为郎官，出使匈奴。我看你处事不惊，可堪大用，虽不是张良之才，亦能胜陆贾之任。”

枚皋面露惶悚，拱手谢道：“臣不敢当。清平之世，所言能供君王一笑，便是不负此生。”

武帝不以为意道：“这便是气短之语了！今汉家虽无事，却是虎狼环伺。北出云中，西离狄道，便是强敌，不知何日能得安宁。你随朕左右，当以强国为大业，文章倒是小技耳。”

一席话，说得枚皋惭愧，躬身谢罪道：“陛下有经略之心，臣却乏才；生如飘蓬，徒有小技而已，又奈何？”

武帝回瞥一眼，摇头苦笑道：“能为朕解忧，也不算小技了！”

六

布衣书痴
离嵩莱

武帝收得诸文士在身边，眼见海内英才，渐已聚多，心便坦然起来。

这日秋深，武帝携了中大夫庄助，策马驰上白鹿原，玩赏秋色。此时原上秋野，正是红黄驳杂，更觉苍劲。

一阵秋风拂来，听见漫山林涛，如啸如吟，窸窣了好一阵才消歇。谷底传来牧童的呼喝，更显天地间空寂无边。

武帝浩叹良久，挥鞭一指，对庄助道："这等好山河，如何传得万世？朕所愁思，诸臣又怎得知晓？朕不及弱冠即登位，心中惶恐，实难为外人所知。若倚老臣，或遭掣肘；若拔少年，又唯恐躁进。只料不到，堂堂天子，竟是无人可用！"

庄助便笑："今日不同了。人才蚁聚，只怕是陛下用不完。"

武帝略略摇头，正色道："庄君，你不单对策做得最好，敢言亦是当今无二，莫要学那东方朔、枚皋，只拣好听的说。辞藻之臣、口辩之士，固已不少，然务实者，哪里就够用？"

"回陛下，我这里正有一人，不妨起用。"

"是何人？"

"吴人朱买臣。"

武帝眉毛一扬，望住庄助道："哦？倒是久闻其名，如何请托到了你这里？"

庄助略一迟疑，缓缓道："说来话长。"

武帝便一挥袖："走，前面驿亭不远，不妨去坐下说。"

一行人便驰入馆驿，进了凉亭坐下，庄助这才将朱买臣之事，逐一道来。

庄助道："陛下既问到，臣不敢相瞒，朱买臣与臣下，实为同邑乡邻，早有过往。此人性好读书，不置产业，年过四十尚落魄，乃一穷儒生耳。"

武帝略感惊奇："哦？这等书痴，生计何以为继？"

"陋室贱居、布衣蔬食而已。他家中，仅有一老妻，尚且不能养，只得夫妻双双入山砍柴，担往市集上卖，换得三五小钱，好歹也度日。"

"儒生也是可怜！年四十余，尚不能自给，来日又将何如？"

"陛下，这还是十年前的事了。而今，朱买臣已年近五秩，贫寒依然如故。"

武帝更是诧异，佯叱道："庄君，莫要吞吞吐吐。朕久闻朱买臣大名，以为是广招门徒，束脩都吃不完了，如何竟闹到这等地步？"

庄助叹了一声："臣这位故旧，命途多艰，竟不知从何说起。"

原来，那朱买臣痴迷读书，便是在担柴归途中，仍念念有词，总归是《诗》《书》那一套。老妻崔氏负柴在后，听不懂他絮聒甚么，心中有气，就叱他不要再念。

偏偏买臣是个狂迷，充耳不闻，仍旧咿唔有韵，陶然忘机。一旦步入市中，又越发念得响亮，无非是"君子多乎哉，不多也"之类，声若吟唱，响彻闾巷。

崔氏随在其后，又羞又恼，争吵过几回，也不济事，家境却是越发困窘了。两人自朝至暮，往返劳顿，只担得两担柴，勉强换来粥饭。若遇风雨，则要两餐不继了。

那崔氏，暗中不知哭了几回，想想年已衰，腿脚疼痛，实在难熬。跟了朱买臣，这般苦楚，后半生如何安顿？

这日阴雨，夫妇二人从泥途中归来，湿柴无人问津，夕食便没有着落。二人抱膝坐于矮檐下，望天兴叹。崔氏终于忍不住，哀哀道："夫君，我十六岁便入你家，如今熬成了老妪，可有一日享福？连温饱都是大梦。"

此时雨落坪中，凄清可闻。朱买臣也甚是伤感："浑家受苦了。"

崔氏嗤鼻道："岂止是受苦？这脚腿疼痛，直是生不如死。若死，等于酣睡，总不至日日做牛马。"

朱买臣不由一惊："浑家，今日这话，你……却要怎样？"

"你是一丈夫，四海都可为家。我一女流，常此饥疲，如何是个了局？不如放我去寻个出路，帮人缝补喂猪，也不至日日走得脚痛！"

"浑家，这些话，是如何说起？夫妻一场，你竟能忍心吗？"

"我不忍心。然你一个大丈夫，却能忍心浑家一苦至此？"崔氏说罢，竟忍不住号啕起来。

买臣这才慌了手脚，连忙劝解道："我命不济，蹭蹬多时，然有术士言，年五十以后当富贵。今我已四十许，发迹之日，或就在眼前。"

"你那话，只配去哄鬼。我朝盼暮盼，镆里盼不来一只羊腿！待你苍髯满头，更指望如何发达？"

"你随我，已忍了二十余年，怎就这几年便忍不得？"

"不是忍不得，是我再看不得了。"

"我若发迹，定当报还娘子，否则将遭雷殛！"

哪晓得，这一句发誓，倒激得崔氏暴怒，起身戟指道："你便是咒死自己，也当不得一餐饱饭！我随你多年，看你平常何时不读书？读来读去，却落得以打柴为生，朝夕不保，还不知读书无用吗？那孔子迂腐，都知要收门生羊腿。你如今，也无须再咒了，去弄个羊腿回来，我便不绝婚。"

朱买臣一时怔住，竟无言可对。

崔氏便越发地不饶："穷得钵光盆光，还要市中行吟，咿咿哦哦，引得人家笑。你不羞，我老妪还知道羞！我不求穿金佩银，但求归家能饱餐。世上是何等无能之人，方累得婆娘如此？万卷书读过，你还不知此理吗？丈夫有种，如何就不肯放我去？"

一席话听罢，朱买臣愈加沮丧，只得颤颤起身道："一餐饭，饿也只在一时，又何须啰唣这么久？"

崔氏闻此言，顿时委顿于地，放声大哭。又打量左右，去寻绳索，声称要悬梁自尽。

朱买臣见闹得不成样子，也是心灰意冷，默然良久，方道："你要去便去吧，我这里，即为你写休书。你忍不得，我也忍不得了。"于是转头回屋，研好墨，动笔写休书。

崔氏见他写字，便止住啼哭，拿眼去瞄那字。

待休书写罢，递与老妻。崔氏看过一眼，便恨恨道："我如何认得这蝌蚪文？你念与我听。"

朱买臣强忍鄙夷，一字一句念罢。崔氏眼中，便有一丝喜意闪过，急接过休书，揣入怀中，打量屋中片刻，却又忍不住流泪道："读书人，虽是穷斯滥矣，然也难见穷迫如你者。锅碗瓢盆，我不忍拿了，皆留与你。"说罢，收拾了几件自家衣物，头也不回，匆匆回了娘家。

朱买臣送走老妻，乐得耳根清净，每日照旧读书砍柴，吟哦于市中，全不顾邻里惊诧。

这日，时逢清明，江南有雨，天气轻寒。朱买臣担柴下山，恰遇着骤雨，湿了一身。风一吹，冻得牙齿咯咯作响。左右看看，不见人家，只在近旁有一墓园。无奈之下，只得进了园，藏身到一处空墓穴中避雨。

不久，雨过天晴，却是日暮时分了。买臣腹中空空，耐不得饥寒，欲担起柴捆归家，只觉得无力。

正在此时，忽闻墓园中起了响动，有一男一女说话。探头望去，原是有夫妻二人来扫墓。

待那一对男女近前，摆下香炉祭品，方看清楚了——那妇人不是别人，正是前妻崔氏。

崔氏此时也认出了买臣，一脸惊愕。买臣却目不旁视，只佯作不认得，抖了抖湿衣，昂然担柴而过。

倒是那崔氏，脾气不减旧日，见买臣执拗若此，忍不住喝道："朱买臣，你衣衫破烂，我便认不得你了吗？"

朱买臣这才止住脚步，不知崔氏要说些甚么。

只闻崔氏道："腐儒走路，一板一眼，不知要走到何处去？雨下得大，也不知避避吗？"

朱买臣摇摇头，只是苦笑。

那崔氏早已另嫁，这日，乃是陪后夫来上坟，便将朱买臣身份告诉后夫。那男子倒还宽厚，露出怜悯之意。崔氏见朱买臣狼狈至此，叹了口气，便蹲下身，拣了些墓前的果品糕饼，装入碗盏，递与朱买臣充饥。

朱买臣饥寒已甚，也顾不得羞愧，接过来就吃，待三五口下肚，方觉得浑身回暖。食毕，将碗盏递与那男子，道了声谢，也不问人家姓名，担起柴就走。正所谓飞鸟各入林，两不相问……

武帝听庄助说到此，便满脸怜悯："书生之迂，真是听不得了！朱买臣好学，天下皆知，只道是徒众满门，家资丰厚，却不料，竟是个蹩脚樵夫。你早年与之交，他便是如此吗？"

庄助黯然道："臣早年在故里，尚是少年，呼朋引类，不屑于凡庸。朱买臣亦有英气，超迈绝伦，不料竟落魄至此！"

"莫非，是他求到你门上？"

"非也。月前，会稽郡吏入京上计①，赴丞相府交验账册。随行人众多，所需食物装了数车。朱买臣正潦倒，权充杂役随行。甫一入京，便赴北阙上书自荐。"

"哦，朕为何未见他自荐书？"

"或是公车令还未及上呈。他候了数日，不见回音，只得待诏公车署，每日来点个卯。买臣身无余钱，如此蹉跎，饥馁无以自处。倒是上计吏见他可怜，周济他些饮食，方才熬过。然时日一久，上计吏钱财亦将尽。可巧臣于月前，自南越出使归来，朱买臣闻之，顾不得脸面了，上门求见，托微臣引进。买臣之名，远近皆知，臣不忍看他身陷下潦，故而也就不避亲故，特为告白。"

---

① 上计，汉朝财政制度。即地方行政长官定期向上级呈文，报告地方财政等情况。朝廷根据考核结果，予以升降、赏罚。

武帝一喜，连连拍案道："哪里。 海内遗贤中，有这等人才，乃天助我也，岂能说你徇私！ 速去传旨，召朱买臣入见。"

宣召之处，在宣室殿东书房中，武帝见朱买臣蹒跚而入，不禁唏嘘道："春寒未消，君何以穿得恁单薄？"

朱买臣行毕大礼，抖了抖褴褛麻衣，神色泰然道："家贫徒有四壁，两餐不继。 天稍暖，冬衣便拿去当了，换些柴米回来。"

武帝便有些动容："读书苦到此境，何不早些前来自荐？"

"谢陛下大恩。 颜回之乐，亦是乐。 臣在往日，也并非不乐。"

"好好，我只道世间早已无颜回！ 也罢，你今日赴阙，亦不为迟。 只不知君在乡里，喜读何书？"

"臣素习《春秋》《楚辞》。 于他，则无暇旁顾。"

"哦？《春秋》读的是哪一传？"

"最喜《公羊传》①，于《榖梁传》②亦颇用心。"

武帝闻此，拊掌赞道："两书著于竹帛，还是新近事，君竟有心研习，好得很！"遂又问道，"《楚辞》最喜哪一篇？"

朱买臣不假思索道："自是屈子最佳！ 屈辞中，《离骚》固然丰赡，然臣更喜《天问》，直是将人引入洪荒，不忍归来。"

君臣二人，只这几句问答，便都有知音之感。 武帝稍停顿，唤来宦者，命速往少府署，取锦绣衣袍数件，赐予朱买臣。 又对

---

① 《公羊传》，又名《春秋公羊传》，战国时齐人公羊高所撰。与《左传》《榖梁传》同为解说《春秋》的"春秋三传"之一。初为口传，后至汉景帝时，由其玄孙公羊寿与胡毋生一道，将之"著于竹帛"。

② 《榖梁传》，又名《榖梁春秋》《春秋榖梁传》，战国时榖梁赤所撰，初亦为口传，西汉时成书。

买臣慰勉道："君子若穷，天下便凋敝；朱君今后衣食，勿太过寒酸了。"

朱买臣便苦笑道："臣怎敢偏好寒酸？乃是无处觅钱也。"

武帝听了，忍俊不禁："儒生不如商贾，天下不祥也。今起，便拜你为中大夫，与庄助同为侍中，随我左右。"

如此，朱买臣终得脱颖而出，一步登堂，与庄助同列，不再受饥寒之苦。

然好事多磨，拜官之后，买臣依旧洒脱，与同僚屡起龃龉，波折频生，未及数月便遭免官。好在已结识好友数人，有人愿周济，方得以在都中会稽郡邸①寄食，不至重返乡里。

如此蹉跎年余，忽逢南方有事，朝中需用人，买臣才得再次待诏。

且说南方诸越，归顺有年，本已安顿，今何以忽然生事？此一节，还须从头说起。

早在建元三年（前138年）春，黄河溢出，淹没平原郡。齐鲁一带民大饥，人相食。太史令记下此事，遂奔上殿，向武帝禀报。

武帝脸色便黯然，幽幽自语道："上次人相食，还是何时？我坐殿三年，不敢有一日大意，上天竟责我无道乎？"

太史令连忙禀道："昔高帝二年春，楚汉相争，关中忽遇大饥，有'人相食'之事。定鼎长安之后，则无。"

---

① 会稽郡邸，即会稽郡守驻京办事机构。

武帝更是沮丧，摇头叹道："清平之世，民有何辜，竟遭此大难？"

太史令见此，连忙劝谏道："臣观天象，并无异常，绝非人主治理有失。河决之事，历代都有，非人力可以左右，陛下不妨尽力赈济之。"

"高帝二年时，关中是如何赈灾的？"

"时高帝有诏，着各官署护送饥民，往蜀郡就食。"

武帝闻言，这才稍复振作："高帝之智，果然异于常人！"遂下令，仿当年旧例，平原郡饥民可往他处就食，官吏不得禁止。

此事平息才不久，至秋，太史令忽又上殿来报："有星孛①于西北，恐东南将不靖！"

武帝闻报，正惊疑不定，便有东越国来使，驰入都门，飞报东南有事。

南岭之南，彼时有"三越"臣服于汉家，即南越、闽越及东越。三越之中，南越最强。其王赵佗英名盖世，过世已多年。次之为闽越，再次为东越。汉高帝时，闽越王无诸，受封最早。东越王②摇及，受封略迟。南越王赵佗，则最后归顺。

三国子弟，王位相传，至今犹未绝国，为汉之外藩。

景帝时，故吴王刘濞作乱"清君侧"，事败，逃入东越。东越王初起时颇为款待，有相助之意。后迫于情势，将刘濞擒杀，首级传送朝廷。唯吴太子刘驹，侥幸逃脱，亡命于闽越。

---

① 星孛，即彗星。古人认为，彗星现，乃天象异常，为不祥之兆。

② 东越王，高祖时初封为东海王。因其都城在东瓯，故民间又号为东瓯。

吴太子在闽越多时,唯思复仇,常劝闽越王击东越,除掉东越王这反复小人。

古语说人言可畏,谗诋之言尤为可惧。此时的闽越王郢,禁不起吴太子再三鼓动,竟发兵东侵,攻入东越。

东越国地狭势寨,招架不住,被困在都城东瓯(今浙江省温岭市)。日久,渐渐食尽,眼看不降已无他路,只得遣使入京告急。

武帝闻听东越使者求助,颇觉棘手,连忙召来群臣,于殿上商议。

有武安侯田蚡,前时罢官归家,此时也被请来。闻说东越王求朝廷发兵,当即出列,力谏道:"万万不可! 越地辽阔,兼有瘴气,不利于大军出行。前有秦始皇,后有隆虑侯,皆是征伐不力,顿兵于岭前。今朝中已无大将,纵有精兵,也难以济事,不如遣使威慑,劝得两家和解便罢。"

庄助在旁听了,不能苟同,当即驳道:"武安侯闲居多年,胆量也小了许多。此事正如田公之名号,不武,岂能有安?"

众臣闻之,便是一阵轻笑。武帝也不禁微微一笑,抬手道:"庄君有话便说,武安侯之议,可以不论。"

庄助便朗声道:"汉家为上国,抚理天下。诸越为小国,事我以君父。小国有急,若天子不救,则失信于天下。小国寒心,将不以朝廷为意,陛下日后将如何抚育万方、统驭四夷?"

田蚡遭了奚落,不能甘心,当场回驳道:"治天下,最忌劳民。大军一动,牵涉何止郡国,天下百姓都不得安。庄大夫儒生耳,素不问兵革钱粮,空谈用兵,自然是不费力气。"

庄助一惊,回首望住田蚡,高声道:"国舅此意,欲息事宁人乎? 闽越无端侵凌他国,乃是背义。背义之事,上国若装聋作哑，天下便从此无义。臣无义，则君危；民无义，则天下骚然。
若海外诸藩互攻，殃及郡国，则天下再无宁日，人人可得恃强凌
弱！"

庄助这一席话，触动武帝心事，当下一挥袖道："二公不必争
了。武安侯之议，不足为凭。闽越无理在前，若不儆惩，便是助
恶。恶生，人心将大坏，却不是藩国恩怨的小事了。朕意已决，
请庄公听令！"

庄助闻言一悚，连忙出列伏地。

武帝下令道："我初即位，不欲以虎符发兵，而惊动天下。着
令中大夫庄助，持节前往会稽郡。令郡守发郡内兵卒，力助东
越，无使闽越得逞。"

庄助凛然道："臣受命。只不知此番用兵，何为止境？"

"追他遁走便可。"

"臣知晓了，定不辱使命。"

庄助衔命，星夜赶往会稽郡，督郡守发兵。无奈山高皇帝
远，郡守畏敌如虎，借故拖延，迟迟不动。

庄助自忖蒙皇恩，不敢有负使命，想了一夜，决意杀鸡儆猴。
天明即下令，斩杀郡兵中一司马，警告众兵，不得敷衍。

郡守早起，闻听来报，吓出一身汗来，连忙抖擞起精神，频发
军令。这才集齐兵卒，征来大船，从海路进军，往援东越。

汉军舟楫从海上疾进，赤旗如林，一派王师气象。那闽越兵
哪里敢相抗，闻风即退兵而去。

东越王立于城头，见汉家旗帜，望之如再生。连忙开城门来
迎庄助，执庄助之手，涕泗交流，堪堪就要下拜。

庄助连忙拦住，温言道："大王不可失礼。藩国有难，上国来

助，此为礼也，庄某不过奉王命行事。"

那东越王仍不肯松手，哀恳道："孤王势弱，只恐汉兵一退，闽越兵复来，吾辈计将安出？ 不如请上使禀明天子，我东越君臣百姓，愿举国内徙，永世为中国之人。"

庄助遂将此事飞报武帝，武帝想想也无不可，于是下诏，将东越王以下所有臣民，悉数迁往江淮，安顿下来。 原东越一带，任其成虚空之土。

闽越王逐走东越之后，又养兵数年。 至建元六年（前135年），自恃兵势已强，竟然发兵击南越，欲将这块肥肉一口吞下。

此时的南越王赵胡，乃是赵佗之孙，勇武远不及乃祖。 因汉天子曾与"三越"有约，互不相攻。 于是不敢擅自还击，只死死守住各城邑，一面向汉廷告急。

武帝得了南越王奏报，不由叹道："当年赵佗归而复叛，何其难制？ 今日传至孙辈，倒还知守礼。"遂又踱至舆图前，上下看看，蹙眉道，"头上有悬剑未落，足底又生棘刺，这怎生得了？ 今番若不出虎符，怕是不行了。"

于是下诏，命大行令①王恢、大农令②韩安国，并为将军，统两路大军南征。 其中，王恢率军出豫章（今江西省南昌市），韩安国率军出会稽，两路呼应，直插闽越，定要讨平乱源。

汉九卿之中，出二人为将军，统兵南下，开空前之例。 三越之民闻知，不由得震动，消息传得飞快。 那闽越王郢，正在南越

---

① 大行令，即典客，景帝中元六年改此称，掌属国事务，为九卿之一。

② 大农令，官职名。秦置治粟内史，汉景帝时改称大农令，武帝太初元年更名大司农。掌租税、钱谷、盐铁与天下财政，为九卿之一。

国杀得起劲，闻报也是吃惊，连忙退兵。 趁汉军尚未过南岭，发兵据险而守，扼住了南下各关口。

南岭一线，素称天险，此前秦汉大军南下，多被阻于此。 此番两路汉军若是强攻，胜负倒也难料。 偏巧此时闽越国内，平地忽起了风波。

闽越王之弟余善，见大势不妙，乃与国相、宗族等数人，潜行至郊外，望望四面无人，即在芭蕉丛中密谋："我等藩国，行事总绕不过上国。 吾王擅发兵击南越，未获朝廷允准，故天子发兵来诛。 今汉兵势大，铺天盖地，我闽越何以当之？"

宗室中有人应道："南岭易守难攻，昔秦军征南越，尚且折兵；今我军据险，或也能取胜。"

余善摇头道："不然！ 汉天子以九卿统兵，前所未有。 今番即是侥幸胜之，汉家也必添兵，终至我灭国为止。"

说到"灭国"，众人都是一悚，只觉头顶上天就要塌下。 于是急问余善，将如何自处。

余善这才兜出底来："不如杀吾王，以谢天子！"

众人又急问："杀王，便可免祸吗？"

"若天子得知我等杀王，如若罢兵，我一国可保；如若不然，我可力战。 若不能胜，则逃亡入海，总还可以保命。"

众人听罢，都拊掌称善。 一场宫变之谋，即在芭蕉丛中议妥。

这余善怀了反心，倒也敢作敢当，袖笼利刃，去见闽越王郢。待近得其身前，窥了个空，一刀将闽越王砍翻毙命。

此时宫内外全都安排好，众人见谋成，一声欢呼拥上前来，割了闽越王郢的首级。 余善当即遣人，携首级往王恢大营，通告事变。

那大行令王恢正在忧惧天险难攻，见了闽越来人，焉能不喜？笑对来人道："汉军此来，是为诛闽越王。今闽越王首级在此，你等又谢罪，不战而去祸根，岂不是大好！"当即传令全军，安营勿动，一面通告大农令韩安国，一面遣使者携首级，驰报天子。

武帝在未央宫中，也未料竟有这般爽利，心中暗呼"天助我也"，于是起念，欲将闽越灭国。

再说淮南王刘安在寿春（今安徽省寿县），闻听闽越王死，心颇不安。唯恐朝廷托大，继续用兵，劳民伤财，于是上书，劝谏退兵。

武帝展开谏书来看，竟有一千七百余字，洋洋洒洒，从上古三代"胡越不欲受正朔"谈起，不由就仰头，叹了一声："叔父学问甚深，著你的书、炼你的丹便好，何必来谈攻伐事？书生论文，天下无人可及；来谈兵讲武，不过如田蚡一般！"

然读至中篇，见"南方暑湿，近夏瘅热，暴露水居，蝮蛇蠹生，疾疠多作，兵未血刃而病死者十二三，虽举越国而虏之，不足以偿所亡"之句，心中就一动，不觉赞赏道："叔父到底有阅历，知用兵之难。"

后面又见刘安写道：闽越王既死，对其余重臣，不若羁縻，仍令其为藩国。如此，只需方寸之印，即抚平方外。不劳一卒，不用一戟，即威德远行。若举兵入其地，则越地之民必恐被屠灭，逃往山林。经年累月，士卒如何搜杀得完？

阅至此，武帝大赞，竟读出了声来："兵者凶事，一方有急，四面皆从。臣恐变故之生、奸邪之作，由此始也。"读罢，想到秦末之乱，不觉踌躇起来。 又绕室半日，终是狠了狠心道："我新践位，当恤民力，不可以穷兵而树威。"于是下诏罢兵。

又想到闽越王作乱，那班权贵也有干系，唯独老王无诸之孙，唤作繇君丑的，未曾与谋。 于是，便传谕闽越，另立繇君丑为闽越新王，世称繇王。

且说事变首谋余善，自恃杀郢有功，威临全国，便起了自立为王之念；闽越上下，也都心服。 繇王虽受天子册封，却不能服众，号令竟不能出宫门。

眼见得情势尴尬，繇王只得遣人密报武帝，恳求裁夺。

武帝得报，摇头苦笑道："棘刺虽小，倒是颇扎手呢！"于是召来庄助、朱买臣、枚皋等人，计议良久。

众人或曰征伐，或曰安抚，只是无有定论。 末了，武帝断然道："只为一个余善，不足以再兴师。 余善固非善类，此前谋乱，也曾参与，然终究首倡诛郢，免得我劳师动众，也算是有功。 今日恰好东越无主，不如就立余善为东越王，与繇王并处，免得他再生事。"

此议一出，众臣都说好："如此羁縻，那余善也当知足了。"

当下议定，武帝便亲笔写了谕令，遣使南下册封，令余善划境自守，不得与繇王相争。 余善好歹得了个王位，便也知趣，不再争了。

征越之役，至此获圆满全功，武帝因得刘安指点，也知是侥幸。 再想起早前田蚡之言，深觉有理，便复起田蚡为丞相，擢韩安国为御史大夫，只求朝政稳重。

诸事既平，武帝又想起南越王赵胡，觉此人甚懂君臣之道，当好好嘉勉才是。 便唤了庄助来，命他赴南越慰谕。

临行前，武帝又嘱道："你此去，途经淮南国，可说与淮南王听：朕奉先帝之德，夙兴夜寐，唯恐有错。今内有饥寒之民，外有南夷互攻，也是忧惧得很。淮南王谋虑深远，以太平之道谏言，辅弼朕不至有失，朕甚感惭愧，以为他说得甚好！"

庄助不禁疑惑道："陛下这番话，看似轻，实则重，何不发下手书一道，写与淮南王看？"

武帝摇头苦笑道："爱卿有所不知：淮南王所学，精深冠于天下，朕不敢轻慢。每有书信予他，只怕为他耻笑。总要召司马相如、枚皋来看过，润色再三，方敢发出。今日事急，容不得这般斟酌了，你转谕就好。"

庄助衔命，沿陆贾当初南下之路，间关万里，来至番禺。那南越王赵胡，果是温顺之主，将庄助恭恭敬敬迎入宫内，稽首谢恩道："幸而天子兴兵，诛闽越，寡人万死无以报答。"谢罢又请道，"愿遣太子婴齐入长安，充任汉宫宿卫。"

庄助自是应允，停留不久，便携了婴齐返归长安。

途中路过淮南国，庄助想起武帝叮嘱，遂入都城寿春，向淮南王刘安转达上谕。

刘安闻听武帝嘉许，心甚喜，向庄助行大礼叩谢。

庄助连忙劝阻道："大王客气了，臣转达谕意，不过常情而已。"

刘安便望住庄助，起了万千心事。原来，这位刘安，乃是已故淮南厉王长子，厉王谋逆未成，被文帝流放巴蜀，死在了途中。刘安于此耿耿于怀，不能释恨。后虽封为王，仍是心存谋逆。为此，曲意结交朝中权贵，只盼有一日能遂愿。

刘安素与田蚡亲善，建元二年（前139年）入朝时，未入长安，即知会了田蚡。 彼时田蚡为太尉，尚未失势，曾出霸上迎刘安，笑言道："今上无太子，大王乃高皇帝亲孙，多行仁义，天下无人不知。 若今上一朝晏驾，非大王有谁可立？"

且说刘安年纪，比武帝还年长二十三岁，纵是长寿，又如何能等到武帝驾崩？ 田蚡此言，不过半真半假而已。

偏那刘安却信以为真，不由大喜，当下送了田蚡许多财宝。返国后，即阴结宾客，施恩百姓，为来日谋逆做起了手脚。

刘安此时，见庄助见闻广博、行事老练，便有意结交，拉了庄助往后殿去看。

庄助见王宫内竟有殿阁千间，不由就叹："如此广厦，数千人也住得了！"

刘安便笑："寡人重宾客，正是养了数千人。"遂带领庄助沿九曲连廊，步入一处幽深庭院。

甫一入院，庄助便略觉惊愕，只见槐荫下散坐八人，皆白发白衣，个个据案书写。 闻有人来，依旧专注，连头也不抬一抬。

刘安指着诸白衣人道："寡人门客虽有数千，最为俊异者，尽在于此。"

庄助略看一眼，便大悟："哦！ 臣亦久闻大名，原是苏非、李尚……"

"还有左吴、陈由、雷被、毛周、伍被、晋昌。 此八公，皆天下名士，一齐投来敝处，助寡人写出《鸿烈》①一书。"

庄助不禁肃然，脱口道："昔惠帝为太子时，有商山四皓，高

---

① 《鸿烈》，亦称《淮南鸿烈》《淮南子》，今存《内篇》二十一卷。

皇帝即不敢小觑；大王所聚人才，又远过惠帝了。"

刘安目光略一躲闪，忙谦逊道："哪里敢比！"

庄助逐个细看过去，连连赞道："八公阅世久矣，果是俊异！"

二人穿庭院而过，又看了无数的楼台水榭，方从原路返归。再过槐荫庭院时，庄助抬头瞥了一眼，发觉不过一转眼工夫，那槐下八公，已是个个童颜，须发皆黑了！

庄助当下怔住，满心惊骇："这是……"不由扭过头来，直望住刘安。

刘安知庄助心思，只呵呵一笑："此八公，皆来自名山，各怀绝技，多擅神仙秘法。"

庄助直疑是在梦中，不由叹道："若非亲眼所见，臣万不能信，世间竟有返老还童事！"

"八公来投时，皆须眉皓素，登门求见。敝王宫司阍者曰：'吾王好长生，诸位无驻颜之术，下官不敢通报。'八公闻言，便退走，须臾又自闾巷中走出，竟是须发全黑，咸变为童了！司阍大惊，这才引八公来见寡人。相见之下，八公各显异能，令寡人眼花缭乱。"

"奇了！八公究竟有何异能？"

刘安摇头微笑道："天机不可泄露，庄公可自悟之，还请包涵。"

庄助尴尬一笑，连忙赔礼道："不敢不敢！孟子曰：'见贤者，然后用之。'今观大王胸襟，世上难有其匹。"言毕，便走近八公座前去看。

这时八公才停下笔，都抬起头来，个个面目俊秀。

庄助边看边赞道："俊也异也！人才，尽都在淮上了。"待看到末座的左吴，便又是一惊，"奇哉，此非女流乎？"

看那左吴，果然面如敷粉、唇若丹朱，酷似女子模样。庄助不由就拉住他手，摩挲再三，舍不得松开。

忽闻那左吴开口道："庄公，我若是真女子，又当何如？"

庄助闻言大笑，连忙松手，对刘安道："臣闻汉初高帝时，有异人八个，七男一女，各怀绝世之功。彼辈出乎名山，入乎江湖，助高帝成就大业。莫非那八人，今日都投来大王门下？"

刘安仰头大笑道："前代之功，寡人哪里敢攀？"

庄助闻言，心中便一动，由衷敬拜道："人都道淮南王爱才，久闻之，不如一见。今见八公，果然非凡！大王于年前入朝，献上大作《鸿烈》，皇皇二十余万言。君上读罢，珍爱不已，也惊煞了我等文士。臣奉上命，曾逐字读过。所言女娲补天、后羿射日、嫦娥奔月等奇事，臣闻所未闻。此书所言道家，又不只是黄老无为了，显是承续庄、列之风，志在有为。"

刘安眉毛一动，欣喜道："先生果然多智！圣人之道，在于忧民；若凡事皆无为，哪里能成？寡人以为：天子以下至庶人，若四肢不动、思虑不用，而求事成者，古来还未曾有过。"

庄助偷瞟一眼八公，心中越发敬畏，忙拱手道："八公之才，倾动天下，臣不敢再打搅。"

刘安颔首一笑，引庄助出了庭院，至偏殿坐下，遂收住笑意道："庄公出使，归途中特来敝地，想是有话要说。"

庄助敛衽正襟道："朝中事多，大王又远居淮上，君上遇事，不便与大王商量，心甚憾之，命臣专此转谕。日前，大王上书，似有微词。实则，君上发兵征越，乃不得已耳。自五帝三王起，禁暴止乱，不用兵者，从未闻也。此次南征，不过大军压境，以威震之，哪里就敢劳苦百姓士卒？"

刘安知此话分量，连忙辩白道："听庄公一席话，臣越发瞭见今上圣明，发兵平南，是为大义，虽商汤伐桀，也不过如此。 庄公奉命前来诏谕，臣不胜荣幸，并无他心。"

如此，两人又相谈良久，互有钦敬。 刘安便趁机道："庄公在朝，得陛下宠信，天下无二，寡人亦深慕之。 不如你我二人，今日就结为至交。"

庄助见刘安揽八公于门下，颇有王霸气象，早也起了结交之心，当下允诺道："大王重文士，在下今日目睹，不胜感慨。 天下治平，当有赖大王，臣岂能不愿与大王订交？"

刘安笑逐颜开，吩咐在大殿摆下筵席，与庄助把酒言欢，算是订了契友之约。

此后，庄助又勾留数日，与刘安谈文论道、徜徉山水，尽了一番兴致，方辞别而归。 只未料，此次订交，竟是惹下了天大的祸端，此处暂且按下不表。

庄助携了南越太子返都，向武帝复命，详说始末。 武帝细心听罢，开颜大悦，特在柏梁台赐宴。

筵席上，武帝问起南越诸事，庄助从容作答，只道是南越王恭顺，岭南之事无可再忧。

武帝大赞道："公干练如此，果不负贤良之名！"遂又问起庄助，当年在会稽乡里，可曾得意。

庄助脸色一暗，回禀道："臣家贫，衣食简陋，连襟为富人，曾数度折辱臣。"

武帝闻此话，想起母家早年事，不由起了怜悯，温言问道："庄公不辱使命，朕当褒奖，不知公有何愿望？"

"愿出任会稽太守。"

武帝便大笑："也罢！ 大丈夫，当衣锦还乡。 按避籍之法，你不可做会稽郡守；然朕可破例，助你遂了这心愿。"

庄助连忙稽首谢恩。

武帝扶起庄助道："爱卿平身。 你来看，你我坐于柏梁台上，可瞭见长安万户。 庄公从都中往边地，就譬如这登高望远，不难有大作为。"

庄助只是感激涕零，应诺道："臣不敢无为。"

果然时不久，便有诏下，拜庄助为会稽太守。 庄助欣然受命，衣锦归乡，做了故里的父母官。 旧日邻里见了，果然惊诧，皆艳羡不止。

岂料庄助实无治理之才，此后数年，政声平平。 武帝大感失望，赐书去责问："庄公厌倦朝堂，不愿侍奉，去了会稽为郡守，何以再无消息？"于是将庄助调回，复为近侍。

庄助自知有负君上，调回侍中后，诚惶诚恐。 然先前的一身才干，竟似全失，只知遇事作赋颂，哄武帝开心，正应了"月满则亏"一说。

此时，朱买臣已免官数月，又为武帝起用，正待诏金马门。

出入朝之途，买臣偶见庄助，忍不住上前问道："公之智，绝世无双，何以外放为郡守，竟不能施展？"

庄助望望朱买臣，叹息一声道："朱兄何不自问？ 你也是绝世之才，何以做不成一个侍中？"

朱买臣顿时哑然。 庄助略一苦笑，遂招手道："来！ 与我同车，往那酒肆小酌。"

待朱买臣上车，御者正欲加鞭，忽见道旁有人跪拜。 二人引颈望去，原是长安内史府吏张汤。

这位张汤，为杜陵（在今陕西省西安市）人，其父曾任长安丞，为内史府长吏，掌文书、牢狱事。张汤自幼耳濡目染，小小年纪，便能写出老辣的治狱文书。后其父死，张汤承了父职，多年为长安吏。

朱买臣为近侍时，便知张汤喜逢迎，每见买臣，总要跪拜。此时见张汤又跪，不觉就笑："朱某不做官已多时，足下不必跪了。"

张汤抬头，诚恳道："今日见二公，何其幸也，当为二公引车。"说罢起身，接过马前仆人手中缰绳，昂然于前。

庄助便觉不安："张主吏，这怕不好！"

张汤回首道："我乃何等人，能为二公牵马，直是门楣生光！庄公久为侍中，所撰赋颂，长安城谁个不赞？朱公今虽待诏，重返侍中是迟早的事，我唯有敬重。"

庄助还想说话，买臣却以眼色止住，只呵呵一笑："张主吏心诚，一向如此，只怕我等日后难以报答。"

张汤含笑躬身，算是谢过，复又牵马前行。

车往北行，不多时来至西市。两人下了车，庄助向张汤拱手道："有劳主吏辛苦，容改日答谢。"

张汤稍一后退，又于道旁跪下。

庄助便不再理睬张汤，只对朱买臣笑道："今日私谈，便不入那华堂了，且随我来。"言毕，将买臣引至一宅邸前。

朱买臣一惊："如何来这仕宦人家？"

庄助只顾前行，头也不回道："朱兄清廉，入长安数年，竟不知其中奥妙？"

待入了宅门，并不见司阍，只见有一店伙计迎出来，笑容可掬。

庄助这才回首道："此乃宅肆，用了仕宦人家旧屋改成。朝中文武饮酒，多来此处，也好躲个清净。"

入酒肆，只见内有小阁无数，果然清雅。阁中有绿帘低垂，幽深莫测，廊上并无浓妆歌姬揽客。庄助见买臣满意，便与店伙计低语几句。那店伙计点头，将两人引至一阁，凭窗看去，可望见远处的横门。

待两人撩衣坐稳，那店伙计便上前，曲意逢迎，将汗巾、碗箸置好。接着，便有厨子进来，端上十数碟样菜，躬身请道："客官请看菜。"

庄助微笑道："朱兄一向清淡，今日我做东，要破例。"便做主指点了几个好菜。

那厨子旋即将样菜收下，去灶间忙碌了。候了一时，店伙计便踅进来，口呼菜名，逐次端上鹿肉、糟蟹、糟鸭、酒蛤蜊、粉羹等菜肴，兼有各色果品。

朱买臣面露感激，先举杯敬道："庄公于我有大恩。公若不提携，在下饱腹尚不得，哪得入长安消受？"

庄助也举起杯，与买臣一饮而尽，方叹道："太平年月，入都中为宦，方得享乐。宦途看似荣耀，实则不然，我今既来，且乐一时算一时吧。"

朱买臣甚觉奇怪："会稽边地，并无权臣掣肘，庄公如何就施展不得？"

"世间事，看得透了，不过就是一二句道理。无非庄子所言，鸱得腐鼠，定要猜忌贤才。你我为文学贤良而入朝，唯知报君恩，终不知小吏心思。"

"小吏虽庸，如何能碍住庄公手脚？"

"唯其边地，帝力不可及，也就无从庇荫。在下赴会稽，寡不敌众。众小吏既庸且险，群议滔滔，不待你做事，便是一身污名了。"

朱买臣略有所悟，仍是不甚解："公得陛下独宠，便是朝中权臣，也觉敬畏。公往边地任事，何不示之以威？"

庄助便苦笑："此前诛一司马，即耸动郡内，诬我为酷吏。此后，哪里还敢再立威？"

朱买臣怔了一怔，嘘口气道："确也不易。"

庄助复又斟酒，饮罢一杯，再叹道："庸吏既成群，神仙又能奈何？朱兄若不信，不妨奏请陛下，往会稽一试。"

朱买臣忙摆手笑道："弟实无此才。"

两人恳谈间，不觉将七八壶酒饮毕。庄助见案上尚余数壶，不觉笑道："饮不得了，大醉归家，只怕是浑家要骂。"便唤了店伙计来，将余酒退回，吩咐算账。

朱买臣神色略显黯然："不料庄公一向精进，竟也有退意。"

庄助便敛容道："我辈多才，以为天下事无所不能。然荀子曾言：'汤武不能禁令，是何也？曰：楚越不受制。'想那天子之威，尚不能及楚越，我辈也必有不能及之处。天下者，非你我所有，万事自有君王担待。兄不妨随我，收心敛志，记得'无为'二字，只买醉就好。"

朱买臣心有不服，然也不便多劝，只默默扶了庄助，出了酒肆。不料一眼看见，张汤仍在道旁等候，便连连摆手道："张主吏，如何等到这时！我与庄公，有私语要聊，主吏还是请回。"

张汤见庄助已醉，朱买臣又不容商量，只得跪拜别过，独自去了。

朱买臣这才扶庄助登车，各自归家。

适值此时，那东越王余善又数度反复，不以朝廷为意，竟然屡征不朝。

武帝在朝会时说起，便有些恼："边鄙枭雄，贪心不足，赐他个诸侯王做，仍心怀不轨。这余善，分明是欺我新践位，从未用兵，竟连征书也不理睬。他欲称雄，倒是气足，然也须有赵佗本事，才敢抗旨不来！"

朱买臣闻说此事，心中顿起经略之志，有意要往东南一试，便趁机上奏："臣闻，故东越王内迁之前，都城在泉山。彼处险峻，一人把守，千人不得上。而今东越王余善，将都城南迁，离泉山五百里，处大泽之中，无一险可守。今陛下欲征东越，可发楼船兵浮海，直指泉山，陈兵海上，席卷南行。区区东越，指顾之间即可破灭也。"

武帝阅毕奏疏，心有所动，召买臣至东书房，温言道："此前只闻诸臣传言，君不安于位；如今待诏数月，你胸襟倒是阔大了许多。"

朱买臣见机，慨然道："君恩当报，侍臣当知无不言，此小事耳。此前，闻听庄助出守会稽，无功而返，臣下深为之惜，故常留意东南之事。"

武帝点头赞许道："文士重实事，方为正途。你如此用心，倒是出乎朕之意料。庄助锐气，已大不如前。恰好他调回，会稽太守出缺，朕之意，你可前往代之，助我将那东越棘刺拔掉。"

朱买臣闻此言，想不到君上慷慨若此，一时竟怔住，未能作答。

武帝便笑笑："富贵不归故乡，如衣绣夜行。 君今可归故里，意下如何？"

朱买臣回过神来，连忙拜谢："臣一文士，能为王前驱，何其有幸！"

且说买臣受命，领了太守银印青绶，揣于怀中，依旧是平时衣着，步行归郡邸。

时值年末上计，会稽郡丞率了几个郡吏来京师，向丞相府交验府库、刑狱、吏治等明细。 众吏琐事忙毕，聚在堂上群饮，一片喧声。

朱买臣悄然步入，众郡吏竟视而不见。 买臣也不声张，穿堂而过，入内室，与邸吏坐在一处，埋头共食。

不多时，买臣食饱，举杯仰头饮水，不意间露出怀中青绶。旁座邸吏见了，好生奇怪，一把揪住青绶流苏，拽将出来。 看看竟是一颗银章，便惊奇道："如何是二千石印？"再细看印上篆文，竟是"会稽太守"四字，就更惊骇。 连忙把印还给买臣，仓皇奔出，告知一众上计郡吏。

众郡吏此时皆醉，闻邸吏所言，都哄然大笑。 有人讥嘲道："本郡固然尚无太守，然也轮不到他来做！"更有人高叫："荒唐，甚荒唐！"

邸吏见众人不信，气得青筋暴跳，挥臂道："我尚未醉，哄骗你等作甚，来看看便知。"

座中有一买臣故友，素来轻视买臣，闻言便起身道："哈哈，燕雀亦能腾飞乎？ 我来看就好。"

入得内室，见印绶尚在买臣案上，那故友也不招呼，拿起来便看。看罢惊异不止，五官皆似错位般，回头便走，奔至堂上大呼："果然，果然！"

满座郡吏顿感惊骇，有人立即去禀报郡丞。郡丞听罢，连连顿足道："是了，是了！昨日寄食者，今成我辈上司矣！"急忙唤众郡吏都出来，至中庭列队，排班肃立。

而后，郡丞整好衣冠，入内室去，恭请朱买臣出来，受众人拜谒。

朱买臣将印绶挂在腰间，微微一笑："我寄食于此，诸君来京半月，头面已熟，又何必呢？"

郡丞惶恐道："太……太守勿推辞。职属不辨高下，月来多有冒犯，今太守拜官，还需多予关照，拜谒岂是能省却的？"

朱买臣仰头大笑道："人间事，如梦乎？朱某寄食数月，未遭驱赶，倒要谢诸位同僚了。"这才起身出中庭，受了众吏拜谒，略略做了还礼。拜谒毕，不等众吏起身，便徐徐踱出门外，负手而立。

众吏围拢于后，欲奉承几句，见朱买臣面容肃然，毫无笑意，也只得缄默。

有顷，只见一长安厩吏，驾了一辆驷马高车来，迎朱买臣赴都亭，去乘驿车赴任。买臣回身，仍是不喜不怒，略拱一拱手，即登上了车。

此时，郡吏中有数人，抢步上前道："愿随太守赴任，一路好照应。"

朱买臣冷笑道："酒未饮毕，急的甚？且回席上吧。"便一挥袖，命厩吏挥鞭启程。抛下一众郡吏，立于门前，呆望尘头良久。

再说会稽郡衙内，吏员闻说新太守将至，急忙征发民夫扫街。是日，一众吏员并郡内贤达，驾车百余乘出迎郊外。

朱买臣此行，果然是衣锦还乡，一路过处，百姓无不翘首以望。车入郡治吴县（今江苏省苏州市）境内，官民夹道以迎。百姓皆知他穷极发达事，都奔涌向前，争睹新太守仪容。

此时有修路工役多人，也立于道边，手扶铁铲张望。买臣眼尖，一眼就瞄见，前妻崔氏与其夫恰在其中，不禁就暗叹："老妪短见，怎知他有今日？"

忽又想起，崔氏夫妇也曾赠食充饥，好歹不算绝情，心中便不忍，命御者停下车来。

买臣伏于车轼上，令随从去唤崔氏。那崔氏布衣荆钗，满面风霜，来至车前，道了个万福。再抬眼细看，才辨出，车上新太守竟是前夫！当下就呆住，不知如何言语。

朱买臣饶是怨恨，见此也不禁感慨，问了声："近来家境可好？"

那崔氏心知买臣已发达，顿时又羞又愧，只不知如何作答。

朱买臣便又问："汉家律，女子不充工役，你却如何要来修路？"

崔氏这才惶然答道："后夫体弱，不胜重役，妾只得来助他。"

朱买臣摇头叹道："无怪孔子曰：'斗筲之人，何足算也。'罢了，去唤他也来吧。"

崔氏返回道旁，向后夫说明。那男子也不胜惶恐，弃了铁铲，与崔氏同至车前，纳头便拜。

朱买臣此时已有主意，命二人起身，望着崔氏道："朱某早年不过嗜书，又非狂饮滥赌，何以为你所不容？"

崔氏连忙谢罪道："妾无远见，不知读书亦能掘金。"

买臣不由一笑："人间万事，俗辈为何只认财宝？ 罢罢！ 我朱某嗜书，只学得个不忘恩。 念及当日墓园中，你二人曾施与我冷食，此恩也是要报的。 且随我来吧，从此不必充工役了。"说罢，命随从将二人扶上后车，同入郡邑。

二人听懂买臣之意，当下涕泗横流，感激不尽，遵命上了后车。

待得驶入郡衙，买臣命人将后园腾出，安顿崔氏夫妻住下。隔日，又着人送来衣食，嘱崔氏只管闲居就是，勿问生计。

按说经此一变，崔氏本可长享前夫所赐，然目睹买臣今日，携新妻娇子出入，风光无比，那妇人岂有不后悔之理？ 只怪当时未能忍下，枉自吃苦多年，却轮不到享福。 郁郁一月有余，想到了绝处，竟趁后夫外出之际，一根绳索搭在梁上，悬梁自尽了。

买臣闻报大惊，也只能叹息不止，命人取来钱财，交与那后夫，嘱他将崔氏好生殓葬不提。①

此后，买臣又遍召故人，于阊闾墓前衙署内，设宴款待，凡当年于己有恩者，皆赠以财宝报答。

座中故人又惊又喜，纷纷辞谢。 一苍髯耆宿起身，拱手道："哪里敢？ 当年事，乡谊本分也，不值一提。 今朱公衣锦还乡，邀我等来叙旧，便是赏面，岂能再受馈赠？"

---

① 朱买臣与前妻这段纠葛，为后人所附会，编成了《马前泼水》戏文，长演不衰，以儆人间势利之徒。实则"马前泼水"事，乃姜太公与妻马氏之事，朱买臣并未绝情至此。后人如此编排，不过是痛恨势利之徒而已。

买臣便正色道:"孔子言:'德不孤,必有邻。'当年我穷困,发迹无望,众乡邻诚心助我,非为图利,实是正人君子。 朱某乃读书人,所读礼义之书,当知报恩。 弄文者,若受恩不报,甚或反噬恩主,便是禽兽不如! 故友欲令我做禽兽乎?"

众人无奈,只得称谢收下,念及今昔,都唏嘘不止。

朱买臣遂又举杯,遍敬故旧耆老。 至酒酣时,忽就拔剑舞了一回,而后朗声道:"四百年前,吴王阖闾在此铸剑,威震吴楚。 朱某治郡,亦有一剑,即是以义理为先,绝不容小民有忘恩之徒。 今汉家弃秦政,重开礼教,便是要万民都循循知礼。 百代之内,不得再做禽兽! 至于百代之后,圣人管不及,我也顾不得了……"言毕,放声大笑不止。

众人闻此豪言,或笑或泣,都称买臣是东南无双之儒。

郡中百姓闻知,也无不交口称颂,皆愿听太守之命。 此后买臣理政,便再无庄助那般窒碍,所令皆风行。

买臣开府伊始,自是不忘武帝所嘱,先就编练郡兵,置备船械,一心要荡平东越。

数月间,会稽郡内民风一新,青壮踊跃从命,打造舟楫,只待朝廷有诏下,大军南来,便可会攻东越。 连那东越王余善,也闻听了风声,惶恐不止,日夜与近臣谋划,唯求自保之计。

就在此时,会稽邸却又传回消息,称大行令王恢,建言武帝北征匈奴,得武帝允准,正调集兵马,此时已无暇南顾了。

朱买臣得报,稍一思忖,即与左右道:"余善侥幸,可得再活几年。 朱某既来会稽,定不至无功而返。"此后,时时以庄助衰颓为戒,力疾从公,不敢稍懈。

七

师出马邑空徘徊

且说武帝当下拟发兵北征，并非匈奴南犯，而是另有缘由。原来，景帝自登基之后，因削藩事急，不欲开边衅，遂与匈奴重开和亲，互通关市，送了公主入北庭。自此"匈奴不入塞，汉不出塞"，一如旧约。再说那军臣单于，远不似其祖冒顿那般凶狠，见汉家军威日盛，知大势已不同，故只有少许骚扰，从未大举入侵。

　　至武帝即位，遵窦太后嘱，重申两家和亲之约，厚赠匈奴，在互市上亦优待甚多。匈奴那班君臣，心肠也不是铁打的，见汉家守约，自单于以下皆亲汉，胡骑往来于长城下，其乐也融融。

　　这十数年间，塞上塞下，天苍野茫间，唯见牛羊散落，如漫天星斗。往日凄厉之胡笳，听来也有了悠然意，直是高祖年间梦也不敢想的。长安左近百姓，竟是多年未见骊山烽火了。

　　边境安泰若此，守边的汉家诸将，可谓功劳甚巨。诸将中，尤以李广最具勇猛之名。初时，他在上谷郡（今河北省张家口市怀来县）为太守，领兵与匈奴厮杀，威震漠北。后又在上郡、陇西、北地、雁门、云中为太守，驰骋边塞，一无所惧。其善射之名，令胡骑闻之丧胆。

　　武帝登基后，听近侍常提起"李广为名将"。听得多了，不由就笑："我初践位，内外都欺我不曾用兵。也罢，这便调名将来做护卫，也好就近请教。"便将李广召回，用为未央宫卫尉；又将另一边郡太守程不识，也召回京师，为长乐宫卫尉，由两人共掌南军。

此二人，俱是以太守之职领兵屯边，出击匈奴，从无败绩。谒见当日，武帝见二将威风凛凛，不禁大喜："你二人，便是朕的神荼、郁垒。有此门神，何鬼还敢闯入？"

二将名望相当，将略却大不相同。李广领兵素不严谨，出塞时，士卒可不按部曲排列，遇水草丰茂处，随意扎营，人人自便。夜间不用击刁斗①自警，幕府中文书极少，然也知远放斥候，打探敌情，故而不曾遇袭。

程不识原为文吏，为人清廉，治军颇有周亚夫之风。每逢行军，行伍务求严整。扎营以后，军卒不得自便，必得有哨卒夜击刁斗，文吏则忙于簿册事，常至天明。

时匈奴兵将，多畏惧李广，望风而遁逃。汉卒则多愿跟从李广，乐得无拘束，而以程不识治军严苛为苦。

那程不识，也知兵卒有此好恶，只一笑了之，常对人言："李将军治军，极简易，然遇敌来犯，恐难于防备。军士在他帐下，不觉烦难，皆愿为之死。我军虽多烦扰，然诸事细密，敌亦不能轻易犯我。"

如此，武帝得了机会，便常向二人请教，于北边经略，渐渐有了些识见。

平素有暇，武帝常至石渠阁，翻阅国史，每读至高祖被困、吕

---

① 刁斗，古代军中所用器具。铜质，有柄，能容一斗。白日可供一人煮饭，夜间敲击以巡更。

太后受辱事，心中便愤激。 想那匈奴劫掠成性，多年为患，致边地不安。 人口牲畜，常为胡骑掠去，深以为汉家之耻。

一卷读罢，慨叹再三，时常步出石渠阁，于桃林间徘徊，偶作长啸。 与亲随韩嫣提起早年事，也颇有雪耻意。

韩嫣察觉武帝心思，返归家中，便找来两个归附胡人，苦学胡骑之技。 未及三月，竟练得在马上腾挪，如履平地。

这日，武帝又召韩嫣来，欲往上林苑游猎。 韩嫣闻召而来，却是着了一身胡服，鹰冠白翎，酷似藩臣。

武帝见了便笑："如何效小儿做戏？"

韩嫣做个鬼脸，只旁顾道："稍后可见分晓。"

一行人出得城门，韩嫣便猛地加鞭，冲至队前，使出了一套胡人本领，翻腾于马上马下，如弄百戏。

随行的涓人、郎卫看得眼花，都一齐喝起彩来。

武帝也拍掌道："哪里学的好功夫？ 浑不似汉家郎！"

韩嫣一套马术使罢，催马返归队中，嬉笑问道："我与单于相比，本领何如？"

武帝不作答，只是哈哈大笑。

冷不防，韩嫣便打马上前，一把揪住武帝后领，戏谑道："汉天子，可见天地所生大单于来了吗？"

素日韩嫣与武帝戏耍，向不分尊卑。 然此等轻佻，却惹恼了队中一个郎官，即是李广长子李当户。

见韩嫣不敬，李当户不由大怒，催马上前，挡开韩嫣手臂，大声喝道："韩郎中，休得放肆！"

韩嫣一惊，正欲呵斥，却不料李当户跳下马来，将韩嫣一把拽下，挥拳便击。

武帝见了，大笑不止："单于，可识得我汉家郎乎？"

韩嫣脸上连挨几拳，吃不住痛，"哇呀"一声，掉头就跑。

武帝笑望韩嫣跑远，也不责备李当户，只夸赞了一句："将门之子，勇哉！"

当夜，韩嫣来见武帝，脸上青肿犹未消。正欲哭诉，武帝却拦住他话头："李广之子，你哪里敢惹？日后，朕为你加官，以偿你今日之辱。"

果不其然，此后，武帝愈加宠信韩嫣，累给厚赏，堪比前朝宠臣邓通。又屡次为他加官，终至上大夫，登堂入室，在朝议时也可说话了。

边境既无事，光景过得便也快，转眼武帝登基已有六年。

至建元六年（前135年）五月头上，武帝所盼事，有了结局，原来是窦老太后到底驾崩了。

临终那日，老太后食水不进，只是连声唤着"孙儿"。武帝闻讯，急奔至长乐宫，伏于老太后床前，执祖母之手而泣。

老太后眼含老泪，喘息道："哀家目盲，少看了许多龌龊；如今将死掉，连恶声也无须听了。"

武帝泣道："祖母莫非是怨我？"

"孙儿，祖母爱你尚不及，哪里有怨？你将左右赶走，近前来，哀家有话说。"

武帝不由一凛，回瞥一眼，挥袖命宦者、宫女回避，又伏于床边，低声道："祖母有话可讲。"

老太后颤巍巍道："如今天下，乃高祖提剑而得，世代传续，为一姓。外人觊觎不得，天下才安宁。祖母自入中宫至今，不敢用窦氏为重臣，便是其故。 此前，免窦婴、田蚡，除赵绾、王臧，皆是为此。 孙儿你独担天下，不可……不防你母……"

武帝闻言大骇，呆了片刻，忍不住哭道："孙儿知晓了，祖母到底是怜我！"

老太后握武帝之手，又使了使力："男儿当狠心，切记。"

武帝只是泣不成声。 正在此时，有涓人在门外通报："太后到！"

话音甫落，王太后便疾趋入殿，至床边跪下，哭了起来。

老太后听见，头偏了偏，喃喃道："卧床这许久，不知荼蘼开了没？ 今秋，哀家是再饮不到荼蘼酒了。 你们母子两个，要保重……"

如此，未及半日，老太后终是撒手而去，武帝方才长舒一口气。 登基六年来，祖母之威，一丝也不敢犯，好不气闷。 自今日起，方喘得大气。

老太后临终有遗诏，将长乐宫所有财宝金帛，尽赐给窦太主。武帝看罢遗诏，吩咐涓人，将长乐宫财宝尽都搬空，送去堂邑侯邸。

至次日，武帝再来长乐宫，见各处空空荡荡，竟似一处陌生地方，不由便想：祖母固是讲道统，然也十分擅权，此后，当无此顾忌了。 祖母既崩，姑母便也失了依恃，阿娇必也再不敢霸道。 说来，皇家的这些难处，外人怎能知晓，熬了这许多年，方能享帝王自在。

服丧之日，朝中免不了一番忙碌，终将老太后之枢，葬入霸陵，与文帝合葬一处。 素服七日间，武帝行礼如仪，一面伤悲，一面却在心中暗喜。 众臣也都心知肚明，跟着武帝举丧就是。

老太后举丧之事，却是数次出了纰漏，忙乱不堪。武帝恼恨丞相许昌、御史大夫翟青办事不力，下诏皆免，用了田蚡为丞相，韩安国为御史大夫。

后至八月，夜空有彗星划过，长安吏民奔走相告，各个惊慌。次日，太史令也入朝奏道："天有长星，恐为不吉之兆，望陛下昭告百官，怵惕自警。"

武帝此时心情正好，颇不以为然："长星出，哪里就不吉？分明是吉兆。天有长星，汉祚必长，明年，朕当改元了。"

于是下诏，拟于次年改元。太史令闻诏，忙赶来建言道："如此改元，史书恐难辨别，不如从明年起，加年号以为序。"

"年号？如何加？"

"若仅有元年、二年、三年之序，改元之后，又是一轮，实不易判别。可在纪元之前，加祥瑞两字为号，则一目了然。"

武帝想了想，欣然称善："人有名号，年亦当有年号。今既有长星祥瑞，便以此为年号。三皇五帝至今，年号之说，便自我始吧。"

说到华夏帝王纪元，颇为繁复。只因汉武帝时，初次使用了年号，开了先例，为后世所沿用。

原来，在汉文帝之前，从上古三代起，帝王即位，都是从改元至驾崩，在位多少年，纪元便是多少年。一个皇帝，哪怕在位百年，也是按年头排下去。如此在位纪年，简单明了。然到了汉文帝，却破了例。

文帝虽然仁义，却也有美中不足，那便是宠信方士。一个新垣平，便能教他相信"日午再中"——正午的日头，可两次过顶。文帝由此便想道：日既能两次过顶，自己也可于在位时改元。于是，开了三代以来先例，在位之时改了一次元。

文帝十七年时，秋九月，术士作祟，于北阙外挖出玉杯，上刻"人主延寿"四字，民间哄传，以为神迹。这种骗术，文帝居然也信，为此改元，从头来过。后世为区别起见，称为"文帝前元"与"文帝后元"，不然的话，记述不清。

待到景帝即位，才干虽不及文帝，改元却又多了一次，共改了两次，故只能以景帝"前元""中元""后元"加以区别。至武帝即位，改元之癖，更是前无古人，先后竟改元十余次，以祥瑞为年号，以示区分。

中国古代年号，自此首创。改元当年，因有"长星"横贯夜空，其光灼灼，当年便称元光元年（前134年）。前面的六年，则追记为"建元"年号。

入元光新年之后，冬雪初降，武帝复又令李广、程不识二人为将军，出屯朔方，显是有威逼匈奴之志。

那漠北的军臣单于，却浑然不知武帝心思。于元光二年（前133年）春，又遣使者来请和亲，欲再索一个汉公主回去。

武帝觉汉家今已渐强，便不欲隐忍，虽也款待了来使，私下里却颇有恨意。时有大行令王恢，年前平闽越有功，此时揣摩上意，竟起了再立边功的念头。

王恢本为燕人，曾数度为边吏，于匈奴诸事，了如指掌。此时窥得良机，即上书道："汉与匈奴和亲，本为好事；然匈奴狡诈，不过数年即背约，又来抢掠，何日方得餍足？不若挟平南得胜之威，不许匈奴和亲，而举兵击之。"

武帝阅罢这奏书，先是一激，奋袂而起。而后又沉吟再三，召了新任御史大夫韩安国来，在石渠阁当面垂询。

这一日，春景晴和，石渠阁前一片桃花灼灼。武帝与韩安国席地而坐，有树影斑驳，落于袍服上。韩安国不禁抬头张望，甚觉安惬。

武帝开口便道："朕在石渠阁，常读国史，最恨匈奴曾辱高祖。今有大行令王恢上书，力主与匈奴绝好，发兵征大漠。其计固然可取，然兹事体大，不宜造次，我愿闻将军之意。"

韩安国久在中枢，已历练得十分老成，当即回道："千里而战，最忌用兵而不获利。今匈奴自恃良马多，迁徙南北，譬如飞鸟。中国地广人稠，得其地不足为广，有其众不足为强，故历代皆无意于漠北。今若远驰数千里争利，则人马必疲；北虏以全师而待，制我疲兵，势必危殆。故此，臣以为不如和亲。"

武帝听得连连点头："将军之言不谬，无怪田蚡力荐你，可当御史大夫之任。昔年七国乱时，你守睢阳，到底是经过恶战的，知用兵难处。"

韩安国稽首称谢，又抬头望一眼桃花道："陛下，臣既见过血泊，再看这桃之夭夭，只以为，人间万般好，都不如世道安泰好。"

武帝面露赞赏之色，闭目想了片刻，方睁开眼道："韩大夫之言有理，朕是心急了些。"随即，又遍问群臣，群臣也都附和韩安国之议。

至此，武帝不再犹疑，召匈奴使者上殿，温言慰之，允了和亲，答应入秋即送人去。那匈奴使者数日不闻召见，正疑武帝要违约，闻言大喜，忙不迭地回去复命了。

事若至此，汉匈之间亲睦如故，可望三十年内相安无事。然世间事，横斜里总要插进些枝节来。

和亲方毕，还不足一年，偏巧有一平民出来，搅动波澜，挑起了汉武一朝的开疆大幕，影响直达于后世两千年。

　　却说在那雁门郡（今山西省右玉县南）内，有一边关重镇马邑（今山西省朔州市）。城中，有一豪族名唤聂壹。事即由此人而起。

　　时聂壹年已老迈，却是壮心未泯，因熟习边事，深知匈奴短处，这年夏五月，忽就起了图大事之心。他素知大行令王恢主战，便打定主意，携了金帛，入长安去登门求见。

　　王恢初见聂壹，看样貌不过一白须老者，未见有甚特异，只道是平民欲邀功，故并不在意。

　　岂料商贾口舌，从来就伶俐。聂壹见了王恢，颤颤地从怀中掏出财宝，置于案上，张口便是惊人之语："小人居边荒，无以为礼，只携来这几件物什。此外尚有厚礼巨万，远在大漠，不便携来府上。"

　　王恢不解，眯起眼问道："此话怎讲？"

　　"闻将军曾与韩大夫廷辩，力主征匈奴，小人正是为此而来。"

　　"唉！不提也罢。君上不欲开边衅，已允了和亲。"

　　"小人却以为，韩安国大夫，太迂腐！试想，匈奴居大荒，不劫掠又何以为生？他居漠北一世，便一世不可改，岂是和亲能阻得住的？"

　　王恢听聂壹只寥寥数语，词锋却十分凌厉，不免就一惊，忙问有何妙计。

　　聂壹见王恢心动，便道出一条诡计来："匈奴初与我和亲，必于边事无备。可诱之以利，令他率兵马入塞，我则伏兵袭击，必破之于半途。”

王恢本就有邀功之心，闻聂壹献计，正中下怀，忙拱手谢道：“我曾为将军，统千军以攻闽越，竟不如长者有谋略。君所言，乃奇谋也，我将奏报君上。”言毕，即吩咐左右摆酒，款待聂壹。又嘱家老去取了些珍奇来，回馈聂壹。

二人杯觥交错，只觉相见恨晚，又促膝密议良久。约定此计若成，掳获匈奴人财，少不得有聂壹一份。

次日，王恢便入朝求见，将聂壹计谋，一字不易奏闻武帝。武帝听了，又喜又疑，沉吟片刻道：“此计甚好！然大事当问老臣，朕这便召集朝议，听取众议，爱卿可畅言无碍。”

不多时，众臣闻召，齐集于朝堂。武帝并不提聂壹之计，只对群臣道：“今日公卿齐集，冠盖满堂，诸位或不觉有异样，殊不知朕心甚忧。”

诸臣便大惊，纷纷问是何事。

武帝这才缓缓道：“朕于和亲之事，甚是用心，择宗室女子，华服美饰以配单于。数年来，财帛锦绣等物，亦赠予甚厚。那单于却不知餍足，背翁婿之礼，屡屡入寇，侵掠无已，竟至边郡一日数惊！朕所忧伤，即是此事。”

韩安国闻言，心中一惊，即出班对道：“边患为百年之疾，至今已为小恙。有李广、程不识屯边，谅匈奴也不敢妄动，陛下可无忧。”

武帝并不理会，只顾说道：“堂堂汉家，不可做闭目翁。朕今欲举兵攻之，何如？”

王恢心领神会，即抢前应道：“陛下即便不言，臣亦愿效命。臣闻孝文皇帝昔年在代，北有强胡之敌，南有叛兵之乱，然尚能养老抚幼，仓廪常实，匈奴轻易不敢犯。今以陛下之威，海内混一，天下同忾，又遣子弟巡边守塞，然匈奴仍侵掠不已，何故？乃是胡人不畏我也。臣以为，当以痛击为是！"

韩安国知今日廷辩，君上是想听两面之词，便也不退，亢声驳道："不然！臣闻高帝被围平城，饥寒交困，七日不食，待到解围归位，并无愤怒之心。何也？此乃圣人之心，不以私怨而伤天下。此等大度，足可为后世效仿。臣以为，勿击匈奴为便。"

武帝此时，只微闭双目，凝神倾听。两大臣见此，便也无顾忌，一来一往驳难，寸步不让，连群臣也听得心惊。

王恢既得武帝赞许，心中有数，微笑反驳道："不然！高帝之所以不报平城之怨，非力不能及，而在于体恤天下。今边郡数惊，士卒死伤，实为仁人志士心头大患。臣不明，何以匈奴便不可击？"

"不然！远方绝地不服之民，不足以烦中国也。且匈奴强悍之兵，来如飙风，去如收电，居处无常，难以制服。若令边郡久废耕织，以应胡患，乃得不偿失也，臣故不愿主战。"

"不然！昔蒙恬为秦击胡，辟地数千里，令匈奴不敢饮马于河边；今以中国之盛，拥万倍之资，遣百分之一攻匈奴，即如强弩射溃痈也，必不费力。击之又何错之有？"

闻王恢大言无当，避谈兵事烦难，韩安国不禁火起，高声驳道："不然！臣闻，强风之衰，不能拂毛羽；强弩之末，力不能入鲁缟①。今若轻举大军，长驱深入，未及千里，人马即乏食，难以

---

① 鲁缟，古代鲁地出产的白色生绢，以薄、细著称。

为功。臣亦不明：如此劳师，何益之有？"

王恢等的就是这句，不由一笑，当即回驳："不然！韩大夫枉读兵书百卷，然何其迂也？臣所言'击之'，非深入胡地，乃是顺单于之欲，诱其至边郡。我则选骁骑壮士，择险阻之地，埋伏以备。我既占地利，或出其左，或出其右，或当其前，或绝其后，单于必束手就擒，万无一失。"

听到此处，武帝忽然大睁双目，猛一拍御座，赞道："好！击匈奴，不在于勇，而在于智。就从大行令之议，设伏兵诱之，擒得单于，求万世之安。二位爱卿皆敢直言，就不必再争了。"

韩安国大出意料，竟脱口呼道："陛下，万不可呀，日前才允了和亲！"

武帝则冷冷道："昨日是昨日。韩大夫，昨日定了计，今日必得刻舟求剑吗？"

韩安国察看武帝面色，知上意已决，心中虽不服，也只得忍了，默默退下。

不数日，武帝即有诏下，发车骑、材官（预备役）三十万人马，潜至马邑郊外，设伏于山谷间。诏令李广为骁骑将军、公孙贺为轻车将军、王恢为将屯将军、李息为材官将军，分领各部。由韩安国为护军将军，为四将后援。大军克日即发，赴马邑城外，在山谷间藏起，待胡骑上钩。

诏令既下，武帝又亲召聂壹入宫，面授机宜道："难得长者忠勇，献得好计！大军即发，你可往匈奴营中，骗单于入塞。今授予你符节，可去见马邑县令，便宜行事。"

那聂壹受命，不由感激涕零："若小民计成，可名留青史；若计不成，草芥之命亦不足惜！"

武帝闻之，只忍不住笑："若灭了匈奴，你便是李牧再生，岂是区区马邑一豪杰？"

聂壹出得长安，星夜奔回马邑，携了些汉地货物，便往边关去互市。择了吉日，摆下酒席，灌醉关上戍卒，只身匹马混出关去，逃入戈壁，寻到了几个匈奴游骑。

奔到近前，聂壹翻身下马，伏地叩拜。那几个胡骑虽不通汉语，却也知是汉民逃亡，忙带了他去见单于。

原来，军臣单于闻汉家允了和亲，急不可耐，入夏便来至塞下，安营于荒野，等候和亲队伍。此刻，闻说有汉人逃来，单于并不以为意，挥了挥手，吩咐好生安顿便罢。

左右得令，出得穹庐大帐，拉了聂壹就要走。急得聂壹大叫："千载之机，单于不知谋断乎？"

单于在帐内听到喊声，心中一动，便命左右唤聂壹进来。

聂壹进了帐，伏地拜道："马邑小民聂壹，拜见大单于。今舍命来此，并不为一口食。"

单于闻此言，眉毛就一动："哦？汉地逃者，非罪即贫；若不为活命，又为何事而来？"

"小民可斩马邑县令，举城而降。城内财物，尽可归单于。小民斗胆问之，今大王来此，所图还有他物吗？"

"哦？老丈，你区区一平民，如何就能斩得县令？"

"大王有所不知：聂某世居马邑，数代称雄，城内今有同道数百人，皆甘为喽啰，一呼即至。斩县令之头，易如反掌耳，单于大军只需接应便是。"

单于面露喜色，不由站起身来，于帐中徘徊数匝，方又问道："汉人多诈术。此计固是好计，然我如何能信？"

聂壹即以手指天，发誓道："天日在上，岂无信乎？ 聂某若有诈，阖家百余口，尽皆死绝！"

"可歃血为誓乎？"

"可！"

单于便回首一瞥。 近侍会意，当即奔出大帐，牵进一只羊来，挥刀杀之，接了满满一碗血来。

聂壹看了，吸一口气，以手蘸血涂于口唇，伏地向天拜道："今有汉民聂壹，决意反汉，誓不欺匈奴大单于。 若有欺，阖家死绝！"

单于不由大喜，拍掌赞道："汉人诈，老丈却不诈！ 全家百余口性命，谅你如何能舍得！"于是吩咐开宴，犒赏聂壹。

宴罢，单于即嘱聂壹，速回马邑，去暗中发动。 随后，又号令十万精骑，着即开拔，将取道武州塞（今山西省左云县至大同市西）入汉境。

聂壹见计谋得逞，心中暗喜，即携了一个匈奴使者，一同潜入马邑。 到得城下，聂壹将那使者安顿在城外，自己则拿了符节，去见县令。

此时，县令也已接到密诏，心领神会，便与聂壹一道做起戏来。 二人来至县衙囚牢，提出死囚两名，枭了首级，将头颅高挂于北门。 而后，聂壹便单骑出城，诓了那使者来看。

匈奴使者骑马，与聂壹并辔来至城下，抬头一望，见城上果然悬有头颅两颗，便也不疑，大喜道："汉家白须老者，果无虚言！"当下就与聂壹告辞，回去复命了。

此时马邑城外汉军，得县令通报，知匈奴已上钩，便有王恢、李息统别军一支，人马三万，衔枚疾走，先至代郡（今山西省阳高县、河北省蔚县一带），拟截杀匈奴辎重。各军得令，隐伏马邑左近山中，都厉兵秣马，只待痛杀一场了。

再说军臣单于在塞外，得使者回报，心头一块大石落下，即催动大军进发，浩浩荡荡，绕过武州塞，直驱马邑。

且说这武州塞，乃是雁门郡尉府下辖边塞，矗于一座小山之上，扼住通路，虎视戈壁。其山甚险，上有碉楼、壕堑、军营、烽燧等，易守难攻。障城内，驻有戍卒三百名，城外亦有百姓杂居。

匈奴大军避开要塞，只沿着漯水①南行。单于手搭遮阳望见，要塞已察觉有异，烽燧上腾起了狼烟，不禁就笑："狼烟有何用？不过壮胆而已。"遂下令不得扰民，只须昼夜兼程，早些抵达马邑就好。

如此驰行了数十里，已望不见要塞，单于环顾四野，不禁生起疑来。原来，此处塞下，乃是阔野百里，满地有些牛羊散落，却唯独不见牧人。

单于急令大军暂停，登上左近山冈去看。只见麾下十万骑士，头插白翎，望之如长河白浪，逶迤于平野间。天苍地茫，除自家这一彪人马之外，竟看不到一个汉人。

驻马冈上，举头见鹰飞长天，耳闻风拂芒草，单于疑心更甚，环顾诸王道："怪哉！我军出行，人马不惊。匈奴民尚有不知，莫非汉民已尽知，逃避一空？"诸王也不能解，只顾窃窃低语。

下得山冈来，单于又问左右道："此地离马邑，路程尚有几

---

① 漯水，今名为桑干河。

何?"

近侍答道:"尚余百里。"

"附近可有乡里?"

"不远处,有汉亭堡一座。"

单于将隼目一横,吩咐道:"好! 这便遣一队人去,攻下亭堡,捉几个汉人来问。"

麾下一名千长得令,立率胡骑数百,呼啸而去。 未及一餐饭工夫,便攻破亭堡,擒了十余人归来。

这几人,皆是力尽被擒,个个蓬头垢面、衣甲不全,眼中俱是惊恐。

单于见了,扬鞭喝道:"拉过来问!"

左右将十数被缚者推至马前,只见单于满面威严,目似鹰隼,胯下是一匹浑白坐骑,身后有一杆狼头大纛。 众汉俘望之胆寒,不待问话,都齐齐跪下。

单于喝问道:"亭长何在?"

汉俘中有人答道:"已战死。"

"哼,也算是英雄! 区区一亭堡,有何胆量阻扰大军,可是活够了吗?"

众汉俘便一齐扭头,望向同队中一人。

单于随众俘目光看去,见那人衣裳光鲜,不似戍卒,便以鞭指道:"伸手过来看。"

那锦衣汉俘略一迟疑,将双手伸出。

单于怒喝了一声:"看掌心!"

那汉俘忙将掌心朝上。

单于便冷笑:"执戈者,竟无手茧,恐不是农夫来戍边的。 究是何人，招来便罢。"

那锦衣汉俘还在嗫嚅，旁侧有人代答道："回大王，此乃都尉府尉史，昨日巡行至此。"

单于便笑："果然是个头目，如何就撞到了我手上？"言毕翻身下马，走近前去察看。

众俘中又有人道："尉史闻大军至，令我等不许降，备好箭矢，闭门自保。"

"哈哈，汉家儿，从来少智！我问你，唤作何名？"

"……下臣名唤刘根。"

"刘根？你怎的是我下臣？你乃汉家吏！向在都尉府，所掌何事？"

"主记事。"

"弄刀笔之吏，也敢操干戈吗？我只问你：何以塞下百里内，竟不见一个汉人？"

那刘根脸色一白，埋下头去不语。

单于便有怒气，反身上马道："废材文吏，留之何用？左右，拉下去斩了！"

刘根闻此言，容色大变，忽就喊了一声："大王，且慢！小臣知汉廷之谋，愿从实相告。"

单于勒住马，微微一笑："汉家蝼蚁，也知惜命乎？为他松绑吧。"

甫一松绑，刘根便伏地稽首，将汉廷马邑之谋，兜底供出。

言未毕，单于不禁大惊："马邑城外，竟有三十万伏兵？"

"正是。大王此去，两日内便入圈套。李广、公孙贺两将军，守候已久。道旁山谷中，有骑士成千累万，箭矢不计其数。

待大王末队一过，便以红旗为号，四面合围。"

"欲令我做楚霸王乎？那汉天子小儿，好大的胃口。"

"另还有王恢、李息两将军，率别军一支北上，不知所终。"

此刻，单于饶是强自镇静，也难止住双臂颤抖，牵不稳马缰，急令左贤王道："速遣斥候，向南探出三十里，不得怠慢！"

左贤王遵命，急忙反身布置去了。

单于这才恨恨道："我原就有疑。不想马邑老儿，竟也敢为巨骗！幸得我不愚。只不知，将塞下汉人驱走，又是何名堂？"

"回大王，雁门都尉唯恐泄露消息，传令乡里，百里内不得留人。"

"汉天子聪明，蠢的就是这二千石！百里郊野，不见人踪，猪也知有鬼。汉家吏，是欺我为愚人吗？"

"不敢。此等诈术，骗不过大王。"

单于望住刘根，轻蔑一笑："我得尉史，乃天意也！汉官唯知防百姓，不知防敌，又焉能不败？罢罢，你也无须为庸官卖命了，且随我去，当封赏为王。"

那尉史刘根闻言，忧喜交并，也顾不得雁门妻小了，连连谢恩。

单于便一抖马缰，高声下令道："前队牙旗，换作后队旗，全军速退出塞外，片刻不许留。"

号令既下，十万胡骑即呼哨四起，掉转马头，从原路折返。不多时，大队浩荡劲骑，竟如流水一般泻走了。

待返回龙城王庭（今蒙古国乌兰巴托附近），军臣单于果不食言，特封刘根为"天王"，统领一部人马不提。

那一边马邑城外，韩安国、公孙贺、李广所率一路，久候胡骑不至，伏于草中，为山间蚊虫所扰，苦不堪言。

王恢一路，则早已抄近路，出代郡之北，准备截杀匈奴辎重。忽有探马飞驰来报："匈奴十万骑，未至马邑，便半途退还。"

王恢闻报，惊得险些跌下马来："不好！事机已泄。"遂与李息商议。

李息道："事虽如此，亦可半途邀击，或不至无功而返。"

王恢远望漠南天际，但见暮云血红，笼罩阴山，苍莽之气不可测，不禁就摇头："不可。我区区三万部众，如何当得十万胡骑？"

"单于不战而归，必是闻听马邑设伏。他仓皇还军，正是惰归之时，我等截击，当可获奇功。"

"这个……首战匈奴，不可鲁莽。匈奴不战而退，非为战败，岂可称'惰归'？《孙子兵法》曰'强而避之'，我当避之为上。"

"王将军，如此说，要纵敌出塞不成？"

"怎能说是纵敌？我部弱小，且半为材官，未及交兵，胜负便已决。李将军不必执拗，且让开大路，抄近路返长安吧。"

李息见主将不欲战，也无胆量单独迎敌，只得从命。这一路三万兵马，弓弦未动，便全数偃旗息鼓，悄悄退走了。

再说马邑那边，韩安国正疑惑间，忽闻匈奴已退，急忙发兵去追。一路寻踪，驰至武州塞下，询问城中校尉，方知胡骑已退走数日，追之不及。诸将勒马，怅望漠南良久，只得空手而返。

一众北征诸将，神情沮丧，怏怏还朝，入殿来见武帝。但见武帝端坐殿上，面色阴沉。

原来，早几日，武帝便已得雁门密报，知单于已逃走。想到自登基以来，首征匈奴，本应建不世之功，却因王恢怯战，致三十万军无功而返。和亲既毁，匈奴又未损一根寒毛，不由就怒气上涌。

此时见王恢在列，心头一股火起，厉声叱道："大行令，日前马邑之事，为你所首议；然引军出代郡，却为何不战而还，不知此乃纵敌之罪吗？"

王恢满心无奈，勉强辩白道："此次出师，原是有备，匈奴断无逃脱之机。不料雁门庸吏，驱走百姓在前，泄露军机在后，致使单于逃脱，臣下亦有谋划不周之罪。"

"岂止是不周？单于逃归，必惧韩安国大军追击，不敢恋战。你部在代郡之北，布置已妥，如何不敢截击？此不是有意纵敌，又是何为？"

王恢虽早知要被问罪，然此刻闻呵斥，仍是汗如雨下："臣所部，本为截击辎重，仅止三万人。且半为材官，与役夫无异，如何当得十万胡骑？迎战，不过自取辱而已。臣亦知空手还朝，必被斩，然到底为陛下计，保全了三万人马，还望原宥。若留得性命苟活，至来日，再战赎罪。"

武帝冷笑道："怯战之罪，如日昭昭！兵书读得多，岂是为狡辩用的吗？"

一旁韩安国、李息等人听不下去，连忙都跪下，哀恳道："臣等亦有罪，请宽恕大行令。"

武帝容色凛然，起身拂袖道："代郡一路，王恢为主帅，朕自知当如何处置。韩大夫当以王恢为戒，多加自省，就无须为他求情了！"

诸将见上意已决，都不好再强求，只得噤口。

王恢见事无转圜之机，轻叹一声，横下心来应道："臣罪不可赦，不干他人事。陛下惩处便是了。"

武帝亦不再多言，唤了廷尉郑殷出列，命将王恢交付诏狱，推勘问罪。

郑殷应诺一声，上前两步，摘去王恢所戴进贤冠，叱道："大行令，请退！"便押着王恢下殿去了。

众臣见武帝震怒，都面面相觑，无不脸色惨白。

且说那廷尉诏狱，素以严酷著称，好在王恢声望尚好，入狱之后，未受皮肉之苦。郑殷按律审毕，即入朝呈文，以王恢怯战论罪，拟当斩。

王恢在牢中得知，满心惶恐，只不欲死，连忙买通狱卒，嘱家人携千金，去请田蚡代为缓颊。

是时，田蚡复出为丞相。其权势已远过往日，内倚太后，外统群臣，正是举足轻重时。

倚仗王太后之威，田蚡不免要代人疏通，也乐得受些金帛。此次受了王恢贿金，却不敢向武帝直说，便去长乐宫见王太后，附耳悄声道："弟有事要托付阿姊。"

王太后素知阿弟脾性，笑问道："才得为丞相，又打算救何人？"

"大行令王恢，首献马邑之计，本为诚心。今计谋不成，罪不在彼，陛下却要诛杀。如此断案，朝野都有不平。诛了王恢，岂非为匈奴报仇乎？"

"哦？王恢为文臣，素无大过，彻儿竟要问斩？"

"正是。此事唐突，有悖人心，阿姊不可不问。"

王太后颔首道："彻儿亲政有年，一向温和，怎的就要杀起人来？你不要急，哀家自会言语。"

当日，武帝入长乐宫请安，王太后劈头便问："宫女都传言，王恢未擒回单于，彻儿竟要将他斩首？"

武帝闻言一怔，遂又摇头苦笑道："阿娘，暑热难熬，可多食杏梅以生津，如何就问起这事来？"

王太后脸色便不好看："吾儿素好儒，论人功罪，当存仁心。"

武帝此时，忽想到老太后遗言，便厌烦母后干政，当下反驳道："凡事皆有因，不知何人请托到阿娘这里？马邑之事，王恢为首议，儿臣信了他，发天下之兵三十万，牵动四方。却是空忙一场，不敌那单于狡猾，致他逃脱。我汉家颜面，将于何处安放？"

"事不能独怪王恢。阿娘闻说，乃是雁门小吏，被俘后泄露军机，致单于遁逃，大军哪里就追得及？"

"不然！王恢率军在代郡，若敢截击，虽不能生擒单于，犹有可得，以慰众臣之心。今纵敌逃去，天下人都笑儿臣无能；不诛王恢，不足以谢天下！"

王太后便默然，少顷，才叹道："我知彻儿初掌兵事，脸面也是要紧的，然王恢之罪，不可仓促了之。毕竟，也是一条命……"

"究是何人，请托到了阿娘这里？"

"昨日你舅父来，偶尔言及。"

闻说是田蚡请托，武帝心中便更厌，断然道："母后勿虑。涉兵事，当学高祖杀伐决断。若不诛王恢以祭旗，何以令汉家不惧匈奴？"

"田蚡舅所言，或是诸大臣之意。"

"哼！舅父素好财，怕是又受了贿金。此事，唯以法为绳，天子亦不能断。"

王太后仰起头来，微露怒意："你田蚡舅根底虽浅，然入朝以来，可称勤奋。就连那古时盘盂^①之铭，也多有记诵，早已不似旧时。他所言，如何就听不得？"言毕，面露凄然之色，摆了摆手。武帝见状，便也知趣退下了。

母子间的这番话，有涓人听见，传了出去。廷尉郑殷闻知，心生不忍，绕室良久，到底还是说给了王恢。

至夜，田蚡家人也来通报，说田蚡无法转圜，贿金已退还。王恢听罢家人述说，知生还无望，必受身首分离之辱，就止不住流涕叹息，辗转了一夜。晨起，解下衣带，便悬梁自尽了。

郑殷惊闻王恢毙命，慌忙入奏。武帝倒也未责怪，只下诏称：王恢既死，罪当免议。

北征之事，就此天开云散，朝中再也无人敢议。那单于北遁之后，边关自是不再安宁，两家兵卒，执戈相向，祥和之气顿然无踪。然匈奴日常所用，少不得有赖关市，故边民仍往来交易，稠密如昔。

只是惊了聂壹一家，唯恐匈奴遣刺客报复，遂举家南迁。老少百余口，于大槐树下祭祖完毕，即舟车南下，或闻竟逃至了南渚岛上，算是最早的"南渡衣冠"。

且说数月以来，武帝因师出无功而懊恼，久不能释怀，常凝望壁上全舆图，叹息不语。

———————

① 盘盂，圆盘与方盂的并称，用于盛物。古代常于其上刻文纪功或自励。

韩嫣正逢当值，过来见了，谄笑劝道："马邑之事，小挫耳，陛下何至饮食不思？"

武帝叹道："岂止是小挫？百年边患，本可一举除之；事未成，却留笑柄于天下。"

"哪里话！小臣以为，马邑之事，绝非陛下不知用兵。"

"那又如何未成？"

"陛下喜读《鸿烈》，可记得书中所言：'用兵有术矣，而义为本。'王恢所献计，仅止于术，却失了本，败即败在这里。"

武帝抛下手中书，好奇问道："匈奴累世侵夺边地，是为不义；朕伐其罪，不是以义为本吗？"

韩嫣拿起孔雀翎，扫了扫案几上浮尘，方答道："义有大义，亦有小义。诱单于入塞而击之，便是不合小义。"

武帝怔了一怔，才恍然大悟，慨叹道："书读得再多，竟不如你顽童一语！"

韩嫣故意道："小臣唯喜射猎，读书只为催眠耳。"

武帝闻言仰头大笑，这才想起："你出行游猎，惯以金丸打鸟。那京师儿童，逐拾金丸，究竟有何乐趣？"

"帝王家，怎知小民之乐？那一粒金丸，值得数十缗钱，民户可足用一年呢。"

"一粒值得数万钱？你一日射金丸，可用去几粒？"

"十数粒而已。"

武帝戟指笑道："无怪乎！侯门之子，如何能不败家？"

说话之间，韩嫣俯下身去，燃起香炉来。武帝嗅到异香，便问道："今日香气，不似往日，又是自何处得来？"

韩嫣将香炉端上，笑答道："此乃安息①香，来自胡商，民间甚稀罕，我自市上重金购来。"

武帝闭目嗅了片刻，方道："你日常所用，必称来自安息、大夏。如此奢靡，哪里够花费？朕今日还要赏你就是。"

韩嫣嘻嘻一笑："不敢。小臣今日，并无功劳。"

"用兵'以义为本'，只这一句，便是功劳。今后你有何话，尽管说便是。"

如此，马邑受挫后，武帝便常与韩嫣同出入，带了期门郎一路呼啸，北至池阳，西至黄山，南猎长杨，东游宜春，将那懊恼压了下去。

韩嫣见武帝屡赐厚赏，就不免骄矜，眼高于顶；不要说文武大臣，便是皇亲国戚，也全不放在眼里。

老子曰"自矜者不长"，这话，正说中了韩嫣。也是他合该有事，这年江都王刘非，自广陵入朝，不意间，为韩嫣带来一场塌天大祸。

话说这江都王刘非，乃景帝第五子，为武帝兄长，素好勇力，喜招四方豪杰。早年七国之乱时，他为汝南王，年方十五，自请杀贼，景帝甚是看重，授了他将军印。待平乱功成，得封吴国故地，徙为江都王。景帝赞他勇猛，又赐他天子旗帜，一时荣耀冠天下。

此次入朝，武帝也不欲慢待，与他相约同猎上林苑。特嘱韩嫣先往上林苑，察看鸟兽多寡。

---

① 安息，古国名，汉代时伊朗高原古国。

这日，天气晴和。韩嫣遵旨，带了从骑百余名，乘副车驰往上林苑。

所谓天子副车，与天子正驾无异。时刘非已至北阙外等候，远远望见，只道是天子已出来，连忙喝退随从，独自伏于道旁迎谒。

那韩嫣驱车驰过，明知是江都王在道旁，却不停车，头也不偏一下，只顾扬长而去。

刘非不知就里，满心诧异，忙起身问北阙谒者。谒者答道："方才并非天子，乃是上大夫韩嫣。"

刘非本是莽人一个，岂能受这般羞辱，不由怒从心头起。欲向武帝告状，然转念一想，武帝宠爱韩嫣，天下人尽知，自己纵是告了他，又怎能以疏间亲？于是忍下气，勉强陪武帝玩了一回，归来便去谒见王太后。

刘非不是王太后所生，乃程姬所生，王太后只是嫡母；然刘非素来敬重王太后，不曾有过一丝怠慢。王太后于他，也是视若己出，毫无芥蒂。

初闻刘非来见，王太后原本满心欢喜，却不料刘非一进殿，便伏地流涕。王太后忙问其故，刘非拭了拭泪，才将韩嫣无礼之事道出。

王太后素不喜佞臣，闻之也是愤然："韩嫣，一敷粉白面郎也，何以傲慢至此？"

刘非含泪道："儿臣入朝，欲与天子一叙别情，经此波折，实无心情。请太后允准，明日即归国，也去召集宿卫百名，出入威风，比一比那韩嫣。"

王太后连忙安抚道："韩嫣小儿无礼，你不必在意。此事哀家已知道，必不容他猖狂。"

刘非仍觉不服，抬头道："有太后做主，儿臣自当忍。然一内廷大夫，即能折辱诸侯王若此，日久，汉家岂不全没了尊卑？礼又何在，法又何存？"

王太后便笑："非儿，董仲舒为江都相，方才几日；你从夫子学，倒通晓了礼法。"

"董夫子为相，儿臣无日不问安，全无怠慢。近年来，蒙夫子教诲，书也读了不少。"

"哦，那么你真是知礼了？为娘倒要问你：先帝在时，赐了你天子旗。这一面旗，还当不得宿卫百名吗？非儿，还是莫要执拗，韩嫣事，为娘自会处置。"

刘非见告准了恶状，心中便暗喜，唯唯遵命退下。从王太后处出来，就不再提归国之事，仍留长安，与武帝时有往还。

恰在王太后留意时，也是韩嫣命中该绝，忽有涓人密报：韩嫣在内廷奔走，可随意出入永巷，天长日久，竟与数名宫女勾搭成奸！

王太后闻之，怒不可遏，当即遣了心腹为使者，携诏旨往郎中署，知会郎中令：以韩嫣无礼冒犯、与宫女成奸两罪并处，着即赐死。

那郎中令石建，总揽内廷诸大夫、郎官及羽林骑等事，素来谨慎。接了太后诏旨，不由惊惶，一面扣住韩嫣，一面往宣室殿去禀报武帝。

见了武帝，石建慌不能言，从袖中拿出太后诏旨，俯首呈上。

武帝阅罢，脸色也骤变，脱口道："这是从何说起？"

石建讷讷试探道："太后此诏，微臣不敢擅处，不知陛下是何意？"

武帝起身道："爱卿莫急，朕这便往长乐宫去，若无朕令，你不得处置。"

待武帝急匆匆步入东宫，见王太后正与窦太主密语，意非寻常。

望见武帝进殿，窦太主赶紧起身，满脸堆笑，向武帝施了一礼，全无从前的骄横气。

武帝心知肚明，也不加理会，只淡淡回礼道："不知姑母也在这里。"

窦太主忙道："你母子有话说，姑母先回避。"言毕，便告辞走了。

王太后这才转过脸来，淡淡问道："吾儿何事，走得气喘吁吁？"

武帝看窦太主已走远，"扑通"一声跪下，几欲哭出声来："阿娘，韩嫣事，不可如此处置呀！"

"有何不可？ 一个叛王庶孙，狐假虎威，竟敢视你五兄为无物。"

"此乃小事，儿臣严厉训斥就是。 五阿兄他……也是多事。"

王太后忽就变脸，厉声问道："韩嫣与宫女暗中成奸，秽乱宫闱，也是小事不成？"

武帝觉难以回护，一时竟口吃起来："可、可交儿臣处置，免为庶民便是。"

"佞幸之臣，你如何就心迷？ 这等人留他何用，多他何益？你整日与韩嫣、韩说厮混，冷落皇后，无怪迄今尚无子。 皇嗣无着，诸侯王都蠢蠢欲动，等着坐皇位，你倒还有心思戏耍！ 你祖父有个邓通，你便要有个韩嫣？刘氏一门，何以有此癖，代代不绝！"

"……韩嫣入宫，向无过失。今虽有大过，罪不当死，母后还请宽恕。"

王太后眯起眼，望住武帝道："太皇太后目盲，哀家目却不盲，窥你窥到了底。你昨日诛王恢，是何缘由，可是称'汉律不可违'？我只问你：士大夫秽乱宫闱，按律当诛不当诛？"

武帝一时语塞，只叩头如捣蒜："母后，儿有过失。"

王太后冷笑道："莫以为太皇太后薨，你便脱却了樊笼；只要为娘在，你只管小心。社稷传于你，非你私家物；或赏或罚，总要有度。为母早年在槐里，便知县吏都可徇私，上下其手，毒似虎狼。你今为天子，若不守法度，天下效仿起来，还不知何时就做了秦二世！"

武帝尚不死心，又哀恳道："或可……将韩嫣交付诏狱？"

王太后怒目圆睁道："彻儿，你杀得王恢，我便不能杀韩嫣吗？如若执拗，我便将那韩说也一并赐死，教他两兄弟在黄泉聚首！"

武帝闻此言，呆若木鸡，伏地半晌，知事无可挽，竟流下两行泪来："遵母后命，容我明日传诏，令韩嫣自尽。"

王太后仰起头来，冷冷道："今日事，今日即毕吧，迟早也是个了结。"

武帝叹了一声，失魂落魄告辞。返回宣室殿东书房，倚于案几，呆看暮色满窗，似已三魂出窍。

此时，有近侍来报："郎中令石建，尚在前殿候命。"

武帝这才想起，轻吐一口气道："召他来吧。"

少顷，石建瑟缩而入，拱手肃立，一面偷眼察看武帝脸色。

武帝也不看石建，似是对空自语道："有劳爱卿，即赴郎中署，传太后诏令。吩咐御厨备好酒馔，送至署中，由你与韩嫣饮别。"

石建脸色灰暗，嗫嚅问道："陛下，不欲见韩大夫一面了？"

一语说得武帝潸然泪下，掩面摆了摆手。

石建又问："若韩大夫问起陛下，当如何作答？"

武帝哽咽道："只说朕……尚在太后那里，脱不得身。"

石建不觉也双目湿润，拱手领命道："陛下保重，臣这便去。"

武帝随即又嘱道："好好与韩大夫饮一回，再赐他鹤顶红①。他或歌或哭，尽都随他，只勿过夜半就好……"

待石建走后，东书房顿显死寂。想到平日这时，当是韩嫣踅进来，说东道西，有百样乐趣，武帝只想号啕大哭。看看廊上有涓人值守，不便失态，只得以额抵柱，死死咬住牙关。

如此，似僵死了一个时辰，武帝才抬起头来，唤了一声："速召东方朔来！"

有涓人领命而去。至戌时，东方朔方匆匆赶来，立于书房门外，唤了一声："陛下，臣东方朔应召。"

武帝问道："如何这许久才来？"

"臣今日不当值。"

"哦。你去，命六厩备车，由你执鞭。你我二人微服，去街市上走一回。"

---

① 鹤顶红，又称丹毒，即砒霜的隐语。

东方朔便感诧异："陛下，何不率期门郎同行？"

武帝就有怒意："你曾言十五便学剑，如何不可为护卫？"

东方朔见武帝神色有异，也不敢多言，立时去备好了车。

如此，君臣二人同乘车驾，出了北阙。入北阙甲第，正驰驱间，武帝忽然吩咐道："且慢行，只信马由缰就好。"

东方朔便收起鞭，任由辕马缓缓而行。晚风拂面中，只觉长安城似已蛰伏，收起了足爪，比白日内敛了许多。

此时街衢空荡，阒无一人，偶有巡卒拦路，查验了符节，便予放行。武帝凭轼而望，见道旁院落中，灯火通明，权贵人家大开酒宴，时有欢声传出，不由就叹："生于帝王家，实不如大臣自在。"

东方朔回首道："往日陛下召臣来，是为听滑稽语，今日如何不想听了？"

武帝叹息一声，语气幽幽道："爱卿尚不知，今夜……太后降诏，要将韩嫣赐死！"

东方朔大惊，浑身发颤，半晌才平复下来，摇头道："韩嫣行事，果不出臣所料。"

"唔，你有何所料？"

"臣素习《庄子》，慕庄子心胸，如泰山北海，知天地之大，知己之不能。韩嫣位虽高，却无此心胸，与长安小儿无异，得金丸则喜，不得金丸则忧。如此居庙堂之高，又岂能长久？"

"先生可劝过韩嫣吗？"

东方朔指一指辕马，苦笑道："韩嫣视我，不过犬马耳；承看陛下之面，或还有几分恭敬。殊不知，少年郎骤进，最易托大，忘了自家也不过是犬马。更不知庄子所言：'吾在天地之间，犹小石小木之在大山也。'"

武帝心头便一悚："朕宠信韩嫣，却是害了他！"

东方朔默然片刻，又道："骤进者，以为权势恒长，却不知已身处险境。他在明处，犹如箭靶，千百人嫉恨，犹如千百支暗箭，如何能防？谨慎尚不能自保，况乎自大耶？"

武帝轻拍车轼，叹道："确乎！先生之言，点醒了朕。"

"太后之命，不可违，陛下还是宽心为好。臣下擅相术，看韩嫣面相虽贵，福却薄，到底是可惜了。韩嫣之弟韩说，今亦为郎，仪容俊美，恰与韩嫣一路。陛下若怜韩说，万不可令他蹈其兄覆辙。"

"谢先生提醒。明日即将那韩说外放，遣去军中做校尉，历练捶打，日后当不致有祸。"

说话之间，车驾已转为东向，沿街道驶入东市。白日烟火稠密之地，此刻空巷寂然，唯闻车声辚辚。里坊中，尚有三五灯火未熄，显是店家日间生意好，此刻正趁夜劳碌。

武帝怅望良久，语意凄然道："里巷平民，日出而作，日入而息。快意时，有知己对饮；穷时，有邻舍相助。不用忧心边患，无须营谋庙堂，何其乐哉？不似我为人君，白昼竭虑，入夜仍须苦思，诸事多不能称意。"

东方朔连忙劝道："陛下不必郁闷，民间诸事，也有万般无奈呢！"

如此，车已至洛城门里，武帝望望天上北斗，忽而吩咐道："夜半子时恐已至，这便还宫吧。今夜郎中令奉诏，送别韩嫣，此刻当返回了。"

东方朔闻武帝语，不禁动容，立即勒转车驾，返回北阙，一路上无语。

车近北阙时，武帝忍不住问道："爱卿，今夜跑了一路，怎不闻你说滑稽语？"

东方朔答道："臣平素上书，言农战强国之计，陛下并不在意；今夜事涉韩嫣，臣出语庄重，陛下反倒听得进了。"

武帝默然良久，方叹息道："星移斗转，不关先生事，你只管为朕解忧就好。"

正说到此，忽闻前面有谒者传警声，威严无比。

二人放眼看去，见前面已是北阙，门上宫灯高悬，辉煌如节庆。武帝望了望，忽然面露悲戚之色："如此良宵，再见更是何时？"言毕，止不住热泪夺眶而出。

八

灌夫骂座
致身败

岁月更替间，武帝亲政，堪堪已有八年。本想可放开手脚了，却不料，倒了一山，还有一山。太皇太后虽登仙走了，母后却尚在，母舅田蚡又为丞相，在朝中执牛耳；外戚势力，仍如影随形。

自韩嫣被赐死，武帝知母后之威，如山之重，一时不可移。再想到老太后临终遗嘱，心中便有寒意。思来想去，也只得隐忍。

再说那江都王刘非，告恶状得逞，自是踌躇满志，却不料返国后不久，即暴病身亡。武帝闻报，心中才稍解一口气。然顾及母后面子，仍佯作悲伤，特赐江都王眷属财宝，以助入葬。故而江都王之墓，陪葬极富丽，内有镏金铜象、铜犀牛等，都如真物般大小。王太后闻知，心中甚慰，数次与武帝说起。

武帝自此存了小心，不独对母后敬畏，对母舅田蚡也着意善待，虚与周旋。凡田蚡入奏，坐语终日，所言无不采纳。满朝见天子如此，莫不肃然，人人敬畏田蚡。

那田蚡本无根底，唯知善谀，得王太后之力，手握朝纲，就不免张扬起来。旧日在故里，吃尽了贫贱之苦，今日做得丞相，眼中所见，便唯有钱而已。为相三年间，广置田宅，招姬纳妾，后房有妇女数百，狗马玩好不可胜数。朝中众臣也知他嗜好，多有买了珍玩奔走于门庭的。

田蚡只道是自家走了鸿运，长盛不衰，毫不知收敛。见武帝宠信日增，便全无顾忌，受人请托，替人言事，自是如行云流水。每入朝奏事，与武帝坐语不多时，即从怀中摸出荐牍，上面写满引荐人名，呈递过去。

武帝知田蚡心胸不过如此，看过便微笑，无不允准。田蚡所荐人物，往往得授二千石以上，或有更高位的。一来二去，田蚡便不以举荐为难事，武帝也懒得细究。两人于此，竟似家常便饭一般。

至元光三年（前132年）春耕之际，黄河水暴涨，在顿丘（今河南省濮阳市清丰县）改道，沿旧道，向东南流入海。不想改道之后，旧堤不牢，竟在濮阳决了口，淹没十六郡田地。一时间，灾民失所，衣食不济，哭号于泥涂，天下民情汹汹。

武帝闻奏，大起忧心，急召田蚡前来东书房，当面问道："濮阳决口，民不聊生，奈何？"

田蚡哪里有主张，只唯唯作答："天命不可违，人又奈何？况灾民甚众，救之不及，不如等候河水自退。"

武帝见田蚡全无心肝，不禁动了气："你丞相做得安心，朕却吃不下饭。若痴等大水退去，那一十六郡之民，岂不要做鱼鳖了？"

"或可发天下民夫救之。"

"时值春耕，若发民夫，必误农事，这又如何是好？"

"陛下，如此说来，臣便是化作神仙，也无计可施了。"

武帝苦笑，以手抚额，沉吟半晌才道："罢了，趁此时无边患，发各郡国兵卒十万，赴濮阳堵河。 养兵暂无所用，用以治河，正是大用。"

田蚡连忙赞道："陛下圣明，臣万万想不到这一处。"

武帝便取过一幅舆图来，二人俯首商议良久，分派好各处兵卒数。

待商议完毕，武帝抬头望望，见槛外日已斜，便道："舅父，将近夕食，不妨留下来用饭。"

田蚡摇手笑道："御厨之食，味实欠佳，臣还是回家用饭。"

武帝眉毛一挑，语便不快："如何就欠佳？"

田蚡道："一言难尽。 臣家中庖厨，天下一流，且有《美食方》数卷，可呈献陛下。"

武帝一笑："也罢，今日就到此吧。"便收起舆图，欲起身相送。

此时，田蚡似是猛然想起，匆匆摸出一卷荐牍来："险些忘了！ 臣这里，又有数人，皆为当世俊逸，可堪大用。"

武帝接过，展开来看，见密密麻麻，开列了十余人之多，不禁就变色，将简牍掷还田蚡道："母舅举荐人，何以似韩信将兵，只怕少不怕多？ 此前，已用了许多人，仍觉不足吗？ 以后，也须容我选些才好。"

田蚡怔了一怔，不敢抗辩，连忙起身告辞。 走过窗棂下，见到防书蚁的芸香囊，拈起来嗅了嗅，讪讪道："此香也未见佳。 臣家中有南洋芸香，改日当奉上。"言毕，便疾步出去了。

稍后数日，田蚡家中增筑林园，因地狭不敷用，想到近旁少府衙署尚有空地，便欲将考工①之地圈入。

这日朝会毕，田蚡窥得武帝兴致好，便趁机近前，面请圈地之事。

武帝闻之，似不解其意，注视田蚡良久，方吐出一句："母舅欲取考工之地乎？"

田蚡谄笑道："然也。考工之地，闲置也是闲置，若无碍，请陛下恩准。"

武帝怫然变色道："你何不将武库也拿走？"

田蚡闻言，才知武帝动了怒，不由大窘，面红如熟蟹，连忙谢罪而退。

自此田蚡方知，武帝对外戚原是外柔内刚，寸步不让。想想也只得略作收敛，不敢再贸然请事。

却说世易时移，此时的窦婴，却全不能与田蚡相比。当初景帝时，窦婴为大将军，权倾朝野。彼时田蚡才入朝，仅为郎官，并不显贵，奔走于大将军门下，趋奉拜谒，侍酒如子孙辈，只存了万分小心。

待到武帝登位，起用田蚡为太尉，与丞相窦婴同列。田蚡那时，到底还是忌惮，诸事都退一步，推窦婴在前。

如今窦太后崩逝，窦婴便顿失依恃，门庭冷落。那田蚡乡鄙出身，素以锱铢论人世，眼见窦婴沦落，心中只有暗笑，从此视窦婴为陌路，从不认识一般。朝中诸臣，在庙堂上立得久了，皆知晋身之道；见此状，也都一齐变了脸，只顾趋奉田蚡。

---

① 考工，即汉初所置考工室，少府下辖衙署，掌制作兵器、弓弩、织绶、铜器等。汉武帝时改称此名。

内中唯有一人，不顾众人眼色，原就与窦婴同气相求，此时仍视窦婴为友，交好如故。此人，就是太仆灌夫。

灌夫字仲孺，本是颍川人氏，吴楚之乱时，曾率家仆数十，夜闯吴王大营，勇悍异常。缘此，名冠天下，被拔为中郎将。数年后，因坐法免官，家居长安。朝中诸臣，多有怜之，屡次向景帝求情，后又出为代相。

武帝登位后，看重猛士，先用灌夫为淮阳太守，不久将他调回，擢为太仆，入了九卿之列。

岂料，这灌夫到底是武人出身，做了公卿，也是耿直。一日，与窦太后兄弟、长乐宫卫尉窦甫饮酒，因口舌上起了争执，竟抢起拳，将那窦甫打翻在地。

窦甫为外戚，举朝皆畏，怎受得了这腌臜气，反身便向窦太后告了状。

武帝得报，觉又气又笑，终还是怜灌夫忠直，怕窦老太后怒诛灌夫，急调他为燕相，暂且避开。

哪知灌夫到了燕国，仍不改旧习，好酒如故，与同僚全不相容。不久，又坐罪免官，还居长安。

灌夫为人刚直，不善面谀，言语多不中听。凡有权势在其上者，必出语慢之；士人在下者，愈贫贱，愈加善待；所得财货，也要与人均分。大庭广众之下，尤其推重随从宾客，故愿依附者甚多。

此人不好文学，喜任侠，重然诺，愿交豪猾之徒，家资数千万，养有宾客百人。他在外为官，宾客在颍川却不守法，横霸乡里，鱼肉百姓。乡人实无可忍，编了童谣四处流布，咒曰："颍水清，灌氏宁；颍水浊，灌氏族！"乡邑里，切齿之声可闻。

灌夫全不理这等细事，任由宾客放肆。 却不料免官之后，门下宾客日渐稀少，饱尝了世态炎凉。

当此冷落之际，灌夫无事，就携了酒，往窦婴家中同饮。 两人惺惺相惜，互为引重，直是情同父子，只恨相知太晚。

一日在长安市中，灌夫驱车过田蚡府邸，想起素与田蚡相熟，今日田蚡做了丞相，叩门去求见，不知他会有何等脸色。 于是勒住辕马，跳下车来，径直往邸中求见。

那门吏也知灌夫之名，见他莽撞而来，口出重言，连忙进去禀报。 那田蚡喜交三教九流，初入朝时，即识得灌夫。 此时闻报，倒也不嫌灌夫无官，恭谨迎进堂上，相与叙了些旧。

田蚡道："仲孺兄之勇猛，天下再无第二。 彼时偷袭吴营，以少敌多，兄便不怕死吗？"

灌夫笑道："壮士死，留大名，或强于做个庸吏！"

田蚡也拊掌大笑，却是暗讽道："偷营一夜，便成千古大名；这生意，也做得划算。"

灌夫听得明白，回敬了一句："丞相谬赞了。 以死博名，抵不得以巧计得名。"

田蚡连连摆手，一笑了之："呵呵！ 如今不做九卿了，你平居家中，有何勾当可以玩耍？"

"闲居者，等死而已，还能有何勾当？ 不过常与魏其侯往还，至他家中饮酒，谈些古今事。"

听灌夫说起窦婴，田蚡心中就一动，不由脱口道："魏其侯？ 竟是多时不见了。 以兄所见，窦婴他还安好吗？"

"他虽是闲居，然任侠好酒，一仍其旧。"

"唉，如此国士，终究是不多了！"田蚡虚赞了两句，忽觉灌夫可笑，忍不住有口无心地随口道，"我也欲往访魏其侯，不知仲孺兄可愿同往？"

灌夫望望田蚡，半信半疑。见田蚡一脸至诚，方不疑，连忙拱手道："丞相既愿屈尊，灌某更有何言！"

田蚡见灌夫当了真，心中暗笑，注目灌夫良久，方才道："我看仲孺兄身着素服，有丧在身，如何能去赴宴？没得冲了窦家福气，当容后再说。"

灌夫未听出田蚡语意，只慨然道："灌某确有丧服在身，不宜饮宴，然丞相欲访魏其侯，我怎敢推辞？如此，弟便立往魏其侯邸，预为告知，教他备酒馔。明日，望丞相早来，弟与魏其侯，将一同恭候。"说罢，也不理会田蚡神色，起身便告辞。出得相府，即执鞭登车，驰往窦邸去了。

且说窦婴自罢了官，闲居家中，故旧纷纷躲避，鬼也不上门一个。这日正在侍花草，忽见灌夫排闼而入，大呼道："魏其侯何在，丞相明日要来吃酒！"

闻灌夫叙过来由，窦婴又惊又喜，不知田蚡是何用意。灌夫便劝道："登门吃酒，总不是歹意，窦兄不要慢待了。"

送走灌夫，窦婴又想了半晌，仍是理不出头绪，只得叮嘱老妻，备好酒馔迎客。

这一夜，窦家阖府未睡，烹牛宰羊，洒扫庭除，忙了一整夜。待到天明，酒馔俱齐备，厅堂也是一新。窦婴便吩咐门役，小心看着外面，自己则在堂上端坐。

少顷，灌夫也起了个大早，匆匆赶来，两人便一齐笼袖，呆坐静候。

哪知从早至午，灶间汤镬沸了又沸，添了不知几次水，相府那边，却连羽毛也未曾飘来一片。窦婴忍不住，脱口嗤道："乡鄙人家出身，竟不知'守信'二字吗？莫非他事多，忘了赴宴？"

灌夫面子上挂不住，连忙起身道："岂有此理！他这丞相，能有多少事？弟这便去迎。"说罢，跨步出门，登车往相府去了。

到得相府门外，见了昨日所识门吏，灌夫便高声问道："丞相可曾出门？"

门吏只摸不着头脑："使君，多谢你操心。我家丞相，时不过午，哪里会起来？"

灌夫便火冒三丈，正欲大骂，话到嘴边又忍了，只发牢骚道："也是，我是胡乱操心了！在床上，也是理得朝政的，容下官在此候一候。"

门吏听了也不恼，只是笑笑，将灌夫请进门房里。

如此又候了一二时辰，院内有了嘈杂声响，门吏知是丞相起来了，连忙进去通报。

稍后，但见田蚡缓步而出，见到灌夫，似是大出意外："仲孺兄？怎的昨日才来过，今日又来？"

灌夫闻此言，腾地站起身，强忍怒意道："我连番来此，并无求助之意。乃是丞相于昨日许诺，今日要访魏其侯家。那魏其侯夫妇二人，昨夜未眠，连番操办，只恨酒馔不精、案几不净。至此时，酒筵已齐备，静候将军多半日了，未敢动箸。"

田蚡本无意赴窦邸，此时又不能说透，只好假作吃惊："昨晚有宴，一醉方休，竟是将此事失记了！这个嘛……当与仲孺兄同往。"说罢，吩咐随从备车，转身趄进内室去了。

灌夫只道是田蚡去更衣，于是又坐下等。如此又是多时，堪堪已挨至日斜，田蚡才徐步出来，招呼灌夫，一前一后登车往窦邸。

那边窦婴早已等得不耐，见田蚡来迟，到底是不能冷脸相迎，寒暄了一番，便将田蚡延入堂上，举杯开饮，两人不咸不淡地叙了些旧。

灌夫在下首陪酒，独自闷饮了数杯，只觉心中不快，便离座起舞。窦婴、田蚡两人看了，都拍掌叫好。

灌夫舞了一回，方觉四肢舒爽，心中也畅快了许多，于是凑近田蚡，抬臂邀舞："丞相可善舞否？"

田蚡斜觑一眼，知是灌夫饮得多了，便也不理会。

灌夫见田蚡不起，日间所积怨气，陡然冒出，更膝行向前，连邀了几次。

田蚡不愿与醉汉纠缠，只佯作未闻，侧脸与窦婴周旋。

那窦婴本该劝住灌夫，然想到田蚡怠慢，心中亦有怨意，便也装作未看见。

灌夫以酒意遮面，索性又移了移，与田蚡座席相接，连连说道："丞相家宅，如今又添造了几许……广厦百间，可纳得许多财宝吗？……"

窦婴闻此语，甚觉不妥，连忙扶住灌夫道："仲孺兄，你酒量尚好，今日如何却不济事了？只去外厢歇息就好，我与丞相，还要对饮。"一面就强扶灌夫，拽至外厢躺倒，唤了仆人来照应。

反身回到堂上，窦婴向田蚡赔礼道："莽夫饮酒，口无遮拦，丞相不必在意。"

田蚡也知灌夫是借酒使气，倒是不动声色，微笑道："醉中所言，皆不作数。王孙兄，你我这一聚，才是难得。兄闲居既久，英雄气不减半分，无怪当日老太后有言：'天下有急，王孙岂可推让乎？'"遂又起身，亲为窦婴斟酒。

两人就此杯觥交错，饮至深夜，又叙了许多同朝为政的旧事。

待到夜半，更鼓敲过，田蚡推倒空酒壶，大笑道："做了丞相，家中饭食便吃不到了，夜夜有会饮，吃遍了公卿家。然千席百宴，终不如王孙兄这里尽兴！那灌夫早早醉了，岂不可惜？我顾不得他了，兄自去照料。"这才起身，踉踉跄跄，极欢而去。

自此，田蚡只道窦婴仍念旧，更不疑有他。时不久，田蚡看中了城南窦婴名下一片田，就差了籍福去求让。

那片城南之田，丰沃无比，是窦婴家中宝地。窦婴如何肯让，不由愤恨道："老仆虽见弃于上，却非平民；丞相虽贵为权要，又怎可以势强夺？"当下不允出让。

恰巧这一日，灌夫也在座，闻之不耐，起身怒骂了籍福一番。

那籍福倒是颇有气度，并不在意，知是窦、田二人有隙，不欲火上浇油，返归复命时，只含含糊糊，劝田蚡道："魏其侯年老将死，丞相只须忍耐少时，自可唾手而得，又何须此时强买？"

田蚡听了，也觉有理，当下即作罢。不料，才过了不久，有闲人为讨好田蚡，竟将窦婴、灌夫怒而不让田之事，阴为通报。

田蚡得知原委，才知窦、灌二人齐心，竟是将自己看成了死敌，不禁怒道："魏其侯之子曾杀人，坐罪当死，是我田蚡出面救活。我所谋事，魏其侯自当报答，却舍不得这数顷田乎？再者，这又关灌夫何事，刺刺不休？罢了，我田蚡胆小，不敢向他窦家求田了！"由此，恨窦、灌二人入骨。

后至元光四年（前131年）春，田蚡窥得时机，这才发动，上书弹劾灌夫，称灌夫家属在颍川，横行霸道，民甚苦之，奏请武帝允准，交廷尉惩治。

武帝看罢奏书，知是田蚡欲剪除异己，心中甚惜灌夫，然顾忌母后，不欲得罪田蚡，只是淡淡道："此乃丞相分内事，何用奏请？"

田蚡得了谕旨，心下欢喜，便要发下文书，尽捕灌氏家属问罪。

那灌夫门客中，有交游甚广者，早从相府探得此信，慌忙回报灌夫。灌夫得知，岂肯束手待毙，便称手中有田蚡把柄，乃是妄言今上无子，淮南王将来可称帝，又阴受淮南王金钱等诸多不轨事。

两家门客闻知，心中大惧，都知如此闹下去，双方主公皆不得好收场。便有数人出头，陈说利害。灌夫、田蚡听了劝，也知闹将起来，事不可测，便都放出话来，各自罢议。两家门客往来穿梭，真真假假，代主公互赠了些礼物，算是就此和解了。

若无意外，双方所结仇怨，便是烟消云散。偏巧入夏之后，又有一事起，引出好大一场风波来，果然就出了人命。

且说这年夏，田蚡娶了燕王刘嘉之女为夫人。王太后给足了阿弟面子，特下敕令，召列侯、宗室前往贺喜。窦婴位在列侯，自当往贺，他却先去了灌夫家，邀灌夫同行。

灌夫心存芥蒂，实不愿往，便推辞道："灌某数度酒后失言，得罪丞相，近来丞相又与我有隙，与兄同往，恐有不便。"

窦婴笑笑："前事还提它作甚？往日之隙，早已解开。况丞相有喜，岂能打贺喜人的脸？兄正可赴宴以明志，重修旧好，不致使他疑你怀仇。"便不由分说，拉了灌夫就走。

至田蚡府邸，果然无事。田蚡遍身华衮，笑逐颜开，立于府门迎客。见窦婴、灌夫来，如见故旧密友，一迭连声地寒暄。

窦婴、灌夫行过礼，奉上贺仪，便登堂入座。窦婴以眼色示意，附灌夫耳道："仲孺兄，天下恶人，数不胜数，得饶便饶过一个。"

灌夫只是笑，过了片刻，方低声回道："恶人多，便是你这等软心肠纵容的。"

这一日，长安城公卿，在田蚡邸门前攒聚，无一遗漏，车马挤满北阙甲第。邸中厅堂内外，灯彩高张，笑语喧阗，端的是一派喜气。

田蚡见堂上人已坐满，起身先道谢，继而，便捧觞向来客敬酒。

古之酒席上，有礼仪，敬酒者在席间逐一敬过，座客若是下僚，定要避席起身，伏地称谢。那田蚡为当朝执宰，尊在一人之下，受敬诸人无不惶恐，纷纷避席称谢。

到了窦婴、灌夫这里，二人实不愿向田蚡俯首，然于广众之下，又不好背礼，只得随了众，避席躬身谢过。

一轮敬下来，满堂尽欢。待田蚡敬酒毕，反身落座，便是来客们起身，也是满堂敬一遍酒。

轮到窦婴敬酒时，场面便显尴尬：只有故人起身避席，其余众人，皆不起身，只膝跪于席，拱手称谢。

此等势利之态，寻常时也不稀见，然灌夫看在眼里，却是满心不快。

待轮到灌夫敬酒，先敬的便是田蚡。此时田蚡已饮了不少，一派哄闹中，头早已晕。见灌夫提了酒壶来，也未避席，只推辞道："呵呵，不能满觞！"

灌夫心中生怒，故意嬉笑道："他人可不满觞，然丞相是何人？ 贵人也。 此觥必满，此饮必尽。"

田蚡执意不肯："半觥就是半觥。 仲孺兄，我的笑话，你今日怕看不成了。"

看田蚡饮了半杯，灌夫也就罢手，又挨次敬下去。 诸人敬重灌夫曾为九卿，名满朝野，都纷纷避席称谢。 待敬到临汝侯灌贤前面，事却不谐。 那灌贤，偏巧正与将军程不识耳语，见灌夫来，只略微抬手致谢，并未避席。

灌夫满腔怒气正无处发，便掷了酒觥，借机泄愤，对灌贤骂道："你平日诋毁程不识不值一钱，今长者来敬酒，不知避席，如何又效小儿女状，只顾与他耳语？"

那灌贤，乃是元勋灌婴之孙，承了祖荫，封侯才不过一年。灌夫之父，为灌婴家臣，论辈分，灌夫恰好长了灌贤一辈，如此训斥，也有倚老卖老之意。

灌贤年少，此时满脸涨红，窘迫不知所对。 满堂公卿闻灌夫发怒，也颇感惊异，一时都鸦雀无声。

田蚡闻听骂声，酒倒醒了一半，知是灌夫借机发作，便看不过眼。 他知灌夫素重李广，便高声道："李、程二将军，并为东西宫卫尉。 仲孺兄，你目中尽可唯有李，然今日辱程，便不为李留些余地吗？"

此言一出，满堂又是一惊。 那程不识与灌贤在座，如芒在背，更觉窘迫。

岂料灌夫发了性子，不肯稍让，回首厉声道："灌某匹夫，今日便是斩头洞胸，亦不惧！ 哪知道甚么程、李？"

众宾客见不是事，却不知如何劝解，便借口去更衣小溲，纷纷离席。 好大的一场酒席，眼见就要散了。

窦婴见事惹大，慌忙挥袖，示意灌夫出去。灌夫也觉已出了气，便怒视田蚡一眼，反身欲下堂。

见灌夫狂傲如此，田蚡不禁大怒，当众宣称："得罪座客，乃我之罪，不应骄纵灌夫至此。"便命门外从骑卫士，拦住灌夫。

从骑闻令一拥而上，死死拽住灌夫。灌夫依仗蛮勇，左右腾挪，却是挣脱不得。

当此之际，还是籍福识大体，连忙起身，代灌夫谢罪道："醉酒者有失，不足怪，当与众人谢罪。"便上前，按住灌夫脖颈，强令他下拜谢罪。

灌夫哪里听得进劝，只是愈发暴怒，不肯顺从。

田蚡见此状，不肯再忍，遂令从骑取来绳索，将灌夫缚住，解往邮传舍待罪。

座中诸客，见事情无可收拾，都不便久留，纷纷告退。窦婴也无计可施，只得随众离席，黯然而归。

送走诸客，田蚡召来相府长史，吩咐道："今日奉太后诏，召宗室列侯开宴，灌夫却敢来骂座，明是违诏。当拟奏书，劾他违诏不敬之罪！"

长史领命，自去拟奏。田蚡再看满堂狼藉，更是气恼，索性究起前事，唤来诸曹吏，下令分头去捕灌氏宗族，拟论罪弃市。

这一场酒宴，直闹得天翻地覆，满城议论纷纷。窦婴返回家中，坐思一夜，只觉愧对灌夫，不该邀他同往。待到天明，连忙取出巨资，遣门下宾客，前往田蚡府中去疏通。

众宾客不敢怠慢，连番奔走，遍请了丞相府中诸吏，却不见效，都道丞相已发了狠话，要将灌夫置于死地。

虽救人不及，然田蚡属下曹吏，倒还愿为耳目，透出了捕人的消息来。 灌氏宗族闻之，都逃散一空，也顾不得灌夫了。 如此，便苦了灌夫一人，被拘于邮传舍，内外断绝，无由攻讦田蚡，手中虽有证据，却只能束手待毙。

独有窦婴不忿，日思百计，想救灌夫出来。 窦妻在旁见了，却是不解："灌将军得罪丞相，是忤了太后家人，怎可救得出？"

窦婴想想，拊膺叹道："我为侯爵，自我得之，也可自我失之，无所憾。 终不能教灌仲孺独死，而我窦婴独生！"于是决意上书救灌夫。

为防消息走漏，遂匿身于密室，写成奏书一道，趁田蚡耳目不备，潜赴北阙，将奏书递入。 武帝早也闻灌夫骂座事，接了窦婴上书，立即召入询问。

窦婴谒过武帝，便将灌夫醉饱生事始末，禀告武帝，力陈灌夫虽有过，然罪不当诛。

武帝深以为然，摇头叹道："这个灌夫，脾气上来，专与外戚作对。 若论罪，还不知当据何法呢……"便下令赐宴，为窦婴压惊。

席上，窦婴又恳请道："灌夫此人，既敢骂，便是胸无城府，无非是使些小儿气，陛下还请宽恕。"

武帝就笑："朕也知恕道，已放过他一回。 此次又冒犯，当何如？ 明日东朝殿上，廷辩再说。"

窦婴见事有可挽，心下才觉稍宽，宴罢，便拜谢而出。

次日晨，诸大臣齐集东朝，来听窦、田二人廷辩。 所谓"东朝"，即是王太后所居长乐宫前殿。 之所以这般安排，盖因事涉太后母弟，若在未央宫决断，则于太后不敬，恐有专擅之嫌。

此次评断是非，两家皆是外戚，武帝便存了小心，不欲令母后生疑。

这日，长乐宫前殿，威严甚于往日。殿上百柱林立，帘幕低垂，谒者沿阶而立，文武百人，列队于阶下等候，皆是大气不敢出。待到大行官高呼"上朝"，诸臣才得鱼贯入殿，分两列肃立。窦婴、田蚡面色肃然，也置身列中。

日前灌夫骂座之事，长安城已无人不晓。诸臣中有些纷议，也传入了武帝耳中。此时东朝上，人人以目传语，暗自揣度，不知今日将如何收场。

稍后，武帝自未央宫驾临，命窦婴、田蚡至御案前立定，开口道："今日质询，为灌夫不敬之事，你二人可各讼是非。诸大臣请听详尽，亦可论辩。"言毕，即以目示窦婴先讲。

窦婴会意，捧起笏板拱拱手，先开口道："灌夫者，天下豪士也。其父战殁，勇烈异常，英名遍寰中。向时，灌夫逢父丧而不退，曾于万军中，斩将劫营，致吴王叛众丧胆。四海闻之，莫不振奋，以为七国之乱，必不久长。此功，为孤胆之功，足以壮朝廷声威，安天下人心，不输于周亚夫率数十万破贼。《左氏春秋》曰：'国士在，且厚，不可当也。'此等国士，乃梁栋之材，唯恐其少，岂可因细故而苛责？"

田蚡冷笑一声，发问道："魏其侯徇私之心，在下甚觉可悯。按汉律，功过不可相抵，那灌夫昔日之功，天下皆知，不劳尊驾详述。他虽是闲居，仍为汉臣，明知敝府开宴，乃是奉太后诏令，却当场使气，骂声不绝，辱及名将，岂非公然不敬？"

窦婴略一哂笑，镇静应道："不然。灌夫性素任侠，诸臣皆不以为怪，此前因酒后口舌，掌击卫尉窦甫，众人不过引为笑谈而已。今丞相喜宴，灌夫又因醉饱失言，有不当之过，然罪不当罚，且更无株连家属之理。《鬼谷子》有言：'用赏贵信，用刑贵正。'丞相欲尽捕灌氏族属，论罪加诛，用刑不正，无乃有挟私报复之嫌？"

田蚡便朝窦婴一拱手，面露讥笑道："只道大将军通兵法，竟不知也通晓纵横术。田某虽不才，然入朝之后，也曾苦读，知鬼谷子另有言曰：'为善者，君与之赏；为非者，君与之罚。'惩恶扬善，前代未有胜于我汉家者。灌夫此前为善，功在朝廷，已赐有九卿之尊。今忤逆不敬，即为非，如何不当罚？"

"哼！我实不知，丞相理政，可知尺度为何物？灌仲孺一介莽夫，醉饱詈骂，竟至九族皆有罪乎？"

"否！在下言事，从不逾矩。魏其侯闲居有年，优哉游哉，不知民间疾苦。可知灌夫交结豪猾，放纵族属，横行恣肆，夺人美池良田，家资恐已有巨万，仍不收敛。颍川一带，民不堪其苦，即是小儿闻灌夫之名，亦夜不敢啼。民家妻女，皆墨面不敢出，唯恐灌氏门客劫夺。官府在彼，形同虚设，即是那皇亲宗室，亦受辱而不敢言。可知天理在上，明辨善恶，丑类无所逃，他灌夫愧也不愧？魏其侯私心障目，不见其丑，任由灌夫网罗奸猾，大逆不道，此等偏私之见，还有何理可辩？"

田蚡这一番话，击中灌夫要害。窦婴闻之，面颊不禁抽搐，实觉无可奈何，便倏地转身，怒视田蚡道："丞相既论及天理，窦某便不得不说。若论暴敛劣行，长安妇孺哪个不知，自武安侯为相，可有一日不思敛财？郡县之吏、藩国之相，有谁不知丞相视珍玩为性命？北阙甲第，公卿满巷，可有一户门前，如你府前行贿者众？隋侯之珠，昆山之玉，你田蚡来者不拒；昨起雕梁，今辟美池，无日不侵民宅，可有一日略觉餍足？朝有贿金入，暮便有荐牍出，相府倒成了你卖官市集。适才闻你屡提汉律，汉律固有九章，如何便无一章，能禁得住你这皇亲？"

田蚡见窦婴撕破了脸，也勃然变色，斜睨窦婴道："如今天下，幸而安乐无事。田某得为股肱之臣，所好不过音乐、狗马、田宅，所爱不过倡优、巧匠之辈。此等微瑕，白璧亦不免；岂如魏其侯、灌夫二公，日夜招聚天下豪士，阴谋论议，腹诽心谤，仰视天，俯画地，窥伺两宫间动静，只望天下有变，欲邀立大功。臣不过一个乡鄙人，贪财好色，德行有亏，自是不如魏其侯等人所为。"

武帝坐殿，闻二人激辩，直听得心惊，知外戚长辈皆非善类，连忙摆手道："二位爱卿可止，朕已知大略。"便又环顾诸臣道，"诸君想必已有评断，两人所言孰是？"

御史大夫韩安国位在前列，此时跨前一步，奏对道："魏其侯言灌夫父死战阵，居丧不退，荷戟驰入吴军营中，犯险无惧，身被数十创，名冠三军，此为天下壮士。此次闹宴，并无大恶，不过杯酒争执，不该以另罪而论诛。魏其侯所言，甚是。"

"嗯？"田蚡闻此言，大出意外，回首怒视韩安国。

却见韩安国略一拱手，接着又道："丞相也有言，称灌夫交结奸猾，侵扰小民，家资累积巨万，横行颍川，凌虐宗室，夺人骨肉。这便是枝大于干，以下犯上。丞相所言亦是，唯请圣上裁夺。"

话音方落，有主爵都尉①汲黯，上前一步，朗声道："臣以魏其

---

① 主爵都尉，官职名。汉置，景帝中元六年（前144年）由主爵中尉改为此，位列九卿，掌诸侯国封爵事。

侯所言为是。"

右内史①郑当时，紧随其后道："臣也以魏其侯为是。"话刚出口，忽瞟见田蚡正炯炯虎视，连忙又改口道，"……然丞相所言，或也不错。"

武帝又环视他人，却不料殿中百人，竟无人再敢应对。

此时武帝心思，本不愿重惩灌夫，以免助长田蚡气焰。本想借群臣为灌夫鸣冤之机，从轻发落。却不料百官惧于田蚡权势，个个噤口，却是不好调处了。这才看出群臣心机，平素与临事大不相同，不由心中就怒起。

当此际，武帝默视群臣良久，目光终落在右内史郑当时身上。

这位郑当时，来历颇为不凡，系春秋郑桓公十九世孙，陈县人氏，其祖陈君为项王部将，垓下之战后降汉。

郑当时任侠善交，颇知尊老，所交皆是父祖辈。前文曾提及，吴楚作乱时，有楚相张尚，力劝楚王不叛，反被楚王所杀。张尚之弟张羽，因此陷于困厄，后逃至梁王处。其间，郑当时慷慨仗义，助张羽脱困，因而名满梁、楚，为景帝所赏识，用为太子舍人。

为官之后，每五日逢休沐时，郑氏必骑马探望故旧，夜饮达旦，唯恐关照不周，至武帝登位，郑氏接连擢升，先后为鲁中尉、济南太守、江都相，进而为右内史，掌治京师。

右内史位高权重，位列九卿。郑当时官既做大，锐气便渐消，不觉多了些禄蠹之气。

此时，武帝见郑当时首鼠两端，就借他泄愤，怒叱道："郑公

---

① 右内史,官职名。秦汉皆置内史,掌治京师。武帝建元六年(前135年)分置左右内史。武帝太初元年(前104年)改右内史为京兆尹,掌治长安及京畿。

平日来谒，常议魏其侯、武安侯两人短长。今日廷辩，竟束手束脚，如辕下之驹，究是何意？朕用你辈，有何得力处？当一并斩了才好！"

闻武帝发怒，诸臣不知所措，殿上一时寂然，针落可闻。

武帝怒而起身，一拂袖道："罢了，散朝！百僚无用，直要累死朕一人。"转身直赴椒房殿，侍奉太后进食去了。

诸臣都觉讪讪，只得嗒然而退，好不尴尬。

田蚡出北阙，正要上车，忽又止步，招呼韩安国一同上车。韩安国知田蚡定要诘问，又不便拒绝，只得随他登车。

果然田蚡怒道："长孺君，你我共掌朝政，百官听命。那窦婴，年衰发脱，倒是有何可惧？今日，你我本当共斥一秃翁，为何要首鼠两端？"

韩安国闻言，默然良久，待车行至半途，方开口道："魏其侯放言诋毁，君何不自重？"

田蚡便哭笑不得："他于堂上恶语滔滔，百般丑诋，我几成赵高辈矣，又如何能自重？"

"魏其侯恶语诋君，君当免冠，解印绶归还与君上，自请罪道：'臣由外戚之身得宠幸，不能胜任；魏其侯所言皆是，臣愿免职。'"

"唔？如此，岂非自取败亡？"

"非也。君上见此，必赞你有意谦让，岂能废你而不用？"

"若此我固然得保，岂不便宜了那秃翁？"

"又不然。你既得君上大赞，魏其侯必自觉惭愧，羞愤之下，闭门自杀也未可知。今日在堂上，人毁君，君亦毁人，好比商贾互唾、女流争风，何其失大体也！"

田蚡张口不能合，愕然良久，方道："长孺，你我相交甚久，何不早说？当时情急，口不择言，哪里想得出此计来？"

待车行至相府门，田蚡先下车，嘱御者送韩安国归家。临别，又狡黠一笑："长孺教得我聪明了，还须在太后那里使力。"两人便相揖作别。

再说王太后那边，早也遣了心腹去探听，此时已返归，将诸人廷辩始末，具述分明。

待武帝进了椒房殿，正撞见王太后怒而掷箸，罢食不用，只顾愤然道："这还了得吗？我尚在，人皆欺凌吾弟；若我百岁后，岂不一族尽为鱼肉？"

武帝连忙劝慰："母后息怒。诸臣所言，浮议耳，我自有裁断。"

王太后却更怒，戟指武帝叱道："你这天子，莫不是石人，便可不作一声吗？天子在，群臣即碌碌若此，颠倒乱讲；倘我百岁之后，彼辈中还有哪个可信？不乱了才怪！"

见母后盛怒，武帝大起惶恐，连忙伏地请罪："田、窦二人，俱是外家贵戚，儿臣唯恐轻重失察，故而廷辩，以明是非。不然，此等小事，一狱吏即可决断。小事惊扰，乃儿臣之过；母后请进食，万勿伤了身体。"

王太后见武帝不似虚言，这才渐息怒气，拾起箸来，望住武帝道："先帝在时，甚厌窦婴善变，沾沾自喜，不知持重；宁用御车夫为相，亦不用他。今日他欺你无威，竟来搅三搅四。你也无须伺候我，此人不去，为母我便饮食无味。"

"母后之意，儿臣尽知。母后只管进食，此事日暮前，必有分晓。"

闻武帝如此说，王太后面色才稍解，伸箸去盘中，犹自恨恨有声："那窦婴，从来见不得老妇问政，哀家偏就要问。"

自长乐宫返归，武帝立召来郎中令石建，询问道："田、窦二人，俱为外戚，由内廷辖制，言行不出你耳目。今日在廷上互诋，莫衷一是；二人究竟有无劣行，你只管秉公道来，不必顾忌。"

石建仅答了一句："各指其非，实有其非，诸臣也都心知。"

武帝不禁怔住，呆坐良久，方叹了口气，挥袖令石建退下。又枯坐半日，方命人召太常署乐人来，操弄一曲丝竹。

太乐丞奉诏率人至，稽首请道："陛下欲听何曲？"

"便是《葛生》①吧。"

太乐丞满面惊异，欲言又止，只诺了一声，便示意乐人操琴。

琴声起，丝竹悠扬，其调甚哀。太乐丞伏于地，不敢仰视武帝。武帝立于帷后，看窗外景物，朦胧一片，心即如沉水，周身寒彻。

转念间，欲召亲信吐露数语，却是无人可寻。不由想起了韩嫣，眼目便湿润。又想到自从登位起，先后有赵绾、王臧、韩嫣三人，出自两太后之令，被逼殒命，不觉就悲凉入骨。此次裁断二人是非，本不欲宽宥田蚡，然迫于母后威严，实无胆量可争。

此时，窗外有风吹竹叶，簌簌如雨沥声。武帝顿觉生之无趣，不由叹了声"苦啊"，随口便吟唱出：

---

① 《葛生》，即《诗经·唐风·葛生》，为悼亡诗。

葛生蒙楚，蔹蔓于野。予美亡此，谁与？独处……

如此良久，方命乐人退下。遂又召来御史员两名，写了敕令，遣他们往窦邸对簿，责窦婴所言灌夫之事不实，有欺君之嫌，着即解往都司空①署，拘系待罪。

两御史方退下，又有一名谒者入，禀告称："中书令石建，有一物呈递陛下。"

武帝见是一个包袱，便打开来看，原是一个彩陶壶，不禁就纳罕："这是何物？"

谒者答道："中书令有言，乃是上古饮器。"

武帝这才想起："哦，原是孔子所问'饮器'。"便将陶壶置于案上，却是偏斜不能立。唤了近侍倒酒进去，至适中，壶才立起。若再盛满酒，则又偏倒，酒皆溢出。

如此操弄了两回，武帝才悟道："这个石建！原是谏我，断事须持平，然持平……谈何容易？"

且说窦婴被拘于都司空署，一日之内，朝野即风闻。此时灌夫及族属等，皆已被廷尉收捕，囚于诏狱。

那廷尉郑殷，探得窦婴被拘，既揣知上意，一番刑讯，竟将灌夫及族属尽行问罪，拟定族诛。

往日事急，例有公卿援手相助；然此次公卿皆知风向，竟无一人敢向武帝求情。灌夫在狱中，心知死期将至，悲愤莫名，只夜夜向狱吏索酒。若狱吏不与，则双手握栏长啸，直搅得诏狱不

---

① 都司空，汉置，官署名。属宗正府下辖，掌诏狱。

宁。

窦婴在都司空署闻知，捶胸不止，恨不能插翅飞出。这夜，睁目直到天明，忽想起景帝在时，曾赐给遗诏，恩准曰："事有不便，可告白君上，便宜从事。"觉此诏定可救灌夫。

于是贿赂狱吏，召一侄儿来探狱，令他赴北阙上书，求君上召问，或可有所申辩。

事已急如星火，那侄儿不敢怠慢，立将遗诏之事写入奏书，即赴阙呈递。

恰好武帝也正有恻隐之心，得了奏书，立召见详问。问罢，颇觉诧异，将奏书交与尚书，令查阅兰台①是否有遗诏复本。

尚书遵命，忙碌一番，却是复命称："查兰台旧档，先帝并无此诏存留。原本独藏于窦家，由窦邸家丞封存，疑是矫诏。"

底细究竟如何，直是千古之谜了；或有田蚡上下其手，也未可知。武帝得尚书复命，只能摇头叹息，虽有心救灌夫，却不敢认定遗诏实有。

稍后，廷尉即有劾奏至，指窦婴矫先帝诏书，欲害大臣，罪当弃市。

武帝惊得目瞪口呆，立召田蚡来问："劾奏窦婴事，如何行事这般急？丞相可曾过问否？"

田蚡哪里肯认，只咬定不知："兹事体大，尚书属内廷少府，有矫诏事发，彼等不敢瞒，即移送廷尉查处。丞相府日理万机，尚不及过问此事呢。"

---

① 兰台，汉代官署名，收藏档案、典籍，由御史中丞职掌，史官在此修史。

"太后可知？"

"陛下，内廷外朝，有何事能瞒过太后？"

武帝见田蚡一脸无辜，心中就更疑，只哀叹母后先下了手。踌躇多时，方狠下心，将廷尉奏报压下，留中不发，只求有个喘息之机。

此案辗转之间，已至元光五年（前130年）十月。元旦一过，廷尉即有奏报，查灌夫招聚豪猾，侵扰民间，多行不法，实属大逆不道。人赃俱在，罪无可赦，当族诛。

奏报递入之日，王太后处即有人来问，武帝只觉刀斧在颈，竟是不容有一刻喘息了。

当下，手捧那奏书，呆看了半晌，忽而就生厌，只恨灌夫未免多事，于是提起朱砂笔，草草批了，允准处斩。

十月长安，一片清寒。数日之后，灌夫及族属上百，被绳索捆缚，背插明楷，解往西市问斩。

长安人皆知灌夫威名，感念他平乱有功，多有惋惜。今日族诛，城内成千上万人皆来送行。

灌夫昂首在前，褐衣散发，仍不掩一股豪雄气。身后妇孺稍有啼哭者，即回首叱之："天无心肠，哭有何益？"

父老们见之，皆不忍，流泪向灌夫拱手。众人中，亦有丁壮忍不住喝彩壮行的。

偏那颍川人恨灌夫入骨，也来了几百人夹道，发了声喊，一齐朝灌夫扔瓜皮、菜叶。族属队中，一众老幼终是忍不住，放声号哭起来。

街边长安人，到底看不过去，有人大呼道："人将死，还不饶过吗？"便有众人冲上前去，拳脚交加，将颍川人一并驱走。

正午时分，西市刑场上，灌氏族属蓬头垢面，跪了一地；惧于灌夫威严，皆忍泣不敢作声。待午时三刻，市亭上锣声鸣过，即有刽子手上前，请灌夫饮下壮行酒。

灌夫面不改色，一饮而尽。廷尉郑殷亲临监斩，此时上前，拱手道："仲孺君，事因族属而起，死亦无愧。君之名，当传万世。不知还有何言，须达上听？"

灌夫轻蔑一笑，仰头道："无话。即使变作厉鬼，亦定饶不过田蚡！"

如此，灌氏就戮半月后，窦婴才得闻之，立瘫倒在地，悲不自胜。又闻尚书已有劾奏，君上将问矫诏罪，心知自家必也不免，当即佯作风疾，绝食数日，唯求一死。

正在奄奄一息间，忽有狱令告知："魏其侯还请复食。下官近闻，君上并无意诛杀！"

窦婴半信半疑，问明原委，方才复食。狱令忙又请了医者来，为窦婴治病。

未几，窦婴日见康复，又有好消息传来："魏其侯可宽心，昨日廷议，已议定不死矣。"

窦婴心知，待到来春大赦，必可免罪。这才转忧为喜，胃口渐开，每日只是索要酒喝。

岂料那田蚡怎肯罢手，运筹数日，便有公卿多人，轮番向武帝进谗言，称窦婴在狱中，终日怨望，出口不逊。

又过数日，不独太后那里传话来问，身边近侍，也都有流言蜚语，称窦婴日夜詈骂，怨恨君上不明。于是召田蚡来问，田蚡却只道一无所知。

事不过三。武帝听得多了，忽就心烦，恼恨窦婴果然不知持重，留得一日，一日就要生事。眼见得太后、田蚡步步紧逼，不欲再纠结，索性下诏：窦婴以不敬论罪，拟十二月晦日，在渭城①（今陕西省咸阳市东北）斩首弃市。

诏下，天下哗然。公卿见窦婴坐罪，以外戚之贵，尚不能免，都觉寒意彻骨。

行刑日，寒风枯柳，分外萧索，渭水畔可遥见景帝阳陵。窦婴瞥一眼旧景物，想起景帝前元三年（前154年）出征，鸣鼓过渭水，何其慷慨！今为小人所陷，百口莫辩，直是人间无天日。自己死便死了，悔不该邀灌夫赴宴，累得他全家被诛，无一幸免。想到此，便有老泪洒下。

围观者见之，默然一片，只想到昔日三公，竟也能被戮，焉能不叹世事无常。

郑殷命人解了窦婴之枷，亲自奉上壮行酒。

窦婴饮罢，凄然一笑："未见桃花开即死，何其憾也！"

诸公卿皆怀有相惜之意，微服前来围观，闻此语，无不心惊。

那一日，正是长安一年中最寒之日。天地冻彻，了无生意，远观荒野上人众，如蝼蚁攒动，惶悚不知所以……

除掉了窦、灌，田蚡志得意满，满朝都畏他权势，趋奉更甚。田邸门前，拜谒车马日夜相接，街巷为之填塞。

不想春正月过了，田蚡偕新夫人，正与相府诸曹吏聚饮，言笑晏晏时，忽然眼前一花，见有两道黑煞气，自相府门外扑入，簌簌有声，席卷厅堂。

---

① 高帝元年（前206年），汉朝于咸阳古城置新城县，高帝七年（前200年）并入长安；至武帝元鼎三年（前114年）复置，更名渭城县。此处从《史记》。

田蚡"哇呀"一声，为煞气扑倒在地，不省人事。堂上妻妾随从等，慌了手脚，连忙将田蚡抬进内室，卧于榻上。

只见田蚡双目犹张，然四肢皆不能动，仿似有人击打，连声呼痛，又谵语谢罪不止。

武帝在宫中得报，甚觉蹊跷，遣了太常署祝人[①]，前来"视鬼事"。

祝人默察良久，闻听田蚡连呼"一身尽痛"，又满口求饶之语，心中便有数。返归未央宫，向武帝复命道："乃魏其侯、灌夫，两魂化为鬼，交相笞打，欲杀丞相。"

武帝闻之，心中惊骇，连忙遣人通报太后。

王太后在长乐宫闻报，顿觉失神，悲戚道："田蚡弟命苦耶，何以不知享福，竟与那窦婴、灌夫相斗？"

田邸中眷属，慌忙延医，针砭喂药，昼夜不得安宁。田蚡于病榻上，只做左躲右闪状，呼痛啾啾，容貌尽损。

如此苟延了三五日，终还是浑身浮肿，七窍流血而毙！

直佞相斗，两败俱伤。此事轰动天下，无人不为之叹惋，或有责灌夫鲁莽、因小失大的；多还是称赞灌夫耿直，不惧权势。[②]

田蚡丧报传入两宫，王太后悲伤难抑，只恨窦婴作孽，百死莫赎。武帝也觉身心俱疲，勉强理事，诏令田蚡之子田恬，袭武安侯；另用平棘侯薛泽，接任丞相。

---

① 祝人，吏员名。太常属员，祭祀时司告鬼神者。

② 此一节，后世演为"灌夫骂座"的典故，又为人编成戏曲，上演至今不衰。

春末，事渐平息，公卿都个个自警，不敢再使气犯禁，朝中倒还安宁。这日，得谒者报，河间王刘德来朝，武帝心中就一喜。

这位河间王，说来侥幸，曾经死里逃生。他是前朝景帝次子，为栗姬所生，亦即废太子刘荣之弟。其兄长刘荣，因母失宠，太子位无端被废，后竟为酷吏郅都逼死。

时刘德居于咸阳旧邑，与长安近在咫尺，却因是书痴，而侥幸免祸。

他一向博学好古，首倡"实事求是"，在诸侯王中甚是少见；生平最乐事，乃是搜罗典籍。

自秦始皇焚书之后，天下典籍亡佚；万户千村，竟至无一册书藏于室。刘德凡从民间搜得一善书，必誊写副本还回，而留其真本，又加金帛赏赐，以此招四方之书。由是，天下通学问之人，或家有先祖旧书者，都不远万里，携书来献。

武帝召刘德谒见，见刘德着儒服而入，举手投足间温雅如玉，心下就叹：宗室外戚，多粗鲁不文，理政自然也是粗陋；若得兄长这般温文，当是另一番气象。于是温言赐座，笑问道："二兄，我幼时常见你，如今却难得一见，只怕是天下书不够你读了。"

刘德连忙回道："陛下，兄唯其愚，才要分外用功。"

"兄搜书二十余年，藏书有几何，乐成①宫室都不够纳了吧？"

"臣未曾检点，只闻河间太傅言，当与石渠阁相等。"

"啊？"武帝不由暗自一惊，"我听人言，淮南王亦好书；你所藏书，与他所藏书，不知有何不同？"

① 乐成，河间国都城，在今河北省献县。

"臣以为，淮南王所搜书，多而泛；臣所得书，皆古文、先秦旧书，与叔父略有不同。"

"愿闻其详。"

"即是《周官》《尚书》《礼》《孟子》《老子》一类。"

"好，皆是经传。 那么，孔门之书呢？"

"有，仲尼弟子及后学者所论，有一百三十一篇；此次已携来，献与朝廷。"

武帝拊掌大喜道："甚好甚好！ 无怪人说，你搜集余烬，不遗余力。 秦始皇要灭的，阿兄尽复之。 正所谓，斯文之本，暴政岂能除之？"

刘德摇头道："焚书之祸，终是万世难消。 臣最憾事，为《周官》一书，乃周公所制官政之法，贵不可言。 民间有李氏得《周官》，进献于臣，然独缺《冬官》一篇。 臣以千金悬赏而不得，只得取《考工记》①以补之，合成《周官》六篇，勉强成完璧，此次亦一同进献。"

武帝唏嘘道："难得难得！ 时闻鲁、燕、赵、魏皆有奏报，说二兄访书，途经各郡，阅之甚是感慨。 山高路远，料想多有不易。"

"诚然。 臣入民间访书，灶头田间，老叟村妇，看尽人间世相。 车至崎岖处，陷于泥淖，臣也需似戍卒城旦，赤膊挽之……"

武帝便大笑："看二兄斯文，不料也能做得役夫！" 当下就赐

---

① 《考工记》，出于《周礼》，齐国稷下学宫学者所撰，是中国目前所见年代最早的关于手工业技术的文献。

宴，在宣德殿与刘德作秉烛夜谈。

这一夜，武帝就辟雍、明堂、灵台等"三雍宫"之事，询问刘德，刘德据学问道术以对，无不简约得当。又策问三十余事，刘德从容作答，应对无穷，直听得武帝举箸忘餐。

见武帝失神，刘德连忙谢道："陛下推重董仲舒，设五经博士，为天下立学统，臣方能起意求书，在河间立《毛诗》《左氏春秋》两博士，搜求不止。"

"门客可多？"

"门客数百，尽是山东①诸儒，愿随臣下求学问道。臣兴建宫室之时，置客馆二十余间，以养士。"

"儒生都有这样多，兄家中私产，更不知有几何。"

"区区而已。臣宫室所用，远不及养士之资，吃喝用度知足就好。"

"兄也识得董仲舒？"

"识得。数年前，臣过江都，曾与董仲舒一晤，共论过《孝经》。董夫子与臣共话，提及周初雅乐，臣便留心搜集。终得《云门》《咸池》《大韶》《大夏》《大濩》《大武》六部乐舞，相传作于黄帝、尧、舜、禹、商、周六代，可为郊祀之乐，今也携来进献。"

"未料到，未料到！二兄真乃贤者。"武帝大喜过望，立召来太常，令他着即熟习，今后逢岁时，操演进奏。

二人在宣德殿宴毕，已是午夜，武帝意犹未尽，送刘德至阶

---

① 这里指"崤关以东"，即中原地区。

下，玩笑道："兄所藏书，既已与石渠阁同，可是有问鼎之意？"

刘德闻此言，大惊失色，慌忙回道："臣万无此意！平生仅书蠹而已，有书万卷，胜过功名。"

武帝也不再说，只含笑长揖作别。

归返河间邸歇息后，刘德心犹不安，难以入眠，想到长兄刘荣惨死事，如在昨日。刘荣之厄，起于太后；今太后权势正盛，君上若也生疑心，则不知今后将如何挨过。

朝见毕，返归乐成，刘德郁郁寡欢，夜中时被噩梦所惊。门客诸儒见主公闷闷不乐，百计劝之，却是无用。未出当年，刘德竟抑郁成疾，染病身亡了。

刘德薨后，河间中尉携丧报，星夜至长安来报。武帝得报，吃了一惊，随即心便安下来，对左右叹道："我看河间王，方为大儒！非他之力，《毛诗》《左氏春秋》何以得传世？可惜天公不怜才，竟走得这样急，身后当有美谥，方慰我心。"即令宗正刘通拟谥号。

宗正府议了几日，按谥法"聪颖睿智曰献"，拟了"献王"谥号呈上。

武帝接报，看了良久，颔首对刘通道："汉家诸侯王，将来或有几百千，可有几人能称'献'？即如此吧。"又令献王之子刘不害，袭了河间王位。

河间献王善后事毕，武帝环顾海内诸王，叹息好文者少，凡庸者众，尤以鲁王刘余为甚。

鲁王为景帝第四子，与年前暴薨的江都王刘非，同为程姬所生。景帝前元二年（前155年），立为淮阳王。吴楚乱平后，改封鲁王。此人粗鲁无文，好治宫室苑囿，喜声色狗马，不喜文辞，偏又口吃不善言。 若生在民家，则为百无一用之徒。

这日武帝听闻，鲁地忽有古籍现，系由鲁王所获，不知详情，便召了宗正刘通来问。

刘通答道："确如传闻。 臣所知，鲁王近日建宫室，欲将孔子旧宅拆去，改做殿宇。"

武帝便拍案道："直是冒犯！ 四兄不成器，竟至如此。"

"拆孔宅之日，鲁王亲临，饬令掀顶毁壁，不留片瓦。 民夫方破壁，惊见壁内有藏书数十卷，字皆做蝌蚪状。 鲁王不能识，只是称奇，遂命人弃之。"

"荒唐！"

"嗣后，鲁王入孔子庙堂，忽闻室内有钟磬、丝竹声大作，然命人搜遍内外，并无一人，唯有绕梁之音，丝丝如缕。"

武帝便抚掌笑道："奇了，奇了！ 或是神仙显灵，也责他不敬。"

"鲁王毛骨悚然，连呼有鬼，即命民夫将四壁修复。 所有壁间藏书，皆还给孔门后裔，任其车载而去。"

武帝大起兴致，移膝向前，问道："却是何书？"

刘通答道："据传是孔子八世孙所藏，乃《尚书》《论语》《礼经》《孝经》等原典。 当年为避秦火，密置于壁内，至今发出，完好无损。"

"天不亡斯文，真乃奇事！ 文如蝌蚪，即是先秦古写籀文；万想不到，人间尚有这多古文经书。 你知会太常掌故，速往鲁县（今山东省曲阜市），将古文经书誊抄带回。 他鲁王不识，河间献王却识得。 前此，河间王所献孔门典籍，即有古文残篇，当合为一处，藏于石渠阁。"

刘通领命，正要退下，武帝忽又唤住："你再知会掌故，并转谕鲁王：今后，不得再轻慢孔裔。"

此后，太常掌故衔命赴鲁，将孔宅壁中藏书抄回，存入石渠阁。这些经卷，系以春秋战国时秦所通行籀文写成，籀文亦称"大篆"，字形繁复。其所述经文，与隶书所写的今文经略有不同，故后世称"古文经"，亦称"壁经"。

太常掌故传了上谕，鲁王刘余自然惶恐，加之在孔宅受过惊吓，更不敢慢待孔子后裔。

这鲁王刘余，年纪已不小，性情却一如恶少年，嗜好狗马，乐此不疲。宫中费用不足，便向民间强取，百姓为之苦不堪言。

景帝在时，曾担心他太不成器，遣了张敖旧臣田叔为鲁国相，以期匡正。

向时，田叔方到任，便有小民拦道，状告鲁王劫夺民财。那田叔不仅耿直，且有计谋，当下佯怒道："小民听好，鲁王不是你等主公吗？你辈怎敢与主公相讼？荒唐！"叱罢，便命人逮了为首二十人，各杖笞五十，其余者尽将驱散。

刘余在宫中闻报，知是田叔巧计责备，不由大惭，连忙取出私财，交与田叔，令他偿还百姓。

田叔却正色道："金帛财宝，自民间取来，当由大王亲自偿还。否则，大王得恶名，为相得贤名，这又是何必？"

一番话，说得鲁王面红耳赤，只得硬着头皮，自去偿还。鲁国百姓闻听此事，都觉甚奇；田叔贤明之名，由此大盛。

刘余不敢再夺财，便一心游猎玩耍，无日无之。田叔见了，却不劝谏，逢有刘余出猎，便不顾年迈，骑马随行。

至猎苑，刘余玩得尽兴，却见田叔喘息不止，体力难支。刘余心有不忍，令田叔不必随侍，尽可休息。田叔听命，虽出了猎苑，却仍坐于露天等候。

刘余游猎罢，出得苑中，见田叔在露天痴坐，不由大惊："相国如何不返家？"

田叔起身答道："大王尚在猎苑中，臣怎敢返家？"

刘余闻言，自是赧颜，连忙载了田叔返归，此后也知稍加收敛。

未几，田叔年老病逝，举国百姓为之哀。有鲁县小民感他恤民，凑得百金，送至田邸为祭礼。田叔之子田仁，出来见百姓，坚不受礼，向众人答谢道："小儿不敢为百金之礼，而累先人之名，还望见谅。"众人闻此，也只得唏嘘而退。

有田叔尽心辅佐，那鲁王虽顽劣，却也未惹大祸，优游卒岁，保住了富贵。

掌故返归复命，武帝闻鲁王尚知收敛，心下稍宽，叹息道："诸侯王，生即富贵，不知好命从何而来。终如贾谊所言'疏者必危，亲者必乱'。这等枝蔓，不知何日方能剪得尽！"

九

夜郎俯首
归汉来

且说司马相如蒙宠，入侍为郎，写了洋洋洒洒一篇《天子游猎赋》。赋中，虚拟楚使一人，唤作"子虚"；又拟齐国驳难者一人，唤作"乌有先生"；再拟"无是公"一人，比喻天子。三人对谈，便是《天子游猎赋》中虚拟种种。

　　相如虽患口吃病，说话不便，但他赋中人物言谈，却是滔滔不绝。直将天子、诸侯所辖苑囿之美，浮词夸耀；可谓字字珠玑，堆叠层累，令人读到头晕。

　　这日，武帝见司马相如称病日久，闲居长安，国家之事一概不问，便召了他来，笑问道："长卿君，朕不召你，你消渴症怕就不愈？今召你来，先与你谈文。你那《天子游猎赋》写了百日，只不怕生僻字多，害我读了百日，方领略其皮毛。"

　　司马相如惶恐道："臣有过，不当恣意妄为。"

　　"恣意倒是无错。文士何以悦上？无非是写绚丽文。然长卿君所写苑囿山川，直是拿了神仙福地做本，华丽不似人间。如何于文末，偏又要暗含劝谏？"

　　"臣本是以讽谏为意。"

　　武帝便含笑揭穿："古来文士，总不老实。笔下所写，既已极尽奢华，读得朕雄心大起，定要将上林苑照此营建；不料你文末数语，却又劝讽，朕如何还能听得入耳？ 你所用心计，莫非是顾忌后世有骂名，偏要遮掩？ 以我看，君王奢靡，怕都是文臣怂恿的，既以浮词悦上，又逃过后世责骂。 这阴阳之道，倒是学得好！"

司马相如满面涨红，期期艾艾地答道："臣、臣之文采，仅止于此。 写此文，即是欲讨欢心，一发不可收。 陛下明察，此所谓劝谏者，俗套耳，天下文人莫不如此。"

武帝拊掌笑道："朕早便疑此！ 然盛世，无文士点缀，便是秃额美人，你尽管写。 今后若有实务差遣，不虚浮就好。"

相如连忙叩谢："臣若不作文，不如闾巷商贾，恐不能担得实务。"

"哪里！ 你闲居之日，西南夷颇为不靖，屡屡生事。 想你生为巴蜀人，习察民情；朕今有诏令，遣你往抚巴蜀，开西南疆域，早些将乱局抚平。"

司马相如闻听上谕，便是一惊，这又是从何说起？

原来，建元六年（前 135 年）时，大将军王恢征闽越，于途中，曾遣番阳县①县令唐蒙为使，前往南越国慰谕。

时南越国王赵胡，对朝廷颇为恭顺，将唐蒙迎入番禺越王宫，盛宴款待。 主宾坐于芭蕉叶下，眼望南海波涛万顷，对酌畅谈，不无惬意。

唐蒙凭海临风，感慨道："番阳离贵国，迢迢两千里，若无公事，臣下如何能瞭见这般胜景？"

----

① 番阳县,秦置番县,汉改此名,属豫章郡。在今江西省鄱阳县。

赵胡恭谨回道："上使客气了。 南越，蛮荒之部也，岂如岭北风物繁盛？"

"大王，臣不过区区一县令，若非急务，大将军哪得遣我来？今来贵国，其余勿论，单是这海中珍馐，便是一生所未遇。"

"呵呵！ 上使不妨多留几日，尽管大饱口福。"

唐蒙醉饱，好不得意，举箸将美馔翻来翻去，忽而问道："大王，你这盘中，有酱味甚美，不可言喻，不知是何物做成？"

"哦，此乃枸（jǔ）酱。"

"枸酱？ 枸，又是何木？"

"南方乔木，其果有香气，亦称香橼。"

唐蒙审视再三，赞叹道："原是香橼为酱，一味胜百味！"

赵胡谦恭道："此酱，非敝国所产，乃是商贾由牂柯江①上运来。"

唐蒙便觉疑惑："牂柯江？ 岂不是黔中之水，竟能流入番禺？"

"正是。 牂柯江自西北来，江宽数里，自番禺城下而过。"

"牂柯紧临夜郎，离此千里，竟能有这等美物！"唐蒙叹罢，便于心中默默记下。

待得回朝复命，在长安勾留，唐蒙想起此事，便往西市上去逛，结识了一个蜀中商贾。

唐蒙问那蜀商："我出使南越，于王宫筵席中，识得枸酱，味美异常。 南越王称其出自黔中，足下居蜀地，可知此物吗？"

---

① 牂柯江，今贵州北盘江、南盘江。

那蜀商便笑："使君也知枸酱？ 难得。 然枸酱并非出自黔中，乃是我蜀地物产。 不过土人贪利，常偷带此物出关，卖往夜郎国。 夜郎与南越，有水上交通，故此物可达南越。"

"原来如此。 未料南越与夜郎，竟有如此勾连。"

"使君有所不知：南越王于夜郎国，素有羁縻之心，所给财物甚多，无非想收夜郎为属国，至今未逞。 我汉家朝廷，若要南越甘心臣服，只怕是不易。"

唐蒙听了此言，心有所动，陡然起了开疆邀功之意。 返回豫章郡邸，便连夜写了奏书，赴阙上呈。

其奏曰："南越王黄屋左纛，地有东西万余里，名为外臣，实为一州之主，必有不臣之心。 今若自长沙、豫章出师，欲往南越，水路难行。 臣闻夜郎国有精兵，若收服之，可得十万。 以此精兵，浮舟牂柯江，往击南越，可出其不意，此亦为制越一奇计也。 若以大汉之强、巴蜀之富，收服夜郎，设官置吏，则取南越不难矣。 谨此上奏。"

武帝看了奏书，甚觉有理，心想小小县令，居然有此大谋略，当即就允准，擢升唐蒙为郎中将①，出使夜郎，宣谕夜郎王来归。

唐蒙以一念而得晋升，自是踌躇满志。 奉诏入蜀，载府库缯帛十数车，调巴蜀兵千人为护卫，出成都向南。 这一路，重峦叠嶂，浮云出岫，为巴蜀奇险腹地。 至巴郡笮关出汉境，入西南夷。

汉时西南夷，有近十个小国，各有君长，以夜郎为最大。 夜

---

① 郎中将，武官名，汉置，又分为郎中车将、郎中户将和郎中骑将，为郎中令属官。

郎国王，以竹为姓，名唤多同，世居巴蜀之南，一向与中土不通闻问。为眼界所限，还道是天下之大，无如夜郎。妄自尊大之心，在所难免，以至日后引出一段"夜郎自大"的典故来。

唐蒙出关后，经莋都国，入夜郎境，一路山色愈显清奇。沿牂牁江而行，唯见石塔林立，状如酒樽，看得人惊奇。问过土人，方知夜郎疆土甚广，东接交趾，西临滇国，沿途人无不称其大。唐蒙只在心里道："都云夜郎小国，今见之，不输于巴蜀。多同在此为王，倒也不枉活一世。"

入其首邑①，夜郎王多同出迎，将唐蒙迎入石砌王宫。起初，多同还不免傲慢，然见唐蒙一行，峨冠博带，旗甲鲜明，方知汉官威仪，自惭形秽，不由就谦恭起来，施礼道："汉使来敝国，或似自云端来。夜郎虽大，然居室食馔，恐不合上使意，莫要见怪才好。"

唐蒙本就虚骄，见多同气短，便也不客气，回礼毕，举头望望屋顶，微微一笑，将长安未央宫、长乐宫炫耀了一番，全是信口铺张。

那多同听得惊异，赞叹道："登汉宫台阁，岂不伸臂便可揽月了？寡人实不能想，只惜今生不得见！"

唐蒙一笑："大王若想见，却也不难。"便又将汉家如何强、如何丰饶，口若悬河、夸大其词讲述了一番。

多同听得呆了，瞪目道："汉之疆土，跨山连海，徒步一年余，竟然尚不至边界？自出生以来，吾只道世间便是山，山之

---

① 夜郎国首邑在何处，尚有争议，今有贵州广顺镇说、贵州毕节赫章可乐说、湖南沅陵说等，其说不一。

外，无非也是山。不意赫章（今属贵州省毕节市）之北，竟有如此广大汉家。"

唐蒙益发得意，将手一挥，命随从将礼物搬来一半，开箱铺陈。只见各色缯帛，列于廊下，直是光色耀目，绚烂无伦。

多同见了，惊得手足无措，目放精光："上国之盛，吾见矣。某居山中，数十载难见平野，今日只觉目明，能望千里之远。上使有何吩咐，某愿听从。"

唐蒙拈须大笑道："大王何必客气，既见汉家气象，何不内附，为我汉家属臣？尚不失为封侯之幸。"

"汉家侯，可有上使这般荣耀吗？"

"呵呵！唐某不过一郎中将，品级低于将军，此次通道西南，还都后可否封赏，尚不能知。而天子既属意大王，大王还有何疑？"

那多同听得几近醉倒，脱口道："封侯固是好，然吾尚有数子……"

"大王诸子，臣已见到，各有英俊之风。内附后，可为此地县令，朝廷置吏相助，一门风光，岂不快哉？"

多同当即不疑，传话召来下辖部酋十人，讲明内附之意。

众酋也如多同一般，平生未见过锦绣，乍见俱是惊喜，难掩钦羡。众人以族语议论一番，都道长安距此甚远，终不怕他汉家吞并，若内附称臣，或年年都有赏赐，岂不是好。于是众口怂恿，不如就依了唐蒙之意。

多同见众酋并无异议，定了定神，便转身向唐蒙揖礼，口称甘愿臣服。

唐蒙听不懂诸酋语言，正等得不耐烦，闻听多同如此说，大喜而起，命随从将其余缯帛尽皆搬来，分与诸酋。

多同嬉笑道："我这便属汉家了吗？"

唐蒙道："哪里！ 如此大事，口说怎可为凭？ 须两家订约，以字据为凭。"便唤从人取笔墨来，写好约定，二人按下指印方罢。

宾主顿觉大欢，多同即高声吩咐开宴，款待唐蒙一行。

唐蒙笑道："我梦到夜郎，非止一日，不料今番能通道西南，建此开疆大功。 大王亦可望封侯，福荫后世。 我与大王当共醉。只不知，你家菜肴中，可有一味枸酱？"

"有，有。"

唐蒙喜极道："得食夜郎王枸酱，果真是梦乎？"

多同不知底里，只是赔笑。

唐蒙便转了话头道："汉家牛贵，士卒终年难得食牛。 臣见贵国社稷林内，树上悬有牛头上万，想是牛多。 不妨以大盘牛肉上席，犒劳臣之随从，是为至谢。"

多同听了，神色略一怔，连忙应允，对左右吩咐了下去。

唐蒙的万名随从，于城外扎营，帐幕遍布山林。 所有筵席，夜郎王宫筹办不及，竟号令全城百姓，家家开伙，以慰劳王师。

开宴之时，王宫前旷场上，有倡优列队，敲击铜锣，行斗牛走狗之戏，一时热闹非凡。

唐蒙见夜郎王宫虽陋，却也是石塔高耸，处处巍峨，有巨人头石雕错落其间，就暗自慨叹，不禁发问道："夜郎，古国也，不知始于何时？"

多同答道："夜郎始于上古夏代。 就是那殷商宫内，也有夜郎女子呢，唤作'良人'。"

"哦？ 果然久远！ 敢问大王先祖，又是何人？"

"先祖当是濮人。 夜郎至今，已历四朝，吾朝为金竹夜郎。金竹之祖，乃是有女子在水边洗衣，忽有三节大竹流来，入两腿间。 女子闻其中有号啼声，剖竹视之，得一男儿，便抱归收养之。 及长，男儿有大才，自立为夜郎王，故而吾族以竹为姓。"

唐蒙不由大叹，举杯祝酒道："嚯矣！ 大王原是百濮①之后，久远不输于汉，请受我一祝。 臣今生有幸，得见贵国奇景，方知《山海经》所言'大夜郎国'，并非虚言。 明日还朝，可否赠我良人数名，送入未央宫，为我汉家增色。"

多同却大笑婉拒："那汉室宫中，焉能缺少良人？ 上使再来，当赐我汉家良人才是。"

唐蒙了却大事，又在夜郎盘桓多日，溯牂柯江而上，探洞观瀑，流连尽兴方归。

还都之日，武帝听了唐蒙复命，面有喜色道："未料我一县令，即可当开疆之任！ 汉家开疆，当从今日始。"便下诏，将内附夜郎，特置犍为郡，统辖南夷。 又令唐蒙再往巴蜀治道，经由僰中②，向南直达牂柯江，以便交通。

唐蒙见未获封赏，心中就急，旋即再返巴蜀，督令道路事宜。入蜀后，依恃有功，督责甚急。 从巴蜀两郡调发卒吏千人，更广征民夫万人，转运食粟，昼夜拓路，唯恐不急。 并以军法约束，不许懈怠、逃亡，数度诛其渠帅以震慑。 巴蜀百姓为之大惊，讹言四起，群议汹汹。

---

① 百濮,战国时期西南少数民族泛称。

② 僰(bó)中,夜郎以西一小国。

唐蒙操之过急，武帝闻之，心中略有愧意，对丞相薛泽道："朕失察，县令到底无雄略之才。如此下去，只怕是夜郎未服，巴蜀倒要先反了。"

薛泽劝慰道："唐蒙才薄，然不足以坏大事，功过相抵，无须再重用就是。可速遣得力人才，安抚巴蜀，以朝廷恩德化之，方可收奇效。"

武帝遂转忧为喜，起意另觅贤才，往巴蜀去宣抚。这才想到，司马相如本为蜀人，当其任，岂非不二人选？便立即召相如来，委以重任。

却说司马相如推托不过，只得领命，带了几名随从，疾驰出长安，星夜赶往蜀郡。

入了成都，司马相如见过太守，便一面布告四方，予以慰谕；一面责备唐蒙，斥他不该苛急从事。

巴蜀百姓，早就闻司马相如大名，得知他来，民心先就安了一半。

相如在成都街衢闲逛，频频访旧，觉百姓仍心存怨意。一夜辗转不能眠，想自己理政、治军均无大才，唯有一支秃笔，可摇曳生花。来此安民，实是勉为其难，何不扬长避短，做一篇文章，以服父老之心？

于是想到就做，黎明即起，废寝忘食一日，从"陛下即位，存抚天下，集安中国"说起，花团锦簇，草就了一篇安民檄文，斥唐蒙所为乃"非人臣之节"，命巴、蜀太守传至各县。

相如文名，本就冠于天下，此檄文一到，各县吏民争相传诵。贤愚人等，都为那妙手文章所折服，津津乐道，为其"贤人君子，肝脑涂中原"之说所感，知南夷事是千秋大事，便也无意再追究唐蒙，只赞天子英明，竟遣了本郡才子来安民，直是一段佳话。

巴蜀既定，司马相如使命即告成，满心欢喜离了成都。可巧此时，西夷各部君长，闻说南夷已内附，获封赏无数，只觉艳羡，也有心效仿。便与蜀郡太守通书信，争相示以诚意。

蜀郡太守接信，不敢怠慢，连忙具书上奏，以六百里加急驿骑，传递入都。

武帝接了奏报，喜出望外，召来薛泽商议，不由感叹道："《孟子》中有言：'大则以王，小则以霸。'边地开疆，必施以王道，方可收效。唐蒙仅知霸道，险些败事，幸得司马相如挽之，倒成了好事。"

君臣两人，便埋头商议，欲在大行令署中选一人，前往西夷一探。

商议尚未有头绪，谒者忽报：司马相如出使归来。武帝正求之不得，连忙宣入，笑颜问详情。

相如答道："唐蒙前此，已略通夜郎。为开通西南夷道路，发巴、蜀、广汉兵卒，连同服役者数万人。前后治道二年，道未修成，士卒却多病故，花费以亿万计。蜀民及官吏多言其不便。"

"看来，此事果然宜缓！"武帝不由赞道，"长卿君出使，一鸣惊人，巴蜀顷刻间安然，竟引得西夷也要来附。你说与我听，内中是何道理？"

"西夷更近于南夷，其中邛、莋、冉等国，地近蜀郡，易于交通。秦时曾为郡县，汉兴方罢；旧时通道，至今犹有遗辙。今西夷输诚，不妨复置县，好处甚于南夷。"

"哦，如今西夷来附，原来是顺理成章。长卿君，未料你文章虽浮，才具却实；安边之道，竟能无师自通。"

"臣除了为文，百无一能。蜀中百姓少安，实是因陛下明察。"

"朕看你出使一回，消渴症怕也好了。今日还朝，可惜歇不得几日，恐又要入蜀了。"

果然过了几日，即有诏令下，拜相如为中郎将①，出使西夷，另有王然于、壶充国、吕越人为副使。

司马相如接了旨，便有些慌："臣属文臣，今翻作武将，恐蜀人要笑话。"

"你善骑射，随我搏虎尚未胆怯过，如何就做不得武将？今披甲还乡，光耀故里，不是正当其时吗？"

司马相如见推不过，只得受命，接过了牦头节杖。

武帝笑道："长卿君两入蜀，保你不再消渴。此去宣抚西夷，不可受贿，然西夷若有美姝，倒不妨携回一个做妾。"

司马相如脸便涨红，嗫嚅答道："有文君在，臣不敢。"

武帝大笑不止，起身亲送司马相如至殿口，勉励再三。

相如与文君聚了没几日，便又启程，与副使一行，分乘四辆驿车，驰往成都。

此次再入蜀，与前次排场大为不同。前次出使，相如不过仅一郎官，秩比六百石；此次则为中郎将，秩比二千石，高悬旌旗，手执节杖。一路县吏迎送，殷勤亦大不同。

相如一行所到之处，前导后呼，官民夹道而迎。但见旌旗相

---

① 中郎将，武官名，汉置。官府为中郎署，置中郎将，以统领天子侍卫。

拥，舆卫肃然，相如一副精甲束身，冠冕灿然，端的有衣锦还乡之荣。入蜀地，太守以下诸吏，倾巢出动郊迎。又有各地县令，身负弓弩，亲为先驱。百姓欢踊争看，无不以相如为蜀人之宠。

相如丈人、临邛富翁卓王孙，在家中闻知，也与乡谊程郑等人，携了牛酒，往成都道旁相迎，意在趋奉。

今日之尊，已非昨日，司马相如想起早年之辱，也无心和解。闻随从吏员通报，只轻笑一声："吾乃私奔而出，非明媒正娶，何来甚么丈人？不见。"

卓王孙颜面惨白，忙哀恳那吏员道："既不肯认亲，小民所献牛酒，当是诚意，还望使君代为通融。"

闻吏员复报，相如端坐车中，不掀帷幕，只传出话道："牛酒不便退，不退也罢，然还是不见。"

卓王孙翘首立于道旁，闻听相如收了牛酒，自觉还算叨光，颜面复转红，对程郑等人喟然叹道："吾不意司马长卿，竟有今日！我女文君，悔未早些嫁与他。"

众人就齐声劝慰："不晚不晚！"

卓王孙摇头道："当日吝啬，不肯分财与小女，实是愚妄。今日当赴长安，探望小女，将家财按数分给，与我诸男相等。"

其实在当年，卓王孙不忍见文君当垆，已赠予文君丰饶资财，另有童仆八百。然此时他唯恨送得太少，故有此说。

众人心中暗笑，口中却附和道："文君眼光，不输于诸令郎，当如是。"

这边卓王孙颇有悔意不提，司马相如今所挂虑，却全不在此。在成都馆驿，只歇了两日，便从巴蜀府库中，提出十数车钱币、缯帛，遍访西夷各部。

前有唐蒙成例，司马相如虽是初试身手，却也顺利。将所携钱币、缯帛，散给西夷各君长。那邛、筰、冉駹、斯榆各部，无非看重财帛，才来内附，此时见司马相如儒雅，而非蛮狠之辈，就更加倾心，纷纷上表"请为内臣"。

司马相如至此，如有神助，驰驱千里不觉疲。所到之处，西夷民众也知其大名，无不膜拜，如迎神祇。

相如指挥若定，下令拆除原边关，勘定新界，西至沫水（今大渡河）、若水（今岷江），南至牂柯江，筑起新关，汉之西南疆域，陡然就拓宽了许多。继而又打通灵山（在今四川省冕宁县）道路，架桥孙水（今四川省西昌市之安宁河），以通邛、筰两部，方便商民往来。

因诸夷心服，司马相如这番操持，颇显从容。渐次略定西夷，于当地置一都尉、十县令，统归蜀郡。待诸事打理妥帖，方返归成都。

到得驿馆，惊见卓文君竟然在堂上，急切间上前询问，两人相拥，几欲泣下。听文君讲了原委，方知是卓王孙亲赴长安，接了文君至临邛，分给家财巨万。老丈深悔当初识浅，未能招赘，如今只落得名分不正。

相如听了，百感交集，叹道："一世凉薄，夫复何言？娘子昔日当垆，今日乘轩，倒是早有一双慧眼。"

相如夫妇传奇，早已是妇孺皆知，城内耆宿，都有心攀附。居驿馆方几日，诸人至门上宴请馈赠，车马阗街塞巷。

文君只是不耐，微怒道："名利者，直如迷魂失智，人人都醒悟不得。我贱时，求见而不能；今我已富贵，见又何用？"

相如也是不胜其烦，只想早日还都，遂叹道："成都虽如旧，欲再上琴台，可得乎？"于是二人匆匆收拾好，择日悄然离蜀。

入朝复命之日，听罢司马相如讲述，武帝大悦，当即召见太史令，携西南舆图来，覆于地上。武帝顾不得体统，俯身看去；又命司马相如指画，将新入疆域，看了个清楚。

看罢起身，武帝意犹未尽，笑问道："唐蒙使南夷，见过许多奇山水，你此去西夷，景色何如？"

"回陛下，唐蒙所言南夷，或是神仙洞府，山多奇丽。臣所见西夷地面，则似亘古未化之地，寒苦奇崛，寸草不生。"

武帝便惊异："哦！西夷便是如此，若是西域，又如何得了？"

"陛下，既是凡间，便有人敢前往。"

"然也。长卿君此行，功劳且不论，辛苦是吃了些。未料你一介文士，竟也知巧言安民。你那檄文，说我移师东指，抚平闽越，尚是实；然说我北征匈奴，单于怖骇，则是大言了。每逢秋肥之日，单于夜带刀，窥我边地；我不怖骇，便可称侥幸了。文人于笔头上建功，真是容易！"

相如唯有苦笑："巴蜀民苦于治道，逃亡则诛，不逃则病死，群情鼎沸，欲触山填海。臣无一兵一卒相随，如何能抚得平？唯有大言恐吓罢了。"

"君之檄文，写得好！将来有太子，当令他记诵。巴蜀之民，为古蜀王蚕丛后裔，怀旧主之心，世代难绝。你若不言，彼辈又怎知朕意？历来文臣除了撰文，往往无功；你两番出使，皆得手，却是开疆第一人。且去歇息吧，他事勿虑，与卓文君鼓瑟弹琴，享清福就好。"

相如归来月余方知：出使之际，不独蜀中长老上书，极言通西南夷无用；即是朝中大臣，也多有烦言。君上听多了非议，似也有疑虑。

如此，相如虽安抚有功，行走朝中，却似做错了事一般。归家思之，颇为不忿，欲上奏谏讽，又不敢忤君上之意。踌躇数日，终还是想到文章可以明志，于是闭门谢客，写出一篇妙文来，令家仆在坊间散布。

此文颇为用心，拟了蜀中父老之辞，以使者口吻，多方诘难。直言天子遣使入蜀，宣抚得当，令百姓皆知天子意。又说那夷民，闻知中国有至仁，皆"举踵思慕，若枯旱之望雨"。如今使者抚巴蜀，移关沫若，开边牂柯，创道德之途，垂仁义之统，远抚化外，偃甲兵，息征讨，务求远近一体，中外俱福，正是天子之急务。百姓虽劳，又岂可半途而废？

文中一句"世必有非常之人，然后有非常之事；有非常之事，然后有非常之功"，凌厉如破空之风，数日间，竟传遍闾巷，公卿皆知。

彼时相如之文，誉满海内，哪怕有百字流出，士女皆视为珍宝。此篇一出，长安又满城争看。官民读了，方略为释疑。

然木秀于林，终不是事。相如文章天下无人能及，便有嫉妒者，专来诋毁人品，说相如出使时，曾受蜀吏贿金。传言既广，假语便也作真了。

武帝正在两可间，接连收到劾奏，也无心辨真伪，即令司马相如辞官，以避风头。

相如陛辞之日，满心委屈，愤然道："西南夷本慕中国，然舟车不通，人迹罕至，政教未加，岂非至憾之事？今陛下北讨强胡，南平闽越，正是德被四方之时，收西南夷于绝域，教以冠带之伦，有何错焉，何以弹劾日多？ 我丈人富甲一方，馈赠甚丰，那蜀地小吏，区区贿金，岂是臣下能动心的？"

武帝只摆手笑笑："人间事，不尽如道理。 长卿君，朝堂不如意，丈人却是好，且释怀归乡就是。"

司马相如气沮而退，与卓文君商议，觉也无颜归乡，便举家迁至茂陵邑，闲散度日。 想到前朝贾谊、晁错事，心常有戚戚。 晴和日，便与文君携琴，登临原上，南望太乙山，高歌一曲《凤求凰》，直抒胸臆。

有那数万名役夫，正在原上筑陵，见这一对璧人来，相携歌吟，都知是古今无双佳偶，便停下铁锸，凝神倾听。 害得茂陵尉张汤几番跑来，好言劝阻。 西风残照间，二人只得踟蹰而归，好不悲凉。

且说武帝那边，并未忘记相如。 一年后，谤言渐息，又复召相如为郎，在内廷奔走。 武帝笑对相如道："长卿君别来无恙乎？ 渴便饮，饥则餐，不谋力不及之事，文士才活得好。 年来朕也想过：你文才遭嫉，朕便不用你理政；只随我游猎，挽弓驰驱，料得他人再也无话。"

司马相如只得苦笑，谢恩道："臣空有文章术，徒然遭嫉；当谨守上谕，只凭膂力尽职。"

时逢春夏，上林苑禽兽繁盛。 武帝闲来无事，常率一众骑郎前往游猎，流连不归。

此时的上林苑，已营建多年，置有长杨宫、竹林宫、棠梨宫、青梧观、细柳观、花木观、蕙草殿、芍药园等苑囿，各植杨柳花草，广袤无垠。

其中的长杨宫（今陕西省周至县东南），最为壮观。苑内植有垂杨百亩，随风婀娜，似有风情万种。又有一道潺潺流水，自南山流下，穿苑而过，向西汇入仙泽。

武帝平素最爱此处，只觉天高水长，青碧满目，可解尘间百忧。此处常有熊罴出没，故而宫门楣上，题曰"射熊馆"。每逢武帝率众到此，远望见"射熊馆"三字，身后诸郎千人，就都举弓雀跃。

入得长杨宫内，武帝便全身奋发，如有神气贯注，挽弓对左右道："天子不能踏阵杀敌，是为至憾；如今能射熊，也可称快！"

往往见有熊罴野猪蹿出，武帝便如见珍宝，不顾众人，纵马而出，高声呼喝突进。到得熊罴近前，马畏惧不敢进，便跳下马来，拔出短剑，与野兽相搏。

一时间，人喊兽嘶，烟尘腾起，胆怯者不敢直视。

众骑郎唯恐君上有失，不敢迟缓，也都一拥而上。武帝却大声喝止，只愿一人与猛兽缠斗，臂伤累累也在所不惧。每至刺死熊罴，便以衣襟将短剑拭净，高举指天。随来之人见了，无不腾跃欢呼。

司马相如虽为文士，却是六艺在身，膂力甚强。见险恶之状，不顾武帝阻拦，挺身相助，时常也弄得血染襟袍。

如是数次，相如见武帝不顾身危，犯险搏兽，心中便有大忧，唯恐因小失大。便于游猎之暇，疾书一篇《谏猎》进奏。其书大意曰：

臣闻物有同类，其中必有殊能者；人诚如此，兽亦宜然。今陛下好犯险阻、射猛兽，若猝然遇异能之兽，舆马转头不及，人无暇施展，虽有力士之技，而不能用。今游猎，有壮士相从，虽万全而无患，然此境非天子所宜近也。

平素清道而后行，车驰中路，尚有马失前蹄处；况乎涉丰草、驰高丘，只顾猎兽之乐，不存防变之心，若无祸，则难矣！轻万乘之重，以危途为乐，臣窃为陛下所不取。

自古明者远见于未萌，而智者避危于无形；祸多藏于隐微处，发于人所忽视者也。故俗谚曰："家累千金，坐不垂堂。"①此言虽小，可以喻大。臣愿陛下详察。

时逢晨起，武帝在会馆梳洗毕，披挂已上身。接到谒者递进谏书，沉吟片刻，忽露出笑意道："难得他不谀了，召来见吧。"

待司马相如入内，武帝一面解甲，一面道："君往日著文，洋洋洒洒，必欲使朕目眩神迷，三日方能回神。今日谏书，却是简练，百字而讲明一理。"

相如谦恭回道："事急，不容臣斟酌，故而草成。"

武帝便笑："君之意甚好！朕这便卸甲，打道回宫。万乘之重，不可轻于游乐。你今后谏讽，当如是，一便是一，莫要从三皇五帝说起，费我精神！"

相如会意，也知君上并非当真责备，便低首道："文士之谀，代代如是，谀在骨髓里了，容臣自省。臣也知：陛下好射熊，非为壮胆，只期不惧匈奴。然平民犯险可矣，天子则不可。臣谏讽，也是出于至诚。"

武帝便大笑："才嘱你不谀，又来谀！"

朝食过，武帝果不食言，下令还宫，一行人浩荡北返。历半

---

① 此语意谓：家有千金累积，则不坐于屋檐之下，以防落瓦意外伤之。

日，过宜春宫，驻跸歇息。

这宜春宫，原为秦离宫，供秦始皇巡游时用，钟鼓帷帐齐备。地在长安东南，曲江之畔，可遥望南山，正是一个形胜处。 然世事更易，如今半已废弃，后庭有秦二世墓葬，荒秽一片，无人打理。

相如见了，忽心生悲凉，想起此地是秦二世被弑处，更不能平。 当夜，即作赋凭吊，奏闻武帝。

其赋，叹了一回黍离之悲，悼秦二世曰："持身不谨兮，亡国失势；信谗不寤兮，宗庙灭绝。 呜呼哀哉！ 操行之不得兮，坟墓芜秽而不修兮，魂无归而不食。"

武帝纵是盛年英气，乍看此句，也是一凛，想到了百年后。而后对司马相如道："长卿君，言简意深，朕知道了。"言毕起身，眼望满庭荒草，又叹道，"为人君者，不似大户主，可以恣意妄为。 二世之鉴，朕如何敢忘？ 我虽有天命，生年亦难满百，若持身不谨，身后竟魂无所归，将何其悲也！ 难得你，终于也不谀了。"

于是，还宫后即有诏下，拜司马相如为文帝陵园令，以为嘉勉。

司马相如偕文君就任，于白鹿原上徜徉，倒也闲散。 此次入仕，见武帝于仙道方术尤为痴迷，遂起了谏讽之心。 一日入朝，顺便向武帝提起："臣不才，逞笔墨之功，曾有《子虚赋》《上林赋》，蒙陛下垂爱，然两赋皆未尽我才。 此前曾作《大人赋》，未及写完，容臣写毕呈上。"

武帝不觉诧异："长卿之才，可有枯竭乎？《子虚赋》《上林赋》已令我目眩，尚有《大人赋》，莫非欲令我气闭？ 你去写吧。"

数月后，司马相如将《大人赋》呈上，果然是洋洋千言，写遍了山泽诸神之事。

武帝略扫一眼，知是大作，欣然一笑："长卿君又献巨制，容朕得闲再看。"

司马相如道："臣之作，写神仙游。世人传说，列仙居山泽间，面容清癯；臣以为，此非帝王之仙也。"

"哦，又要谏讽！既谏讽，又何必如此铺张？"

"臣惯了，不如此，下不得笔。"

武帝便放下卷册，挥袖一笑，示意相如退下。

待更深人静，在东书房批罢奏章，武帝这才拣出相如赋来读，见其文，从一神仙"大人"出游写起，曰："世有大人兮，在于中州。宅弥万里兮，曾不足以少留。悲世俗之迫隘兮，揭轻举而远游……"

此赋，显是脱胎于《楚辞》，辞藻华丽，当世无伦。武帝边看边击节，心也随"大人"出中州，驾龙车象舆，乘云气上浮，至四荒八极，与真人列仙相游。车驾前，乃是五帝导路；驻跸后，又有祝融警卫。所过处，但见万乘屯驻，华盖如杂云。

其间，过舜帝之九嶷，穿嶙峋之鬼谷，渡九江，越五河，排闶而入天宫。又徘徊阴山，西望昆仑，目睹西王母白发满鬓，而后才回转，历尽艰辛……

武帝读后，不觉入了道，手舞足蹈，似也与神仙同游天地间，飘飘有凌云之气。便召了相如来问："你这是谀，还是谏？"

"臣不敢直谏，乃是借谀作谏。"

"呵呵，倒还老实。然此赋辞藻丰赡，直是屈原再世，哪里还能算是谏？ 我今便欲做'大人'，往那崇山间游个遍，真的要亲睹西王母。"

司马相如俯身道："臣于文末曰，'下峥嵘而无地兮，上寥廓而无天'，即是谏讽。"

武帝拿起简册看看，仰头笑道："既是可上九嶷，可下九江，不至落到无立足处吧？ 然赋倒是好赋。 原想楚怀王之后，再无屈原，不想朕身边就有。 真乃奇才，奇才！"

自此，司马相如蒙恩如故，与文君相携优游，操琴歌吟，好不快活。

不料乐极时，忽生小小风波。 想那相如本是才子，生性倜傥，即便不贪美色，美色也放不过他。 在白鹿原招摇过甚，引得四方女子暗羡，纷纷以谈文为由，前来求亲近。 久之，一茂陵邑女子，生得温婉可人，常来常往，竟打动相如春心，欲纳为妾。

文君起初不以为意，渐渐看出不对时，相如却先开了口："娘子随我，半生未得安闲。 近来马齿徒增，更悲蹉跎日久，不欲娘子再这般辛劳……"

文君不容他说完，便直截说道："夫君当年，可以车载奴家夜遁，今虽老，仍可夜遁。 只是，君可弃我，我却无力弃君了。"说罢便泪流满面。

相如见心机为文君窥破，只好含糊道："无非是添一灶婢，娘子何用动气？"

当下二人无语。 文君退回内室，思来想去，不免伤悲，哀叹女流只有帮夫的命，却不得专享挚情，暗自流泪了几回，勉强坐起，写下八行《白头吟》，诉"今日斗酒会，明旦沟水头"之意。

写毕，步入相如书房，将诗简置于案上，转身便走。

司马相如愕然，拿起来看罢，心中就不忍。正犹豫间，忽见文君又进来，放下一卷简册，复又退走。

相如拿起来看，见是一篇《怨郎诗》，内中更有"弦琴无心弹"之语，不觉想起成都琴台上，两人唱和时分，正不知有几千人赞、几万人羡。想想今日，文君年华虽渐衰，不再玲珑，比不得茂陵女明眸顾盼，然甘苦同路多年，相扶相敬，如双木相缠，怎能有一日分得开？

读罢两诗，相如心中大不安，连忙起身去内室，见文君正伏床饮泣，就更是惶悚。想到此事若传入闾巷，不数日间，即满长安尽知。同僚或有来贺，天子却必不然。今上一向敬重文君，定是容不得这般薄幸，恐有严责下来。

若此，纳一妙龄女事小，失了帝宠，却是要生出不测来。如今这把年纪，若贬为民，脸面上将何处安放，恶名也将遍天下，怎生受得起？

如此一想，这才回心转意，走上前去，扶起文君，百般劝慰。至晴日，又亲御车驾，驰上白鹿原，指漫野春景对文君道："娘子可喜这桃之夭夭？纳婢事，何日桃花不再放，何日再提；若年年桃夭，则年年不提。"

文君知夫君已心回意转，不由破涕为笑，回眸佯嗔道："桃花固然可折，然能从霸陵折到茂陵，心机也是不浅。"

由此，两人方和好如初。不久因家仆嘴不紧，卓文君写诗挽回夫君之事，竟流传开去。世人闻之，反倒当作美谈，都道文君才女，千载只有这一个。

不料夫妻相偕不多时，司马相如消渴病又发，不能视事，只得乞假养病。

文君在床边汤药侍奉，体贴不辍，只哀叹道："夫君命苦，困窘时颠沛蜀中，讨不到妻；这才富贵几日，又病患缠身。"

相如倒还不忧，反而劝道："娘子勿悲！文士在世，犬马而已；虽能执笔，却是谏不能谏，谀不能谀，徒然骗得世人膜拜。不如赤裸裸去做了宦者，还好说话些。"

文君便露不豫之色："当初骗我，何不说破这些?"

相如狡黠一笑："凤求凰嘛，当不可吐露肺腑。今生既已求到，便是我大幸，恩爱到今，死也不至分巢。我所著文即便不传，你我佳偶事，也定能传之万代。"

如此，将养了数月，日日有鸡汤灌下，相如病况渐好，竟也稍有了精神。这日正卧床半睡，忽有门房来报："长门宫遣宦者叩访，送来黄金百斤。"

相如闻听大惊："长门宫?"

文君也惊道："莫不是陈皇后有事?"

相如勉强坐起，瞥一眼文君，微嗔道："阿娇已是废后，娘子不可再用尊称。长门宫无端送礼来，怕不是小事。"

文君便也心生警觉，与相如面面相觑。

十

阿娇心妒
落尘埃

所谓陈阿娇事，须从头提起。且说自窦太后驾崩，窦太主刘嫖失了依恃，但终究是武帝姑母，当年扶立有功，余威尚在。

阿娇倚仗这一层，见不得武帝得新宠，与卫子夫日日斗计。岂知旧人怎能敌新欢，阿娇又十余年未生男，百计求医，费去九千万钱，仍无子，哪里还挽得住武帝？一来二去，落败在下风。那椒房殿里，竟似空荡荡的废墟，连宫人也知皇后已失宠。

阿娇不知枕头湿了几回，只想扳回棋局，投水上吊地要寻死，反倒惹得武帝愈怒。

时至元光五年（前130年），见争宠无望，阿娇昏了头，想起了"厌胜"①之术，遣了人四处去寻术士。不久，在民间寻得女巫楚服，自称可除邪得吉。

阿娇便召楚服来问："占卜观星，一向为术士所擅；女流辈操此业，果能灵验乎？"

那楚服虽是女子，却生得一副男相，颇有丈夫气，当下朗声答道："蒙娘娘垂问，小女子既来，必有道术。"

---

① 厌胜，古代辟邪祈吉的习俗，谓用符咒制胜所厌恶之人。

"你且说来。"

"巫师行遍江湖，所赖何为？便是巫蛊之术。若有巫无蛊，即是男子为巫，也不得施展。"

阿娇听得动心，忙问："蛊又如何蛊？本官只欲将那卫子夫咒死。"

楚服一笑，道了个万福："回娘娘，巫术并非害人术，不能取人性命。"

阿娇听出楚服颇有城府，不敢小觑，敛容道："召你来，只为助我争宠。若成，椒房殿荣华，便有你一半。你只教我，如何挽得回陛下心意；须用多少金帛，中宫取之不尽。"

楚服年纪与阿娇相若，老练却远过之，沉思片刻才道："皇后欲争宠，须得善用媚道。"

"媚道？巫术机巧，如何有恁多？"

"女子若不知媚，夫君如何能不隔墙观花？你家有荼蘼，邻家有芙蓉，主人看厌了你，眼中却只有芙蓉。"

"哦，正是。你也知丈夫难守信？"

"娘娘，妾身只是巫女，而非修仙女，也是有夫的呢。"

阿娇悟到失言，尴尬一笑，忙道："本官见你通达，似有仙人气，故而忘了这一节。"

"娘娘虽贵，仍为妇人，若论妇人寻常道理，宫中亦如平民家。女子使媚，仅赖簪花、贴黄之类，全无效用。巫者，古来有之，上通鬼神，下知蛊术，授女子自荐枕席之法，可压他人。个中奥妙，怕是数月也讲不完。"

"那好，你便可留宫中数月，都不妨事。今日便讲，何为媚道？"

"女子媚，须身上无一处不媚，常人哪里可及？ 还是要服药。"

"那媚药又自何而来？"

楚服自怀中摸出几样物什来，阿娇看去，乃是牡蛎、犀角、刺蒺藜等，便觉甚奇："这寻常物什，如何好用？"

"娘娘，小的便是赖这几样，行遍天下。 此番与娘娘用了，可保陛下回心。"

阿娇见楚服明敏不似常人，当下留在宫中，不允归家。 又令楚服着男子衣冠，同出同入。 久之，竟生了情，索性与楚服同寝居，女而行男淫，恩爱若新婚。

诸宫女见了，不免心惊，然皆知阿娇乖戾，无人敢多言。

那楚服献了媚药，又撺掇皇后，在椒房殿后庭建祠，每日率徒众围拥皇后，焚香诵咒，喃喃如魔。 不知者见了，以为是皇后祭祷亡父，也不为怪。 皇后近身宫女，则听得见所咒，只是"卫子夫"三字。

巫蛊之事，本属迷信，焉能咒得人死？ 倏而三月过去，卫子夫毫不见有宠衰之象。 阿娇只是急，催促楚服用力，即便刻个偶人，以针刺油泼也好。

楚服受阿娇赏赐甚多，明知假戏不可久做，却贪恋荣华，不肯逃走。 每日里，只顾装模作样，加紧诵咒。

如此张扬，风声怎得不走漏？ 不久，武帝得知，心中大怒："此等事，竟闹到宫中来！"于是下诏，命御史台逮了楚服去，问明主使者是谁。

此次主审者，为侍御史①张汤。这位张汤，前文已有述，曾是趋奉朱买臣的长安小吏。当年他蹉跎下僚，因逢机缘，步步跃升，已不复往昔猥琐貌。

早年时候，田蚡之弟田胜，因坐罪系于长安狱。张汤为长安吏，见田胜为王太后之弟，恰好趁机攀附，于是尽心伺候，朝夕不懈。果然不久，田胜因王太后说情，无罪放出来，反倒封了周阳侯。

田胜在狱中未受辱，自是感激，遂与张汤结成莫逆。封侯之后，即带着张汤，遍访长安城中贵人，铺平仕途。待酷吏宁成出任中尉，掌京城治安，张汤便做了宁成属官。

宁成见他样貌恭顺，出言有城府，甚是器重，在人前多有赞誉。缘此，朝中尽知张汤是能吏，声望颇著。

武帝初登位时，调张汤为茂陵尉，治理盗贼，中正有方。时田蚡新任丞相，为报张汤善待田胜之恩，向武帝举荐，补了张汤为侍御史，晋升九卿属官。

张汤此人，貌恭而心残，儿时即有惊人之举。其父为长安内史丞，时常外出公干，每每留张汤守家。一日，张父还家，察觉家中藏肉遗失，本是被鼠偷去，还道是张汤偷吃，大怒之下，狠狠笞了张汤数十杖。

张汤无端受屈，怎咽得下这口气。于是掘地三尺，积柴燃火，熏出了偷肉之鼠，在土中寻得未食尽之肉。

彼时小小张汤，竟将那老鼠绑缚，百般拷掠，写成了一篇定谳

---

① 侍御史，官职名，秦置，汉沿置，受命于御史中丞。掌接受公卿奏事，举劾非法或受命办案。

书，有问有答，以肉为证，定了偷肉鼠死罪。当即在堂下，将那只鼠施了磔刑，裂肢而死。

其父见之，颇惊异，又看张汤所写谳书，行文竟如老吏，心下就大惊。知小子若长成，定是个角色，遂教张汤学写刑狱文书。

再说张汤接了楚服案，受钦点推勘要犯，如何肯轻易放过？便将楚服提来，上大刑拷问。

有曹掾在旁提醒："女巫通神，使君不可心急。"

张汤便冷冷一笑："吾五岁即知问谳。那女巫，便是神鼠，也问得出罪来！"

诏狱大堂上，楚服跪地，不知事将何如，然心中仰仗皇后，仍未服气。

张汤问道："何人指使你，在宫中行巫蛊事？"

楚服淡然答道："女巫，不行巫蛊事行甚？至于奴家如何在宫中，可问皇后。"

"放肆！本府只有侍御史，没有皇后。女子进来，生不如死，倒是从实招来，还好些。"

"问谳便问谳，侍御史又何必恐吓？"

张汤便不再言语，将袖一挥。堂下皂隶便鱼贯而出，将十八般刑具抬上。张汤这才命人燃一炷香，对楚服道："女子你看，香已燃；一炷之内，本官管教你求死不得。"

楚服却冷笑："死，如何还须求？"

张汤望住楚服，沉吟片刻，缓缓道："此地并非中宫，逞口舌之快，无益。看你终是女流，本官不忍动大刑。来人，笞刑伺候。"

楚服仰头呼之："皇后若生子，终为太子，定饶不过你这酷吏！"

"哼，怕是等不到那日了。中宫行巫蛊事，预闻者有几人，只这一日夜，管教你如数供出。"言毕一摆头，便有皂隶如狼似虎扑上。

那班皂隶，豹头环眼，虬髯如蓬，也不顾男女之别，上前扯去楚服的下裳，翻倒于木凳上，露出白臀，便有竹杖雨点般落下。

施刑者都知侍御史要逼供，手底便不藏虚，一杖似一刀，顷刻间就鲜血迸流。

开初，楚服还可张口叫骂；片刻之后，则只有呼痛。待到五十余杖，终是熬不住，尖声哀鸣道："奴家愿……愿招啊！"

张汤命书佐上前，录下口供。楚服狠狠心，说出门徒五六人。张汤哪里肯罢手，只喝道："你一个女巫，如何近得皇后身边？引荐为何人？在中宫识得何人？巫术由何人传授？同门有几人？"

楚服呼冤道："女子惹祸，女子一人当，如何逼我牵扯他人？"

"或是杖笞尚不重，来人，加重！自你出生起，所识何人，所做何事，只管道来。若道不尽，便下不了这木凳。"

如是，御史台诏狱中，彻夜是楚服呼号声。杖笞一阵，吐露出十数人，如是三番，似无止境。捶楚之下，楚服几次晕死，被冷水泼醒，复又加刑。楚服终是熬不住，连声嘶吼，唯愿一死。

张汤冷笑道："此刻可知了？这便是求死不得！然供不尽同谋，焉能允你死？"

楚服此时已神志不清，被逼无奈，信口牵连，将那宦者、宫女、谒者，直至邻里、旧识等，陆续牵出三百余人。

书佐在侧，听了一夜杖声哭号，录名直录到手酸。

待天明，张汤见楚服血污遍身，已气息奄奄，料无可再压榨，便要过口供来看。

但见那书佐所记，密麻麻一片。张汤每念一名，书佐便在旁画一笔，画下"正"字无数。念毕，书佐数了数，共计三百二十一名。

张汤一笑，知这一夜拷掠，楚服已是供无可供了，即吩咐道："收入牢中去！着令同室罪妇看管好，莫令死掉。"

众皂隶一声应诺，将楚服死狗般拖了下去。

时已明光大亮，张汤目光炯炯，毫无倦意，当下挥笔草拟定谳书。不过须臾，书草成，附上人犯名录，便携书直赴北阙，将奏书递入。

武帝接了奏书，不由一惊："首恶仅一人，竟牵入如此之多？"当即传张汤入见。

见张汤神采奕奕，武帝笑问："定谳不觉匆促乎？"

张汤神闲气定道："臣一夜未眠，追问口供，是为攻其不备。所招认，当无遗漏。"

"一夜未眠？"

"陛下重托，臣怎敢延宕？所谓巫蛊者，女巫伎俩耳。民间甚厌之，况乎宫中？此案已定谳，臣以为：当以大逆论罪，尽皆问斩。"

武帝稍作沉吟："若详问，或有罪不至死者，奈何？"

"陛下，人君执事，最忌外戚坐大。外戚可做臂膀，不可为腹心。将此三百二十一人枭首，则外戚知天子不可亵，不独皇后，即是窦太主也当怵惕。"

武帝眼睛一亮，望住张汤，颔首笑道："卿知朕意。"于是提笔，在定谳书上写道："巫蛊扰乱宫闱，实不可忍。所有人犯，当枭首于市。钦此。"

奏本发下，张汤即出宫，驱车返御史台，发下签令，将楚服所供三百二十一人，尽皆拘捕，投入诏狱，以镣铐系手足，寸步也挪动不得。

一时之间，诏狱中人满为患，喊冤声呼天抢地。

此时的御史大夫为张瓯。张瓯乃两朝老臣，行事一向周密，心知连坐三百余人，必是枉法成冤。见张汤于数日间，只顾捉人进来，就不免有烦言："侍御史用事，当以谨严为上，公器不得滥用。"

张汤只把头一仰，回道："圣裁已下，巫蛊案大逆不道，臣不敢宽纵。即或有冤情，臣之过，也不及枉纵之罪。"

张瓯年已老迈，神思大不如从前，加之也素厌术士装神，便摇头叹道："既如此，老朽无话可说。公乃新晋，如日中天，不怕世事翻覆就好。"

张汤哪里听得进去，虽不敢顶撞，却也不以为意："谢尊长教诲。法者，天下至道也。问谳此案，下臣若有得罪，也当按律处之。"

待三百余人如数逮到，张汤也不问案，十人一排，提上堂来。先两人缚上夹棍，一锤敲断胫骨，趁人犯呼痛，令皂隶捉了人犯之手，在先写好的文书上画押。后面的人，初起还想呼冤，见前面两人惨状，都为之丧胆，不敢违拗，乖乖画了押。

如此昼夜不停，只两日，将三百余人过堂一遍，全数具结认罪。

半月后，武帝允准开斩。诏下，长安为之震动，城中有术士、医者等，都闻风逃散一空。

行刑之日，张汤亲赴西市监斩。此次问斩，人数太多，御史台皂隶不敷用，又自廷尉府、长安内史府各调百余人来，围住刑场。场外观者如堵，有数万之众，城中街衢，为之阻塞。

伞盖之下，张汤轻摇羽扇，怡然端坐，令随从以瓦钵盛满豆粒，又置铜盘于地。

至正午时分，锣声骤响，楚服背插斩标，头一个被拽上场来。全场一阵喧哗，万头攒动，都争看女巫模样。此时的楚服，已全无人形，裙裳褴褛，为血污浸透。

张汤起身，朝未央宫方向，拜了三拜，高声下令道："午时三刻，阳气至盛，开斩！"

但见两名赤膊壮士出来，将楚服按压跪下，拔去颈后斩标。说时迟那时快，一个头裹红巾的刽子手，飞步跃出，一刀挥下。

刀光闪处，众人一阵惊呼，楚服头颅当即滚落地上。

围观者受惊吓，仓皇退后。接着就是十名刽子手上场，将那三百余人，十人一排推出，如法斩首。

围观人众，起先尚能喝彩，待到人头渐多，滚滚一片，众人皆惊骇，满场鸦雀无声。一干待斩人犯，早已魂飞天外，无力哭号。寂静中，唯闻刀声飒飒，惊神泣鬼。

张汤独坐，命随从每斩一人，即扔一粒豆入铜盘。头颅落一颗，即有叮咚一声脆响，直刺人心。

四面弹压的皂隶，纵是见过大场面，也不禁色变。众百姓更是面如土色，只顾直盯盯地看，头颅堆得渐高……

这一场屠戮，直杀得天昏地暗、血流成河。长安市中，似有阴气上冲，遮天蔽日。

待最后一粒豆，叮咚落入铜盘，有随从告知："使君，钦犯楚服及同谋，尽皆伏法。"

张汤这才收起羽扇，缓缓起身，以平常语气道："弃市三日，不得收尸。"便反身上车，回宫复命去了。

巫蛊案诸犯，暴尸街衢三日，西市各商贾见了，哪还有心思做营生，都纷纷关张。三日后，方有亲属陆续来收尸，哀哭一片。

凶信传入中宫，陈皇后闻之，魂飞胆丧。早些日，身边就有涓人陆续被带走，未料数日后，各心腹宫女即人头落地。

几日里，椒房殿死寂如墓，陈皇后只是食水不进、彻夜难眠。

果然未过数日，有宗正府来人，宣诏曰：废去陈阿娇皇后位，收缴册书，追还玺绶，着令立即徙往长门宫。

这个长门宫，在长安城东南霸陵邑，原为窦太主私园，如今是祭陵歇息用的别馆。阿娇徙往长门宫，不啻被打入冷宫，今后复位，难再有望。

窦太主在家闻知，如闻天塌，急得直骂阿娇惹祸。待次日，慌忙入宫，直趋宣室殿东书房，入见武帝。

进了门，窦太主竟不顾体统，伏于武帝座前，叩首不止："姑母有罪，有罪！万望宽恕。"

武帝见了，倒始料不及。想起幼时，姑母曾有照拂，毕竟有一脉骨血亲情，连忙避座而起，扶起窦太主道："姑母多礼了，侄儿消受不起。"

窦太主涕泗横流道："姑母老了，身边仅有阿娇一女。阿娇蛮横，自幼已然，如今得罪了君上，实不可恕。请君上念姑母之悲，饶阿娇一命。"

"姑母，这是哪里话？阿娇为小人所惑，在中宫行巫蛊事，按律当罚。 徙住长门宫，令其思过，也是常例，侄儿万无追逼之理。 长门虽僻远，到底是姑母旧园，还不至凄凉。 阿娇好生度日就是，我决不为难。"

听了这话，窦太主心乃始安，拭去泪水，连声称谢而退。

话虽如此，阿娇身处长门宫，终究是孤寂。 睡前思量，往日繁华浮至眼前，难以忍受。 想起前尘，阿娇每每泪洒玉枕，只疑半生都是梦。

闲居日久，阿娇忍不得废后冷遇，连那永巷宦者来送物什，都面有骄色，直是不可再忍。 思来想去，竟想到了司马相如。 料想君上重文才，若读了相如赋，或能回心，于是遣人去求相如，赠金买赋。

阿娇有此恳请，写或不写，相如一时不能决断，只得对来人推托道："使君请勿赠金，容在下写毕再说。"

送走长门宦者，相如与文君商议，不由满心疑虑："君上厌恶废后，世人皆知，杀楚服案三百余人，即是以儆效尤。 我若贸然作赋，岂不要坐逆鳞之罪？"

卓文君是个妇人，想到阿娇独坐冷宫，便心生怜悯："阿娇何辜？ 无非是争不赢卫子夫。 夫君若仗义作赋，料得君上亦可容。"

"然……君上正不欲阿娇复位。"

"君上，君上，文士如何就怕个君上？ 你今日作赋，并不为己，是为弱女子而鸣，君上岂能不知？ 便是逆了鳞，还能杀头不成？"

相如想想，赧颜一笑，方才应允了。 如是闭户一月，写成《长门赋》一篇。

此篇气势亦极佳，起首便写："夫何一佳人兮，步逍遥以自虞。魂逾佚而不反兮，形枯槁而独居……"

赋中写独居佳人，清净自守，孤寂无助，登兰台而遥望，思绪遄飞。直至写出"日黄昏而望绝兮，怅独托于空堂。悬明月以自照兮，徂清夜于洞房。援雅琴以变调兮，奏愁思之不可长"等句，悲凉之意，满篇流布，功力不输于屈原。

卓文君读了，泪流不止："夫君，便是为我而写，恐也不及此。如此，可受长门宫赠金了。"

司马相如也颇自许，料想君上读了，定能回心转意。当下就遣人将《长门赋》送往阿娇处。

阿娇展卷一读，情不能禁，竟号啕大哭。良久，才止住泪，将赋看完，心中亦悲亦喜，吩咐宫女取出千金，交与来人。

隔日，阿娇即遣心腹赴阙，将此赋呈入。武帝接到《长门赋》，颇觉惊异，方读了两句，即拍案道："又是长卿之作。"

待细读下去，渐渐动容，边读边赞道："好文采！"然读至终篇，却叹了口气，"惜乎，阿娇文采若至此，也不至有巫蛊事发。"

此后，便再也无消息。阿娇那边，在长门宫望穿孤月，终是空欢喜了一场。

再说窦太主，虽已失依恃，然当年拥立王太后，毕竟有功，为何此时却不敢责武帝，反要屈身求告？此中，乃有一段隐情在，此处要倒回去说。

古之贵戚，常养童子以供狎弄，称作"弄儿"。窦太主早年，也养了个童子在家，名唤董偃。

董偃之母董氏，本是珠宝商，由此得以出入窦太主府邸，有时将董偃带在身边。窦太主见这小童貌美，唇红齿白，心中就生出怜爱。问他年龄，才十三岁，不禁笑对董母道："这孩儿，生得乖巧！与其在你身边，不若在我身边，我当为你教养此儿。"

董母不想有这等好事，大喜过望，便将董偃推入窦太主怀中，伏地叩谢。

自此，窦太主将董偃留在家中，视同己出，教他书、算、射、御等本事。那小小董偃，不仅秀外，更是慧中，所学无不精进。且知入太主之门，便是攀龙附凤，侍奉太主亦是滴水不漏，颇得老妇欢心。

如此数年，董偃年渐长，已俨然窦氏家人。其时，窦太主之夫、堂邑侯陈午病殁，家中骤失男主，上下慌乱，全赖董偃打理丧事，井井有条。窦太主看在眼里，悲心顿减，私心里反倒是窃喜。

原来，窦太主生于帝王家，自幼锦衣玉食，对俗务没费过半分心思。故未受过摧折，年过半百，望去仍似少妇。貌既仿佛中年，心就耐不得寡居，看看眼前董偃，年已十八，出落得风流倜傥，又能料理鄙事，岂不是一个上好的顶替吗？

陈午在时，窦太主对董偃，早生了爱心，只是囿于礼法，不敢造次，不过暧昧偷尝而已。如今丈夫薨了，窒碍全无，窦太主不顾尊卑之别，等不及除丧服，便借口悲伤，唤董偃入室共寝，权作顶替。

董偃虽心中不愿，然也知利害，不敢违拗，只好闭目效力，夜夜承欢。锦帐内，老凤嘤声，犹带娇喘，侍女们闻之，无不掩耳奔逃。

自此，窦太主有如重生，容光四射，出入都步履生风。越看董偃，越觉惬意，就起了意，要为他提前行冠礼。

主意一定，便择了吉日，在邸中摆下盛宴，遍请长安高官贵戚。有一班昧良心者，素擅舔功，不要面皮，岂能放过这机缘？开宴那日，雕车骏马，填塞于途，各携贺礼叩访太主府邸。

登堂后，只见窦太主与董偃，一主一次坐着，笑意盈盈，活像祖孙。众人双目似盲，全不觉荒诞，只一迭声夸赞董偃聪明。

有一诗书传家的博士，竟挺身而出，高声颂道："董君年少多才，所著文赋识见神明，缕析如丝，详略相宜，含蕴沛然，笔法似刀，文藻隽永，正合创一代风气。老臣于此篇，常览常新，愈品愈甘，足称楷模，堪以传世。"

诸贵戚举杯，轰然附和。董偃在座中，略感扭捏，正要开口谦逊，却被窦太主拉住，软语代答道："博士诗书，果是吃在了腹中，口吐粲然，精如牙雕，却也不负董君之才。董君虽年少，前途未可限量，诸君照拂，来日不可少呢。"

"那是自然！"众人争先恐后，又是一阵恭维。

宴罢，董偃归家探母，董母抱住小儿，喜极而泣："卖珠儿，今日能登太主厅堂，无乃祖上积德乎？"

董偃也喜道："卖珠十年，不及太主三夜挥霍。儿今生有福，阿娘也无忧了。"

那窦太主，虽为董偃撑足了面子，却也心虚，仍恐有人不服，或受众谤。于是唤过董偃，嘱其广交宾客，收揽人心。所用资财，只从邸中私库取，不嫌其多，唯嫌其少。若每日所用，金不满百斤、钱不满百万、帛不满千匹者，无须知会太主，自取就是。

董偃得此恩宠，太主私库便成了销金窟，日日挥霍，散财如流水。与长安公卿贵戚，日夕买醉，笙歌达旦，城内千人万人皆知，太主邸中出了个豪奢"董君"。

此时袁盎之子袁叔，与董偃友善，二人无话不谈。见董偃得意，却有隐忧。一日，引董偃入密室，低语道："足下私侍太主，有何所得？"

董偃不以为意道："可享荣华就好，弟也顾不得那许多了。"

"若能长享，我不为足下忧。然私侍太主，恐有不测之罪。事起，或在须臾间，果能长享安乐吗？"

"哦？兄提醒得好，吾心为此也正忐忑，然事已至此，又将何如？"

"我且为足下献一计，或可解忧。前朝景帝时，宗庙尚在长安城内，后移至各陵邑。今文帝庙在霸陵，离城甚远，君上前往拜祭，苦无宿宫。我知太主家有长门园，离霸陵不远，足下何不劝太主将此园献与君上？君上得之，必喜。知此计出于足下，则足下安枕而卧，永无灾祸。"

董偃哪里有何城府，闻听这番筹划，只知拍掌。当日，便入告窦太主。

窦太主听罢，颔首而笑："董君今日所言，实为老到，似一夜间长了几岁。不知是何人进言？"

董偃只得老实答道："不敢瞒太主，实是袁叔献计。"

窦太主便笑："我也识袁盎，心窍比藕孔还多；这个袁叔，丝毫也不差！董君久安，确乎系于君上。我这便去见君上，只说是你劝我献园。"

事不宜迟，窦太主当即写了奏书，入宫去见武帝。

武帝闻听窦太主欲献园，甚是嘉许："姑母此举，实获我心。姑舅亲，到底是皮厚连筋，便是姑舅家中鸡狗，于我也亲。我若不纳，倒显得生分了。如此，长门园既成禁苑，改名长门宫就好。"

袁叔巧计得逞，窦太主心甚喜，返家后，即召见袁叔，赐了一百斤金以为酬劳。

这便是长门宫的由来。 只是那窦太主万想不到，所献苑囿，后来竟做了阿娇的幽禁地，未免晦气。

阿娇既废，献《长门赋》又有去无回，虽有武帝承诺，窦太主还是心虚。 平素与董偃厮缠时，想起来就长吁短叹。

袁叔得知，也怕太主失势，累及自己。 于灯下痴想一夜，想出一计，天明便赴太主邸，入告董偃。

董偃听过，惊疑不定，喃喃道："兄之计，是要推我下油镬吗？"

袁叔愤而起身，挥袖叱道："若依我计，不成，亦无杀头之祸；然不依计，杀头或就在迟早！"

董偃脸一白，这才觉悚然，连忙拜谢不止。 当夜，便在床上说与窦太主听。

太主听罢，连拍床板道："好个袁叔，真是我腹中蛔虫！ 明日便可依计。"

次日起，窦太主便装病，此后多日不入朝。 武帝起初并未在意，日久，察觉有异，忙遣人打探。 知是姑母患病，连忙起驾，往太主邸中探望。

太主僵卧床上，以汗巾覆额，闻听武帝至，就佯装呻吟状。武帝心慌，抢前两步，坐在床前把了把脉，急问道："姑母如何有急恙，或是暑热毒侵？"

窦太主气喘道："年老气衰，终究是命不长了。"

武帝觉无以答对，只得含糊道："我年方廿七，便觉精气不似弱冠时。 天命无常，姑母还需珍摄。"

窦太主只呻吟道："天要来收我……"

武帝是何等聪明，忙应道："姑母有何话，尽管说来。"

窦太主忽就泣下，哀声道："妾身衰朽，蒙陛下垂恩、先帝遗德，得为公主，素所赏赐受用不尽，此德如天地，报答不尽。 妾身病倒，若有不测，真是目难瞑啊。"

"姑母福厚，这是哪里话？"

"妾身唯有私愿一桩，拜托陛下。 今后时日，陛下若圣躬有暇，欲出游，可否常来我这里。 陛下自幼，便是在妾身左右长大，往事历历，不能忘怀，或能时常奉酒座前，叙姑侄之欢，才算了却平生愿。 帝恩浩荡，娱我左右，我便是老来神仙了。"

一番话，提起了旧情，武帝也忍不住眼酸，连忙恭敬回道："我还当是天大事！ 若仅是此事，侄儿自当遵嘱，常来游宴。 ……只是从游臣僚多，怕是府上要破费哩。"

窦太主闻听武帝允诺，喜在心头，佯作咳了两声道："妾身虚极，不能起来拜谢了。"

武帝心知，太主此举无非是想固宠，只觉也无不可，于是安慰道："太主不必过虑，病卧不过指日间事，静卧就好，切忌夜夜翻动。"这才含笑起身，告辞还宫。

岂料窦太主心甚急，才过数日，就自称痊愈，入朝去见武帝了。

武帝见姑母来，略感惊异，随后就一笑，好言慰问。 命少府取出千万钱，赐予太主，又命御厨设宴款待。

席间，武帝见窦太主言笑晏晏，哪有大病初愈的样子，心中便笑，忍不住打趣道："姑母，年前姑父薨殁，侄儿甚忧，唯恐姑母伤神。 未料姑母近来，却似少年龙腾虎跃。"

"侄儿，你只拿姑母开心，老妪如何能似少年？"

"老树枯凋，缘于阴阳不和。 姑母怕是有上天惠顾，唯见红颜，不见衰颜。 或有童子秘诀，不肯示人？ 侄儿问政十余年，即感气衰，倒要向姑母讨教了。"

窦太主听出武帝弦外之音，也不抵赖，只佯作浑噩，笑答道："老妪如何驻颜，也挽不回年华，只不愿早衰，人之常情罢了。"

武帝会心一笑："姑母既乐，便是侄儿大愿。"遂举起酒杯祝道，"汉宫多奇事，姑母之奇，旷古未有。 我为人主，或是有德政，方得此上天眷顾。"

二人说说笑笑，情同母子。 窦太主心中大喜，直饮至大醉方归。

不数日，武帝果然依约，轻车简从，来至窦太主府邸。

窦太主闻听前导宦者通报，慌忙换下华服，改穿布衣，系了一条蔽膝围裙，宛似灶下婢，走出门来，躬身相迎。

武帝施礼拜过，步入正堂坐下，见姑母服饰太过鄙陋，便知其意，忽然张口笑问："姑母，堂上未免空寥，主人翁何在呀？"

窦太主怔了一怔，方知武帝语意，连忙跪伏于地，摘去簪珥，除去鞋履，叩首道："妾身行止无状，有负圣恩，罪当伏诛。 陛下既不愿加刑，老妪唯有谢恩。"

武帝连忙摆手道："此番礼数，自家人就不必了。 请主人翁出来，朕有话说。"

窦太主脸一红，拾起簪珥，含羞戴好，才步入东厢，引出董偃来谒见。

武帝注目打量，只见董偃头戴绿帻①，臂缠青韝②，一副厨人打扮，随窦太主身后，来至堂下，惶恐匍匐，头不敢抬。

武帝眉毛一挑，似笑非笑道："主人翁，果然少年郎！"

窦太主忙上前一步，向武帝施礼，代董偃答道："馆陶公主庖厨、小臣董偃，冒死拜谒。"

武帝心中有数，特起身微笑道："董君请平身，自家人，无须多礼。大好吉日，这副装扮未免俗媚。太主家中，哪里用得起这等厨人？请君更衣，来座上同饮。"

董偃叩谢，连忙去东厢换衣服。窦太主见此大喜，高声吩咐开宴。

一众家仆闻声，随之出来，摆好案几、盘盏、鼎盆、箸匕等。宴堂四围，锦帐低垂，旁侧有钟磬，乐人齐奏雅乐，气象不输于天子家宴。

稍后有厨人出来，为各人端上肉羹、肉粽，分布好葵、韭、薤、芸、盐菜、酱汤。又有健仆四名，抬铁架至庭中，生起炭火，烤鲜胎羔羊，即为"貘烤"。

此时董偃换了新衣，冠带整齐，也捧了酒樽，来为武帝奉酒。

武帝看看董偃，欲笑又止，理理衣襟，双手捧起满杯，一饮而尽。

饮毕，环顾左右，吩咐随从道："尔等也来斟酒，朕要回敬主人。"

---

① 帻（zé），古代的头巾。

② 韝（gōu），臂套。以革制成，用以束衣袖，射箭或操作时用。

待酒斟满，武帝举杯向董偃祝酒道："主人年少，令我愧。世间事忽忽而过，昨日少年，渐也垂老。我当祝主人，天所予，务请珍重。"

董偃闻此言，感激涕零，答话几不能成句："陛下厚恩，千载不能遇见。小臣何德，蒙陛下垂爱。此酒，小臣愈嗅愈香，常饮常甘，穿透肺腑，为奴也不能报答……"

武帝大笑，连忙摆手截住："好好！既做了主人翁，便无须拘谨。请上座，与太主分坐，陪朕一饮。"

董偃还在迟疑，窦太主却大喜，知侄儿如此说话，便是敕赐可为夫妇了。有天子允准，朝野哪还敢有谤言？

窦太主连饮几杯，免不了又提及往事，几欲泪下，武帝亦是不胜唏嘘。

这一番酒宴，从朝食吃到日暮，两下里尽欢。武帝不时拉住董偃手，赞不绝口："似我少年时，似我少年时！"

人定时分，武帝看看兴尽，便吩咐撤席，起身告辞。出了大门，正要登车，窦太主忽又叫道："陛下且慢，妾身还有所托。"便朝身后一挥手。

门内即有一队家仆拥出，搬了些金帛财宝出来，往车厢里装。

武帝笑道："少府库中，还缺少此等杂物吗？"

"陛下，妾非不知理。这一应财物，请陛下代为颁赐，分与将军、列侯、大臣等。"

"哦——"武帝会意，笑扬手道，"姑母用心良苦，侄儿遵嘱，不敢怠慢。"即命身边诸骑郎道，"尔等来动手，统统载上。"

果然，回宫次日，武帝即有颁诏，以太主之名，分赐诸公卿财帛。众人得了厚赐，都心知肚明，无不夸赞太主仁厚。

却不知窦太主素擅敛财，家中所积，几不可计数；窦太后驾崩，又遗下长乐宫私财，尽归窦太主。故而拿出些许，为董偃铺路，实是小事一桩。

钱能通神，亦能左右舆情。早前对董偃事，朝中尚有风言风语；自从诸公卿受了赐，则风向一变，无人不盛赞董偃。

众臣又闻君上称董偃为"主人翁"，更是惊羡。善谀者只恨无敷粉之容，个个争投董氏门下，甘为犬马。窦太主悖礼之事，却睁眼不看，尽皆缄默，似世上并无此事一般。

且说这一番操办，皆出于袁叔之谋，鬼神都自叹不如。为此，袁叔少不得又受了许多赏赐。

窦太主笑笑对袁叔道："袁氏一门，诗书传家。那诗书学问，果然未吃进狗腹。我还道公卿中，或有一个两个拒受的，要与我为难。"

袁叔淡定回道："太主，那班臣僚，食你家俸禄，哪里还能有骨？小臣料定，董君从此，可长享富贵。汉不亡，便可高枕。"

一语说得太主、董偃皆大笑。太主又道："僚属善辨风向，老身早便知道。未料其节操云云，竟如鸡头毛，一文不值。唉！我那些财宝，算是投了畜圈。"

袁叔拱手道："正是。《商君书》言：'吏虽众，事同一体也。'臣僚饥饱相融，荣辱相庇，哪有敢说话的？"

太主想想，又摇头叹道："君上偏偏看重儒生，幸而屡屡遭挫。否则，迂直之臣多了，老身恐不能安。"

于此之后，窦太主再无忌惮，公然携董偃一同入朝，亦不避人耳目。武帝也喜董偃聪明伶俐，允他可随意出入宫禁。

董偃由此得近天颜，常随武帝在北宫游玩，或至上林苑，看角抵之戏。 入夏，昼长夜短，君臣二人玩蹴鞠、斗狗马，恣意驰驱，无不尽兴。

时逢窦太主又入宫来，武帝特为置酒，在宣室殿款待太主。

酒过一巡，武帝才想起，笑对太主道："古人是如何娶妇的，侄儿略知一二；然如何招婿，则不知。"

窦太主面露疑惑："陛下问古人嫁娶做甚么？"

武帝未加理会，稍稍停顿，忽然又道："姑母何不令董偃也来？"

窦太主这才领悟，半恼半愧，嗔怪道："来就来嘛！"

武帝遂一笑，吩咐宦者去召董偃来。 候了许久，不见董偃至，却见东方朔抢步入殿，姑侄二人就不由一惊。

原来，这日正逢东方朔值殿，执戟护卫。 忽闻宦者传呼"召董偃"，便急忙弃戟，上殿奏道："陛下，董偃何许人也？ 有可斩罪三，怎得召入？"

武帝知东方朔又要捣鬼，故意反问道："斩罪一，便可吓得死人，他如何能负三罪？"

"回陛下，董偃身为贱臣，竟敢私侍太主，便是其罪一。"

"哦。 此事朕已知，曾有特许。"

"败坏伦常，有违王礼，这是其罪二。"

武帝闻言，略显色变："我为人君，难道不懂伦常吗？"

"陛下春秋正盛，当披览六经，留意朝政。 那董偃不学无术，专以靡丽之事蛊惑陛下，乃是国之大贼，此即罪三。 陛下不究他三罪，反倒引他入宣室殿，便不怕他污了殿堂吗？"

武帝耐心听罢，面色阴晴不定，良久方道："爱卿直言，我当纳谏，然此次可否通融，下不为例？"

东方朔却是不依："不可！ 宣室殿，先帝所居也，岂可引入不正之人？ 历代篡逆，无不自淫乱起，正所谓'庆父不死，鲁难未已'。 陛下欲敷衍过去，则祸将从此始。"

武帝忍了忍，终叹了口气，对东方朔道："朕奈何不得你！ 偶一进言，便是不容商量。 且退下吧，朕这便准奏，董偃不得再入宣室殿。"

送走东方朔，武帝即吩咐左右："移宴北宫，令董偃自东司马门入，径自往北宫去便是。"

如此，一番忙碌下来，武帝才在北宫坐定，不禁自嘲道："天子吃酒，却为臣子所逐。"

窦太主也知此事见不得光，虽恨东方朔，却也满心无奈，只叹息道："东司马门，臣属谒见之门，董君如何得入？"

武帝微微一笑，安慰太主道："董君既无名分，我便教那东门也无名分，岂不是好。"当即吩咐谒者，"传谕下去：今起，东司马门改名东交门，非臣僚者，也可入。"

窦太主这才一喜："天下事，难不倒天子。 那董君也真是伶俐人儿……非妾身一人独怜。"

当夜，武帝独坐灯下，思忖日间东方朔所言，心中渐渐起了寒意。 想那太主虽无干政之意，却私养董偃，淫乱宗室，终有招物议之嫌。 明君守成，凡乱源，留之究竟何用？ 都应斩断才是。

于是，次日遣人出宫，为董偃送去黄金三十斤，从此便不再召入。

可怜那董偃，见武帝久不召见，知已失宠，又不知缘由，觉郁闷万分，只得勉强与太主周旋。

如此蹉跎数年，窦太主渐老，年已逾六十，齿发脱落，堪堪地没了模样。董偃却是方及壮年，又怎肯委屈，不免就出去采花盗柳。

窦太主见此，如何能忍得下，心怀怨怼，对董偃常有呵斥。见了武帝，也忍不住要出恨声。

武帝听见，强掩忍住笑，只问道："姑母，你责言董君，他可有所收敛？"

窦太主发怒道："狼子！要剥了他皮，才晓得收敛。"

武帝眼中精光一闪，旋又如常，安慰道："姑母请毋躁，世上粉面郎，倒多得很。"

此后不久，窦太主在邸中，又寻不到董偃人踪。至夜，忽有里正来报，称董偃醉酒，当街撒泼杀人，又顶撞内史，已被君上赐死了。

窦太主满怀狐疑，想那董偃虽浮浪，杀人总不至于，于是欲入宫去问个究竟。临行，换好鞋履，忽然就悟到：君上必是听了抱怨，也恨董偃，不过借机除去了而已。

太主于是褪去裙裳，回到内室，想起往日种种，哀叹了一声，落下几滴泪来。

董偃死时，年方三十。后长安人谈及，都叹他命短，互诫富贵不可强攀。

此后，窦太主独守空房，便又起了念，欲再寻粉面郎。然城中少年，皆以董偃为戒，哪里肯为老妪送命？太主家仆四处探访，众百姓只是窃笑。问得急了，闾里人家难免口出恶语。

窦太主闻之，也甚无奈，为之郁郁不欢，向隅独坐。如此挨了三五年，身患重疾，一命呜呼，往黄泉路上去了。

武帝得了噩讯，埋头片刻，忽又抬起头，对左右道："文帝生前，最爱长公主。窦太主之枢，不宜归葬陈午故里，便与董偃一道，合葬于霸陵好了。"

众臣闻听，先是惊愕，继之都唏嘘不已。

此后阿娇一人，全无依恃，在长门宫独守，更觉势孤，唯恐有朝一日衣食不保。

百思之际，想起老母丑闻遍长安，尚能哄得君上回护，自己何不也设法，令君上回心。又想到，往昔在中宫，常听君上夸赞司马相如，今若能购得相如赋，申说委屈，君上读了，定能心动。

这便是阿娇重金购赋的由来。然阿娇没有料到，老母所为只是一人之事，自己欲唤回君上，却有卫子夫阻路，两者全不相类。

武帝此时，正钟情于卫子夫，看山看水，流连忘返；那司马相如固有屈宋之才写了《长门赋》，也抵不过卫子夫美目流盼。果然《长门赋》呈入后，武帝只是个不睬，阿娇这才知覆水难收，自此死心。好在多年里，少府所供衣食，四时不缺，仍可保奢华。

此后花开叶落，春秋交替，长门宫虽富丽如旧，却门庭冷落，了无生趣。如此，阿娇怎能不悲郁，不久，便也随母亲去了。

阿娇一生，或荣或辱，就此留下一段故事，令后世为之惋惜。

武帝到此时，坐殿已整十二年。当年为青葱少年，如今已年近而立。往日处处掣肘的窦太后，驾崩已久，母后也渐已年衰，不再问政事。朝中左右，再无一个权臣、外戚阻道，正可将多年酝酿的谋略，放手施展。

前时起用张汤，重治陈废后巫蛊案，便是要震慑官吏，欲将那儒表法里的一套，在朝中用起来。

张汤于此情势，看得明白，究治起巫蛊案来，毫不容情，不惜牵连无辜，直杀得血流遍地，人人缄口。武帝看在眼里，甚是满意，当即擢升张汤为太中大夫，收为亲随。

此时，朝中还有一位中大夫赵禹，执事亦甚苛刻，素与张汤交好。张汤也知新人蹿升，不可无朋党，于此，事赵禹如兄。两人彼此推重，互为援引，在朝中俨然成一势力。

武帝正值用人之时，故对此二人极力褒扬，令他们同修律令，添加条文，务教法网严密。

二人奉命，气焰更张，于帷幄中商议，创立了"见知法""故纵法"两大苛法，用以钳制官吏。

见知法，即是督促官吏，凡见人犯法，须率先出头告发，否则与犯法者同罪。故纵法，则是强令断案宁可失之苛，不可失之纵；宽刑便是故纵，也要坐罪。

两法一出，举朝为之色变。那大小官吏，一向因循，以为权柄为天子所授，或严或纵，全出于私心，而今才知天子厉害。

御史台、廷尉府奉诏，将两法严厉推行，一时间讼狱收紧，人人不敢宽纵。天下各郡国，更是诉讼繁苛、赭衣当途。

张汤也知武帝好儒，于是凡作狱辞，皆附会古典，满篇是拗口的上古文。又上奏武帝，请一众博士及子弟，深治《尚书》《春秋》，教化臣民，促天下文气上升、蛮风收煞。

武帝看见这些，无不欣喜，恨不能将朝事皆托付张汤。

张汤这般高扬儒学，倒令武帝想起董仲舒来。记得当年登位，正无所措手足之际，恰有"天人三策"，似天启，振聋发聩，董氏之功当为最。

当年董仲舒得中首选，武帝怜才，为免蹈贾谊覆辙，特将他外放，出任江都国相。在江都数年，教化有方，居然调教好了桀骜的江都王。

谁知仕途坎坷，从无征兆，董仲舒只道是夙夜在公，白圭无瑕，却不意受了别案牵连，洗刷不掉，竟被降为中大夫，黯然返京。

不想，闲居未及几日，又触犯律法，被逮入诏狱，定谳书已在武帝案头。

这一年，春燥少雨。辽东郡高庙及长陵高园殿不慎失火，两处皆焚烧一空。

董仲舒闲来无事，手便痒，提笔纵论此事。文中援引《春秋》，申说义理，洋洋洒洒一大篇。

适逢辩士主父偃来访，见仲舒案上有文章，瞥了一眼，似颇多违碍语，便心生不良，趁机将简牍藏于袖中，窃回了家。

次日，主父偃托卫青引荐，入朝谒见，将董仲舒文向武帝呈上，禀道："此文为儒生所作，语涉讥刺，请陛下裁夺。"

武帝一笑："哦？布衣长者，眼光倒很精细。天子既尊，还怕甚么讥刺？"便接过来看。

起首数语，倒也平常，无非借火灾言事。看到中间，见其引《春秋》大义，五行生克，直刺世事。谓火灾乃天意喻人，昭周德不衰、汉祚将殂云云。武帝便凛然坐直，问道："此文是何人所作？"

"中大夫董仲舒。"

"怎的会是他！"武帝怒极，将简牍摔于案上。

当日，武帝在前殿召集诸儒，出示董文，对众人道："今主父偃偶获一文，疑是民间布衣所作，人皆谓高论，有劳诸君看过。"便交与众人传阅。

诸儒生中，有一人名唤吕步舒，单从名字看，便知是董仲舒得意弟子。然此人终究修炼尚浅，看过文章，不知是恩师手笔，闻听是"布衣所作"，胆子就越发大起来，倚仗是"董门第一人"，在御座前放言无忌，斥此文为"下愚"之论。

主父偃在侧，默然静听，待吕步舒讲完，方缓缓躬身道："足下明见。然此文，正是尊师董仲舒所作。"

吕步舒闻言，顿时汗出如雨，急急道："小臣不知，罪过，罪过……"

主父偃冷笑一声，厉声道："足下所斥，句句切中肯綮，何过之有？那董仲舒，才是谤讪国政、妖言惑众，罪不可赦！以臣之见，当付有司问罪。不杀，恐不足以谢天下。"

吕步舒更是惶恐，面色一白，险些晕倒："小臣罪该万死……"

武帝见状，忙抬臂制止道："朕召诸生议事，言者无罪。董仲舒著文荒诞，妄言《春秋》，实有负朕心，当交付诏狱。汉律大如天，朕即便想转圜，也是容不得了。来人！"

当下，便有谒者上前，恭立听命。

武帝下令道："着令御史台，逮董仲舒入狱，详推其罪。若有说情者，一并拿问，绝无宽恕。"

诸儒生闻令，个个惊恐，皆汗流浃背，伏地不敢仰视。

武帝起身，藐视一笑："今日议罢，诸君平身好了。"便退回后殿去了。

且说董仲舒下狱后，不过一月余，御史台便有定谳书呈上，称董氏妖言，荒诞不经，罪涉"大不敬"，可拟问斩。

武帝细看过文书，轻轻摇头，苦笑道："还好未拟族诛，终不是张汤问案！"

当即放下案卷，起身踱步，绕室三匝。想那董仲舒终究是异才，举世无双；又想起当年切磋"天人三策"时，君臣之谊甚笃，实不忍心就此诛杀。

于是坐下，拟了特旨，赦董仲舒妄言之罪，免官归家。拟罢掷笔，又叹息道："饱学之士，怎就不如公孙弘！"

那公孙弘，乃齐地菑川人。武帝提起他，缘于此翁仕途太过传奇。当年武帝登位，首选贤良文学，他就与董仲舒一同被征。

前文说过，公孙弘早年曾为狱吏，因坐罪被免。后蛰居海岛，以牧猪为业，供养继母。母丧又守孝三年，至四十岁后，方师从胡毋生，潜心研习《公羊传》。学成，名声大噪，时年逾六十，被选为博士入朝。

他为人谈笑多闻，喜与人交际，常谓："人主之病，器局不广大；人臣之病，用度不节俭。两者无瑕，即是盛世。"平素虽脱略形迹，却也知敬畏。

初入朝时，有前朝博士辕固生，也一同被征。辕固生是大儒，年已九十，早在景帝朝时，就盛名满天下。

当日公孙弘入朝，步履惶急，在殿口猛然撞见辕固生，吃了一惊。原来，公孙弘早闻辕固生大名，今见其相貌高古、气概非凡，哪里还敢直视，通报过姓名，连忙闪避。

辕固生也久闻公孙弘之名，瞥了一眼，便训诫道："公孙子，慢行！老朽有一语谓足下：既是儒生，务以正学立言，勿曲学而阿世！"

公孙弘听了，满面涨红，连连作揖，只不敢回一句。

时不久，公孙弘奉诏出使匈奴，返京后复命，应对之语不合武帝意。 武帝当庭摇头道："读君之文，条理分明，如何做事却不明？"

公孙弘大窘，只得谢罪而退，不久即告病归乡。 当其时，辕固生也因不肯阿谀，为诸儒群起诋毁，终也是罢归了事。

待到元光五年（前130年）八月，武帝痛感诸事不谐，渴慕贤才，于是再征贤良文学。 不料，那菑川国，又将公孙弘荐上。 征召令下时，公孙弘已是八十老翁。 闻召，忆起旧痛，婉拒道："老朽曾西入函谷，应天子召，因不才而被免。 此次推举，另选他人就好。"坚称不愿入都。

那菑川国人，皆敬公孙弘学问好，且守孝道，哪里容他推托，只成群结队来劝。

不得已，公孙弘这才允诺应召，背包携伞，趁秋凉登车，一路颠簸再入长安。

各地被征贤良百余人，入太常官所待命。 数日后，武帝发下策问，专问"天人之道"，命诸贤良对策。

此问，乃是建元年间首选贤良时，武帝向董仲舒所发；今日重提，或是希冀再有奇人出。

武帝策问曰："诸君修先圣之术、明君臣之义，博闻善论，有名声于当世。 敢问诸君：天人之道，何所本始？ 天命之符，废兴何如？ 天文、地理及人事之要诀，诸君皆习焉。 请详具其对，著之于篇，朕将亲览，无有所遗。"

此时太常一职，由老臣张殴出任。 照例，张殴收齐答卷后，要评出甲乙二等，再呈武帝。

百余卷之中，张殴看到公孙弘卷，读罢，甚是不屑。 原来张殴一向严谨，为文也一丝不苟，见公孙弘所论近迂，用语平平，哪里配得上贤良？ 显是闲居多年，不中用了。 于是大笔一挥，将公孙弘列为等外，然想了想，仍将原卷附后，也一并呈上。

武帝焚香沐浴，在宣室殿闭门不出，仔细阅卷。 看罢甲乙二等，颇觉失望，只叹董仲舒之才，天下再无第二个了。

忽见甲乙卷之外，还附有一个"等外"，便拿起来看。 待看清姓名，竟是公孙弘所作，于是就笑："选贤良事，百年不遇，此翁竟能两次被荐入！"

读了未及数语，武帝双目便倏地一亮，觉是好文难得。

见公孙弘在策卷中，不避忌讳，坦然对曰："臣闻上古尧舜之时，不贵封爵而民向善，不重刑罚而民不犯，乃君主率先以正，待民以信也。 至末世，则重厚赏而民不勤，重刑罚而奸不止，盖因其上不正，待民不信也。 故此，厚赏重刑，不足以劝善禁非。 君主治民，必以信为上。"

于治理之弊，又有八则谏言，曰："因能任官，量才度用；去无用之言，事事得手；不作无用之器，可省赋敛；不夺民时，不妨民力，则百姓富；有德者进，无德者退，则朝廷尊；有功者上，无功者下，则群臣警；罚当罪，则奸邪止；赏当贤，则臣下勤。 凡此八者，治民之本也。"

继之所言，则一语中的："民所求者，无不同。 业兴即不争，理达则不怨，有礼则不暴，爱之则亲上，此即天下最急之事。"

看到此，武帝不禁正襟危坐，自语道："张瓯年迈，竟识不得人了。 如此好文，怎能列于等外？"便又埋头细看。

见公孙弘针砭时弊，所开列药方，无非仁、义、礼、术四字，曰："天子治民，致利除害，兼爱无私，谓之仁。 明是非，立可否，谓之义。 进退有度，尊卑有分，谓之礼。 擅生杀之柄，通壅塞之途，权轻重之数，论得失之道使远近情伪必见于上，谓之术。凡此四者，治之本，皆当设置，不可废也。若法设而不用，不得其术，则主蔽于上，官乱于下。此事成败与否，为垂统大业之本也。"

武帝读罢，顿觉热汗淋漓，击节赞道："我果然不知治之本！此老儒，知礼教之重，言路之重，真是愈老愈智，少年哪里能及！"于是提笔，将公孙弘改列为第一，随即在前殿召见。

公孙弘白眉白须，健步上殿，气度仍不减当年。武帝吃惊，脱口赞道："伟哉，公孙子！容貌甚丽，又逾当年。"

公孙弘缓缓拜谢道："谢陛下。老朽徒有其表。不敢攀辕生，更不及司马相如。"

武帝仰头大笑："先生犹记当年乎？不提不提！司马相如，弄文之臣也，先生方为国器。"

当下，武帝好一番劝勉，复拜公孙弘为博士，待诏金马门，公孙弘转眼间否极泰来。

此番入京，公孙弘痛定思痛，改弦易辙，比以往活络得多。谒见武帝，总要曲意迎合，揣度上意。于权要之辈，也着意结纳，不再清高。他见张汤正得上宠，便自降身份，屡次往访，只求得互通声气。

又见武帝汲汲于万世大业，便潜心琢磨，复又上书，纵论先圣之道。书曰："陛下有先圣之位，而无先圣之名；即有先圣之名，亦无先圣之吏，是因治之道不同也。先世之吏，气正，故其民笃厚；今世之吏，气邪，故其民浇薄。政弊而不行，令倦而不听。如此，使邪吏行弊政，用倦令治薄民，民如何得教化？此即治之道不同也。臣闻周公治天下，一年而变，三年而化，五年而定，臣愿此为陛下之志。"

武帝接了奏书，读罢夜不能眠，仿佛回到十二年前，与董仲舒连夜问对之时。

只为公孙弘所言"一年而变，三年而化，五年而定"，武帝罢夕食不进，独坐案前，心潮迭起在胸。

稍定，方独自研墨，写了册书，答复公孙弘曰："问：先生称周公之治，然先生之才，自视孰与周公贤？"

当夜，武帝遣谒者出端门，赴公孙弘寓邸，将册书送达。公孙弘接了册书，读了这句，知是君恩已降，可堪比当年董仲舒了。想自家蹉跎半世，熬至须发皆白，也算老来得福。

遂不敢怠慢，秉烛写好了对策，曰："愚臣浅薄，安敢自比周公？然愚心仍知，治世之道可达。譬如虎豹马牛，禽兽之不易制也；一旦驯服，则可牵引驾车。臣闻匠人烘曲木，不过累日；销金石，不过累月。人之于利害好恶，岂比禽兽木石？一年而变，臣尚以为太迟。"

次日晨，公孙弘将对策递入，武帝看过，几不能信。又看一遍，方解其意，诧异道："老儒，如何学得商鞅之苛？"遂将奏书压下，置于案头。

公孙弘熬到头白，方学得韬晦术。每上朝奏事，虽有异议，却不肯廷辩，宁愿做个哑巴。

时九卿之中，有主爵都尉汲黯，性直敢言，素为武帝所礼敬。公孙弘窥得准，特意与之结交。

二人初时颇相契，结为好友，入朝时，常一同弹劾不法。由汲黯先发难，公孙弘随后助推，唱和呼应，气势颇盛。武帝大悦，对二人言听计从。公孙弘由此，得以跻身亲贵之臣。

此时，汉家方通西南夷，馈赠金帛、粮谷甚多，转输不绝，巴蜀人甚苦之。

武帝于西南夷事，甚是得意，朝中便无人敢逆鳞。唯有汲黯一人，独谓通西南夷徒劳无益。武帝不信，遣公孙弘前往视之。

可怜那公孙弘，以老耄年纪，跋涉于险山峻岭，所幸居然无事。返归后奏事，意与汲黯相同，痛陈西南夷无所用，治道数年，士卒多死，外夷又叛服无常，难以羁縻。

武帝仍不信，召群臣前来会议，欲听众人之言。

公孙弘恰与汲黯同列，事先两人便约好，坚执己意，务要说动君上。

岂料武帝临朝，闻汲黯主张弃西南夷，脸色便不好看，又掉头去问公孙弘。那公孙弘察言辨色，忽然就变了调："通西南夷事，见仁见智，当由我主圣裁。"

这番话，惹动了汲黯脾气，当场骂道："苍髯老儒，齐人多诈而无情乎！足下适与臣约好，同上此议。转身忽又背之，实为不忠。"

公孙弘遭此责骂，脸上全无喜怒之色，只是端然不动。

武帝看得有趣，凝视公孙弘良久，方问道："先生可有话说？"

公孙弘跨前一步，揖礼应道："知臣者，以臣为忠；不知臣者，以臣为不忠。"

武帝眉毛一动，忽而拍掌，大赞道："然，然也！"言下颇为赞赏。

时过不久，武帝便拔公孙弘为左内史。这左内史，乃是景帝所置，为长安三辅之一，掌京畿治安，位次主爵都尉。未几，又超擢公孙弘为御史大夫，一步跨入"三公"之列，显赫一时，成了老来官运亨通的佳话。

自是，武帝左右近臣，再有谗诋公孙弘者，武帝皆不听，反倒愈发厚待。

公孙弘老来得志，想起当年辕固生罢归，常对人叹道："老耄无所求，不妨直言；然直木必折，庄周早已看破，为何偏要以卵击石？"

公孙弘只顾得意，那汲黯却恨恨不平，只私下哂道："荒鄙地方，出不得大器。"

有公孙弘辅佐，武帝渐起大志，常以商汤、文王自励。这年秋，在北阙内柏梁台，召了近臣数人来饮宴，有意安抚汲黯。

酒酣之际，武帝举杯起身，扫一眼丞相薛泽，来至公孙弘案前，环视众人道："三公，国之鼎也，三足而立。本朝自田蚡之后，不置太尉，主爵都尉便是三足之一。"而后向公孙弘道，"公孙子耄耋入朝，为我臂膀，古之姜太公尚不及。朕有此幸，当是天意有所属，公请受我一杯。"

公孙弘避席而起，连声称谢，端起杯与武帝同饮。

武帝又持杯至汲黯案前，令近侍斟满酒，恭谨说道："长孺君，你为先帝老臣、朕之心腹。在朝在外，皆有政声。我意，为人臣者须踵武前贤，以萧曹自勉。田蚡为相时，你不肯趋奉，朝野皆敬你。今日朝中已无田蚡，君可稍作转圜。"

汲黯默默起身，并不端起酒杯，只望住武帝，似百感交集："陛下，臣为先帝所重，愧为太子洗马①。陛下为太子时，臣所授

_____

① 太子洗马，官职名，秦始置，掌教导太子政事、文理事。时亦作"先马"，疑似后人误写为"洗马"。

政事、文理，时有疏漏。幸喜陛下登位后，器局开阔，措置严明。然臣已老，实不知陛下今日，所本治理之道何为？"

武帝身躯微微一震，抬头望去，见宫墙外黄叶满城，气象浩大，便脱口道："我既掌天下，必欲做唐尧虞舜，岂有他念？"

汲黯轻蔑一笑，直视武帝，冷冷道："陛下内多私欲，外施仁义；如此表里不一，如何能效仿唐尧虞舜？"

武帝闻言，勃然变色，然碍于师生名分，不能发作，只哼了一声，愤然离席。临下高台，过数人案前，犹面带苦笑，喃喃了一句："这汲黯，真乃憨人一个！"

一场酒宴，顿成尴尬之局，满座一片慌乱。

丞相薛泽起身，戟指汲黯叱道："都尉如何这般说话？太不成体统！"众人也纷纷附和，起身指斥汲黯。

汲黯不服，与众人昂首相抗，自辩道："天子置公卿，是为辅佐，岂是教你辈来做谀臣的？人臣既食主之禄，当为主尽忠，不可陷主不义。你辈位居中枢，享尽荣华，却只知爱惜身家，片语不敢谏诤，坐看糜烂，心如木石。莫非要看到这高台塌了，才如你辈愿吗？自家祸起，却似看邻家遭殃。若汉家不济，又指望何人为你种粟，何人为你护院？"

薛泽以下众臣闻言，皆惊异不能对。

汲黯横瞥一眼，猛一拂袖，将案上酒杯扫落在地，转身也下台去了。

隔日，薛泽单独进奏，言及汲黯不敬之事。武帝仰起头，似未听清，少顷，忽然说了一句："厨之味，肉糜可食，蕨菜亦可食。"便含笑示意，令薛泽退下了。